Para

Com votos de muita paz!

___/___/___

WILSON COSTA

O GRITO

Uma história de amor e preconceito

ROMANCE

ebm

O grito - Uma história de amor e preconceito

Editor: *Miguel de Jesus Sardano*

Coordenador editorial: *Tiago Minoru Kamei*

Capa: *Ricardo Brito - Estúdio Design do Livro*

Revisão: *Rosemarie Giudilli Cordioli*

Projeto gráfico e diagramação: *Tiago Minoru Kamei*

1ª edição - maio de 2013 - 3.000 exemplares
2ª impressão - setembro de 2015 - 1.000 exemplares
3ª impressão - junho de 2016 - 2.000 exemplares

Impressão: *Lis Gráfica e Editora Ltda*

Rua Silveiras, 23 | Vila Guiomar
CEP: 09071-100 | Santo André | SP
Tel (11) 3186-9766
e-mail: *ebm@ebmeditora.com.br*
www.ebmeditora.com.br

Dados Internacionais de Catalogação na Publicação (CIP)
(Câmara Brasileira do Livro, SP, Brasil)

Costa, Wilson de Carvalho

O grito : uma história de amor e preconceito /

Wilson de Carvalho Costa. -- 1. ed. -- Santo André,

SP : EBM Editora, 2013.

1. Amor 2. Homossexualidade 3. Romance

brasileiro I. Título.

13-01549   CDD-869.93

Índices para catálogo sistemático
1. Romances : Literatura brasileira 869.93

ISBN: 978-85-64118-32-4

WILSON COSTA

O GRITO

Uma história de amor e preconceito

ROMANCE

ebm

Sumário

Capítulo 01............................ 11

Capítulo 02............................ 15

Capítulo 03............................ 19

Capítulo 04............................ 21

Capítulo 05............................ 23

Capítulo 06............................ 35

Capítulo 07............................ 43

Capítulo 08............................ 49

Capítulo 09............................ 51

Capítulo 10............................ 55

Capítulo 11............................ 57

Capítulo 12............................ 63

Capítulo 13............................ 69

Capítulo 14............................ 71

Capítulo 15............................ 83

Capítulo 16............................ 97

Capítulo 17............................ 99

Capítulo 18............................ 107

Capítulo 19............................ 109

Capítulo 20............................ 119

Capítulo 21............................ 123

Capítulo 22............................ 131

Capítulo 23............................ 139

Capítulo 24............................ 145

Capítulo 25............................ 151

Capítulo 26............................ 155

Capítulo 27............................ 163

Capítulo 28............................ 181

Capítulo 29............................ 189

Capítulo 30............................ 193

Capítulo 31............................ 201

Capítulo 32............................ 215

Capítulo 33............................ 219

Capítulo 34............................ 229

Capítulo 35............................ 235

Capítulo 36............................ 245

Capítulo 37............................ 257

Capítulo 38............................ 265

Capítulo 39.......................... 271

Capítulo 40.......................... 277

Capítulo 41.......................... 283

Capítulo 42.......................... 285

Capítulo 43.......................... 295

Capítulo 44.......................... 301

Capítulo 45.......................... 305

Capítulo 46.......................... 311

Capítulo 47.......................... 317

Capítulo 48.......................... 319

Capítulo 49.......................... 321

Capítulo 50.......................... 325

Capítulo 51.......................... 331

Capítulo 52.......................... 333

Capítulo 53.......................... 339

Capítulo 54.......................... 345

Capítulo 55.......................... 353

Capítulo 56.......................... 357

Capítulo 57.......................... 363

Capítulo 58.......................... 369

Capítulo 01

– Fausto, por favor, atenda ao chamado.

Fausto abriu o celular, viu a mensagem de chamada não atendida, ficou pensativo e indeciso quanto a retornar àquela ligação de imediato. Estava em uma reunião crucial para a empresa Beta. A discussão tratava de uma conta milionária, e a tentativa era de renovar o contrato com o cliente, mas Fausto não queria se expor saindo antes da conclusão da reunião.

Sua situação dentro da empresa era sofrível e questionada por alguns diretores, e sua permanência era sustentada pelo esforço do também diretor e amigo Nestor.

O motivo da indecisão de Fausto explicava-se pelas perseguições que vinha sofrendo por parte de alguns diretores em razão de sua opção sexual; perseguições que, embora veladas, lhe causavam apreensões e sofrimentos. Sentia-se, por vezes, inseguro quanto à maneira mais apropriada de lidar com a situação. Em princípio achou que seria bom trabalhar e não aceitar provocações; ouvi-las e fingir não entendê-las. Assim agia, esperando que dessa maneira e tendo a seu favor o fato de ser um dos melhores profissionais da empresa, que isso por si viesse, gradativamente, modificar a situação. Esperava que a consagração de sua competência profissional pudesse diminuir as ocorrências dos gracejos e calar as provocações.

Com quatro anos de empresa Fausto sabia que mesmo com o seu talento, capacidade profissional e esforço, sempre acima da média, o apoio de Nestor era fundamental para que desempenhasse suas funções com tranquilidade, mas não se iludia, sabia que na sociedade as diferenças não são respeitadas como um direito do próximo, uma vez que ela é elitista, egoísta e individualista e que, com raríssimas exceções, poucos são solidários.

Fausto sempre sonhara conquistar uma posição em uma empresa de propaganda e marketing e foi na Beta que isso aconteceu. Na época de sua contratação havia muitos concorrentes ao cargo de Assistente de Marketing e por uma dessas coincidências da vida Sotero, seu psicanalista e ex-professor de Artes, o apresentara a Nestor. Ele, então, tomando conhecimento das suas aptidões, assumiu para si a incumbência de avaliá-lo e, posteriormente de contratá-lo.

Fausto olhou de novo para o celular, Arturo foi quem havia ligado.

Arturo tinha conhecimento da situação de Fausto na Beta e a respeitava mantendo total discrição e comedimento, não sendo normal, portanto, que ele ligasse em horário de trabalho. Se assim agia era porque precisava de fato de assistência e de atenção. Há poucos dias antes Arturo fora à Beta e passara mal, desde então, não conseguira falar com ele.

Arturo era seu amigo querido e companheiro com quem dividia um apartamento e uma vida. Desde o momento em que se conheceram a vida dos dois tomava rumos novos, os talentos profissionais desabrochavam, a autoestima se elevou transformando-os a ponto de enfrentarem situações difíceis com mais energia e postura positiva. As atitudes passaram a ser mais firmes e equilibradas. Fausto, então, levantou-se, pediu licença e saiu para retornar a ligação.

Capítulo 02

Anita correu e conseguiu entrar no último vagão do Metrô um segundo antes das portas se fecharem. Respirou profundamente algumas vezes devido ao esforço da corrida. Pegou um lenço na bolsa e enxugou os cabelos loiros encaracolados. Sorriu e falou para si própria:

– Preciso fazer alguma coisa para melhorar minha condição física, uma corridinha de trinta metros me deixou acabada. Amanhã mesmo vou procurar a academia da empresa e fechar um pacote de ginástica. Acomodou-se no vagão cheio e suspirou. Falou baixinho de novo:

– Essa chuva em dia de sexta-feira é um transtorno. Bem que poderia chover sempre na quarta ou quinta-feira, seria bem interessante.

– Você sempre fala sozinha?

Anita se surpreendeu, olhou para o lado e viu a jovem que falara com ela.

– Desde que você entrou no vagão fala baixinho, sozinha.

Anita sorriu e respondeu.

– Falo a esmo e quando não tenho com quem falar, falo comigo mesma. Mas foi a chuva e o cansaço com a corrida que acionaram a minha falação. Tenho de aprender a manter a boca fechada em muitas situações.– Disse sorrindo, um sorriso farto que iluminou seu rosto já claro e com algumas sardas sobre as maçãs da face.

– Você não deve estar com as condições físicas ideais, seu rosto está vermelho ainda em razão da corrida. Eu me chamo Sara.

– Eu Anita. Por acaso você trabalha com medicamentos?

– Sim.

– Trabalha com distribuição de alguma controladora central?

– Sim.

– Tem uma pessoa com quem falo sempre pelo telefone que trabalha numa fornecedora de medicamentos para a nossa clínica. O nome dela é Sara e a voz dela é bem parecida com a sua.

– Mas eu não conheço nenhuma Anita.

– Acho que é você sim a Sara com quem falo sempre. Tenho certeza. A questão é que ninguém me chama de Anita e sim de Nika. Reconheci sua voz. Afinal, é você a Sara da Distribuidora Central, não é?

– Sim, sou eu sim.

Abraçaram-se felizes por se conhecerem.

– Eu sou Anita e sou residente de medicina. Trabalho na clínica do Doutor Anselmo, ano que vem termino o curso.

– E eu no mês que vem passo às vendas como representante comercial.

– Parabéns a nós, então.

– Acho que Nika pressupõe "menina levada e irrequieta".

– É isso mesmo, sou sim muito irrequieta e não paro um só segundo. Minha mãe me chama de bicho-carpinteiro.

– Você mora onde?

– Em Copacabana com minha mãe. E você?

– Moro no Catete. Bom, vou descer na próxima estação, amanhã nos falamos então.

Despediram-se e Anita seguiu viagem, ficando com a sensação agradável da presença de Sara. Na última estação ela desceu e caminhou pela chuva até o seu apartamento.

Sara, chegando a casa foi tomar um banho, morava só desde que se formara em administração e conseguira o primeiro emprego. Pôs o roupão e preparou uma sopa, abriu uma meia garrafa de vinho. Degustou. Depois da refeição, deitou-se para ver um filme e adormeceu deitada no sofá. Sonhou com um conflito em uma aldeia antiga que parecia ser na Espanha. Os soldados entravam na vila em busca de uma mulher acusada de prática de feitiçaria.

Capítulo 03

Fausto ligou algumas vezes para o celular e para o telefone fixo, mas não obteve resposta. Os telefones chamavam sem que ninguém atendesse. Ficou preocupado, imaginando que Arturo estivesse chateado pela demora no retorno à sua ligação, ou que algo grave estivesse acontecendo. Voltou à sala de reunião e pediu para sair alegando uma emergência médica na família.

Alguém falou baixinho e ironicamente.

– É... Sabemos que *tipo* de emergência.

Alguns risinhos controlados apareceram.

Fausto pegou um táxi e rumou para casa. Seguia apreensivo e tentava, durante a corrida, comunicar-se com Arturo, mas não conseguia. Guardou o celular e olhou a rua. Nada prendia a sua atenção, o trânsito difícil apenas o irritava, o tempo parecia zombar dele, uma estranha sensação o tomou, a de estar preso em uma cápsula onde havia duas formas de tempo. Uma fora, onde as pessoas passavam apressadas, agitadas correndo, outra dentro do táxi, parado, aprisionando pela angústia da lentidão. Nos últimos dias

Arturo esteve mal, havia sido internado, estava diferente, arredio, mal falava com ele.

O táxi estacionou, então, em frente ao prédio onde os dois moravam. Fausto subiu correndo, tomou o elevador. O chaveiro caiu, ele soltou um impropério, abaixou-se e apanhou as chaves. Nervoso, mal conseguiu encontrar a fechadura. Finalmente abriu a porta. Procurou Arturo pelos cômodos e não o encontrou. Viu que as suas roupas e algumas coisas pessoais haviam sumido, não era mais parte do cenário, a arrumação diferente dava a dimensão da ausência dele. Arturo gostava de decorar a casa, dizia que cada peça comprada tinha um sentido, que o abajur era a cara dele, mas as cortinas tinham o padrão de Fausto.

Pegou o interfone e tocou, falou com o porteiro e perguntou.

– Senhor Gerson, o senhor viu Arturo saindo?

– "Seu" Fausto, ele pediu um táxi e saiu. Eram mais ou menos, nove horas. Ele levou duas bolsas. Parecia preparado para viajar. Perguntei aonde ia, mas não me respondeu, apenas deu adeus.

– Adeus, Senhor Gerson? Tem certeza?

– Sim Senhor Fausto.

– Meu Deus!

Capítulo 04

Anita chegou e correu até a portaria fugindo da chuva. Entrou em casa e afagou a cadela, abraçou a mãe e foi tomar um banho. A mãe que ficava só em casa durante o dia sentia falta de ter com quem conversar, e se postou à porta do banheiro perguntando mil coisas à filha.

– Filha, como foi o seu dia?

– Foi cansativo, mãe. Quando chove o trânsito fica muito complicado. Vim de Metrô e conheci uma moça muito simpática. Ela trabalha numa empresa que fornece medicamentos para a nossa clínica. Nós nos falávamos por telefones comerciais há tempos, mas não nos conhecíamos. Hoje conversamos que não vimos o tempo passar. Ela é alegre e divertida, parece uma boa pessoa. Trocamos celulares e espero nos falarmos logo.

– Filha, chegou hoje o convite do seu primo Alencar para a sua palestra de apresentação pela formação de ministro da igreja.

– Sim mãe.

– Eu gostaria de ir.

— Mãe, a senhora sabe bem que eu e Alencar nunca nos entendemos quanto à questão "religião". Aliás, nós nunca nos entendemos quanto à quase nada. Parece que nascemos com as vidas truncadas. Quem sabe são problemas de vidas passadas.

— Filha, você sabe que desaprovo esses assuntos a respeito de macumbas, espíritos e coisas que não sejam observadas por nossa religião.

— Nossa não, sua religião. Quanto mais você e o primo Alencar insistem em me obrigar a seguir algo que eu não gosto mais me afastam dela.

— Filha, eu gostaria muito de ir, seria apenas comparecer, isso não implica nada, apenas cumprir um compromisso social, respeito ao seu primo; além do mais, gostaria de rever meu cunhado e minha irmã. Você sabe que não estou em condições de ir sozinha, minhas pernas cansadas e inchadas não me permitem fazer grandes deslocamentos sem ajuda.

— Mãe, eu farei esse esforço sim, mas somente pela senhora. Quando é a apresentação?

— Amanhã à noite, às vinte horas.

Capítulo 05

Arturo viajava o segundo trecho da jornada de ônibus, seguia para o interior de Mato Grosso. Seus olhos mostravam tamanha tristeza que se poderia dizer que ela morava no seu ser. Algumas lágrimas desciam deles de quando em quando, e ele nem mesmo se dava ao trabalho de enxugá-las. Faltavam forças físicas e desejo de viver, sentia como se a sua alma e o seu corpo estivessem deslocados um do outro, o corpo estava sem energias, sem forças para reagir. Viver estava difícil, quase um sacrifício. Por que a vida tinha de estragar tudo o que conquistara nos últimos anos? Nunca fora feliz antes, somente nos últimos anos pôde conhecer tempos de felicidade ao lado de Fausto. Era um castigo o que estava acontecendo, uma vingança da vida por causa da condição dos dois?

– Eu sei que é um castigo por estarmos vivendo em pecado, mas não me importava isso, melhor foram esses anos em pecado do que toda a minha vida anterior.

Pensou em sua infância, em sua avó Dina e sua tia Esmeralda primando por satisfazer seus desejos, todos os seus caprichos. Ainda lembrava quando as ouviu conversando no quarto da tia dizendo: – "Não podemos causar-lhe mais dissabores nesta vida, já bastam os que a sua mãe provocou".

Eloísa, mãe de Arturo, engravidou muito cedo de um rapaz da vizinhança. Mal tinha feito dezesseis anos. Adalberto, o pai, tinha então dezessete anos. Os pais adotivos o esconderam com parentes em outro Estado, fugindo à responsabilidade de impor ao filho uma paternidade prematura e indesejada pela família. Adalberto, chocado e de índole egoísta, não rejeitou o plano da família e partiu para o interior.

Eloísa, por sua vez, não se deteve diante da situação da gestação e mantinha sua vida desregrada e libertina. Sua família eram a mãe e a tia, ambas vivendo de pensões que adquiriram. A tia, com o trabalho de funcionária pública, e a mãe da pensão deixada pelo marido, morto há alguns anos.

Eloísa adorava as andanças pelas madrugadas e festas regadas a bebidas e drogas. As constantes discussões e brigas por causa de seu comportamento afastavam-na da família e a atirava ao convívio de amizades de influência negativa e de espíritos aproveitadores.

Aos oito meses de gravidez teve uma hemorragia grave e a ameaça da perda do bebê. A situação a pôs em repouso forçado, pois ela mesma corria risco de morte. Nesse período Regina, uma amiga de colégio, passou a visitá-la e em uma das vezes que foi levou Rangel que sentiu por Eloísa uma paixão repentina e intensa. Mesmo não tendo sentimentos de afeição por ele, o quadro se configurava ideal para ajustar toda a situação da família: Dina e Esmeralda, mãe e tia, viram no rapaz a "tábua de salvação" para Eloísa, uma menina grávida, sem marido, que estava prestes a assumir um compromisso com um homem nove anos mais velho e apaixonado.

O casamento aconteceu quando Arturo estava com seis meses. A cerimônia foi simples e reservada. Presentes a mãe e a tia de Eloísa. Os pais de Rangel vieram de Mato Grosso onde possuíam uma chácara. Experientes e vividos, aceitaram as razões do filho para casar, mas percebiam e intuíam todas as variáveis contidas no contexto: uma moça que não o amava, uma criança que não era sua, uma família empenhada em agradá-lo pelo interesse nas circunstâncias, e o seu filho cheio de amor e ingenuidade prendendo-se a uma relação, que torciam, não viesse a desgraçar a sua vida.

Durante os seis primeiros meses do casamento, diante da vigilância constante de Dina e Esmeralda, Eloísa conseguiu reprimir os seus desejos de sair e se divertir. A vontade de consumir drogas era forte, mas o amparo e o acolhimento de Rangel eram o porto seguro para seus momentos de angústia e desespero, os seus sentimentos a comoviam, e eram neles que ela buscava forças para se controlar. Os cuidados com o filho também, de certo modo, minoravam a sua dureza e inquietação com a vida. Muitas vezes Eloísa sentia-se quase feliz. Sabia que a ânsia e o desejo pelo vício eram algozes ferozes, armadilhas prontas a serem detonadas a qualquer instante, mas prometera a si mesma que se ajustaria, e que lutaria e venceria aquela batalha.

Rangel sabia dos desvios de conduta da esposa. Quando a conheceu teve oportunidade de conversar com ela e soube por Regina de toda sua vida, mas o amor e a vontade de estar ao lado dela foram mais fortes e determinantes para que ele se decidisse a sacrificar parte de sua vida em prol de buscar as mudanças que sonhava com ela, e de fato submeteu-se à força da afeição por ela e pelo carinho que tomara pelo menino Arturo para modificar a índole e a natureza de Eloísa.

Rangel tratava a esposa e o menino com carinho e atenção, ajudava nos cuidados de Arturo, tinha afeição por ele como se fosse o seu filho e o menino retribuía o afeto.

Todos achavam que a situação estava controlada e sentiam-se felizes com o transcorrer da vida em família. Contudo, a situação controlada igualmente trouxe de volta uma personagem que havia sumido: Adalberto.

Ao saber que Eloísa estava casada e com uma família montada achou por bem retornar, não tinha mais nada a temer, uma vez que Rangel já havia registrado o menino Arturo. Desse modo, ele se sentia isento das responsabilidades em manter um filho, uma condição que lhe permitia liberdade plena.

Adalberto logo descobriu onde a família de Eloísa estava morando. O marido dela, Rangel, era militar, um oficial das Forças Armadas e conseguia manter um bom padrão de vida para eles. A tia e mãe de Eloísa moravam com eles, para assim poderem ajudar Eloísa na criação do menino.

Adalberto vigiou a casa por duas semanas e registrou a rotina da família em detalhes, inclusive os horários em que Rangel saía e voltava para casa, os horários de colégio de Arturo, as saídas para compras e passeios de Eloísa. Assim, em uma tarde ele se aproximou dela e a abordou.

– Eloísa como você está?

– Adalberto – gritou ela em um grito sufocado e surpreso.

– Vejo que a menina da abóbora se transformou numa bela mulher e ganhou corpo e curvas mais generosas. Cabelos tratados e roupas mais refinadas.

– De fato encontrei um homem que me ama e me trata como eu mereço, e isso transforma as pessoas.

– E você o ama do mesmo modo que me amou?

– Não importa como eu o amo, sei que a você nada cabe, a não ser os títulos de hipócrita e cafajeste.

– Mas as mulheres amam os cafajestes.

– Isso é filosofia barata e de botequim que é o lugar de onde você deve ter vindo agora.

– Vejo que até o palavreado mudou, despreza hoje a vida que levava.

– Existem coisas que nos parecem más, porém que chegam para nos mostrar que estamos trilhando um mau caminho. Graças a Deus você fugiu, foi a minha graça, senão não sei o que seria de mim e de meu filho.

– Nosso filho, você quis dizer.

– Meu filho e de Rangel, ele o assumiu e passou a ser o seu pai de fato.

– Eu quero vê-lo, eu sou o pai natural e tenho também direitos.

– Faça-me o favor Adalberto, que direito de fato você acha que merece ter?

– Você já contou a ele quem é o seu pai?

– Contei sim, que o pai dele é o Rangel e é assim que irá ficar.

Eloísa acelerou os passos tentando se livrar de Adalberto, mas a tempo ainda de ouvir suas ameaças.

As semanas se passaram e Adalberto a seguia e a assediava, tornando-se a cada dia mais persistente, era o mal pelo mal, perverso, invejoso, depreciado, incomodado pela nova situação de Eloísa. Sentia-se ainda o dono dela, via nela uma posse, um direito adquirido, não aceitava os fatos e a nova vida dela o deixava enciumado, e prometia transtorná-la.

Um dia ele a atacou perto de um terreno baldio e a arrastou à força para o matagal, a desnudou e a violentou sob a ameaça de uma faca. Após drogá-la a abandonou, desfalecida, e com o corpo marcado por isquemias e hematomas.

– Agora vou embora – falou se ajeitando, mas não acabou, apenas começou, estarei na sua vida enquanto viver. Disse ele indo embora.

Algum tempo depois Eloísa conseguiu se recobrar e se ajeitar, arrumou os trapos e alguém que passava a ajudou a pedir um táxi; o motorista queria levá-la para o hospital, mas ela achou por bem voltar para casa. Diante da surpresa e estupefato de todos, devido ao seu estado e da demora sem aviso, Eloísa foi atendida ainda atordoada e cambaleante. Ela dizia ter sido atacada por dois homens que teriam arrancado seus pertences e a atirado ao terreno baldio onde ficou desacordada.

A mãe e tia cuidaram dela e Arturo ficou em trauma ao ver a mãe rasgada e ferida. Quando Rangel chegou e soube do acontecido foi ao quarto e encontrou a esposa bastante machucada e sem querer dar muitos detalhes acerca do ocorrido. Após muita insistência ele percebeu que havia falhas na sua história, principalmente ao saber pela tia que aparentemente nada havia sumido – nem a bolsa, dinheiro, documentos ou joias. Cuidou dela, mas ficou preocupado e resolveu investigar por conta própria. Buscou as roupas da esposa e encontrou as manchas de sangue e pó branco. Aqueles detalhes levaram Rangel a supor que ela tinha sido agredida, forçada a participar de algo que não queria. Mas, por que ela se recusava a esclarecer os fatos? Por que estava reticente e confusa? Ele identificara o pó branco – era cocaína. Isso o fez se lembrar de Adalberto. Contratou, então, um amigo detetive e segurança que tomou algumas providências e fez algumas descobertas, a principal foi a que Adalberto estava de volta e que andara rondando a sua casa. Rangel solicitou do amigo detetive que descobrisse se o acontecido com Eloísa estava relacionado com Adalberto, e o detetive saiu para buscar tais respostas.

Arturo era um menino tímido e fechado, acatava tudo que lhe era determinado e acolhia as ordens de todos da família sem muito discutir, vivia em silêncio e em quietude, pouco se percebia da sua presença. Brincava só e falava com amigos invisíveis e com um que, constantemente, chamava de Álvaro.

Dona Dina e a filha ficavam intrigadas porque o menino dizia que brincava com um amigo chamado Álvaro, o mesmo nome do avô. Elas diziam que isso era apenas devido a algum fato comentado, ou algum resto de conversa ouvida por ele a respeito de Álvaro, por isso a associação de ideias, ligando o amiguinho invisível ao avô, a quem Arturo nem mesmo conhecera. Para Eloísa era alguma coisa a mais.

Arturo era muito sensível e criativo e também isolado, solitário; a convivência com a família era mais pela iniciativa da tia e da avó, que com muitos chamegos e mimos o mantinham perto delas. Com Eloísa sim, mantinha união e apego de fortes laços e carinho. Para ela, ele se abria e contava o que sentia expressando o seu amor. Por isso ela intuía que o menino não mentia quando falava que via e conversava com um amigo invisível. Ele o descrevia e ela sabia que a descrição batia com as características do seu falecido pai.

Álvaro era alto e esguio, barba branca e sempre muito bem cuidada, os cabelos de uma alvura ímpar, poucas vezes ela vira alguém com cabelos tão brancos, era impossível encontrar um fio que não fosse cor de neve. Quando menina ela gostava de brincar com seus cabelos e ele com paciência e candura lhe dizia:

– Se você encontrar um cabelo preto, você retira e me mostra que eu lhe pagarei um picolé.

Ela nunca encontrara algum, mas para não deixá-la frustrada ele sempre a levava na sorveteria e a deixava escolher o sabor. Sentavam na praça e brincavam como duas crianças. Às vezes se sentavam no banco e conversavam e ele contava muitas histórias que ela imaginava fossem inventadas por ele.

Eloísa pensava:

– Até hoje ainda me lembro do meu pai, a saudade que ele deixou. O vazio de sua ausência somente é preenchido quando as lembranças me chegam. Sempre me lembro dele quando chupo picolé. Nunca esqueci a história do jovem padre que, diante do seu fervor e comprometimento com sua opção pelo sacerdócio, tomou essa escolha como uma maneira absoluta de ir a Deus, sem ter de voltar à Terra mais vezes, mas sua vida perdeu a alegria e espontaneidade, tornou-se crítico e rígido em seus princípios sem abrir exceções ou avaliar as coisas pelo sentido do coração. Tornou-se pragmático e asceta, um ser prático que renunciou aos prazeres, não se permitindo satisfação alguma que não fosse com o fim de atingir seus propósitos espirituais.

– Pai, mas os padres não devem ser assim?

– Em parte sim, mas deixe-me contar a história e você entenderá. Tinha uma coisa que o padre gostava muito, era sorvete de manga. O pátio do mosteiro tinha uma bela e frondosa mangueira, que em épocas próprias deixava cair os frutos grandes e bem-formados, os outros monges pegavam-nos e faziam doces e sorvetes, mas, não o jovem padre, nos seus conceitos, ter desejo fosse qual fosse era inconcebível com os seus princípios, e ele então, nunca mais chupou um sorvete. Quando ele morreu e chegou às portas do céu foi recebido por um anjo atendente que fazia a avaliação dos recém-chegados, e o padre se aproximou e disse seu nome. O Anjo o olhou por um tempo e procurou o seu nome no seu imenso livro. O frade então continuou.

– Fui à Terra, cumpri a minha missão, fui fiel à minha programação e ao que foi combinado antes de descer, que eu seria um padre e viveria o celibato e o afastamento dos prazeres mundanos e por isso reclamo o direito de não ter mais de retornar ao Planeta.

O Anjo o olhou mais uma vez e disse.

– A sua passagem de volta já está reservada, você voltará em breve.

– Por quê? Não é justo, fiz tudo o que foi determinado. Por que tenho de voltar?

– Você precisa voltar e chupar muitos sorvetes de manga. – Disse o Anjo ao padre.

– Pai, por que o padre teve de voltar e chupar os sorvetes?

– Ninguém disse a ele que era para abandonar a alegria, ninguém mandou que ele fosse severo, carrancudo, intolerante e sim que vivesse sua missão, mas não que não fosse feliz. Os sorvetes de manga eram os sorvetes da sabedoria e do equilíbrio. Deus não é o senhor da tristeza, da melancolia. Deus é alegria e é felicidade. Não sei por que quase todas as religiões mostram Deus severo, vingativo e castrador. O Universo é pura felicidade. Deus nos quer felizes, ele criou os homens para a felicidade. Somos nós mesmos senhores de

nossas desgraças e infelicidades. Pelos nossos erros construímos essa visão de torturas e tormentos ligando Deus a ela.

— Pai, eu, às vezes, tenho medo de Deus.

— Por que minha menina?

— A mamãe me diz que ele vai me castigar sempre
que estiver feliz, correndo e brincando.

— Sua mãe confunde alegria e vivacidade com estripulias. – Disse ele rindo.

— Nunca tema a Deus, tema a você mesma. Quer
saber mais? Vamos tomar um sorvete de manga, agorinha
mesmo.

Os dois saíam de mãos dadas e felizes.

O modo de ser de Arturo o deixava, às vezes, em
certo esquecimento, mesmo a avó e a tia que o sufocavam
de tantos mimos como a compensar a vida que entendia
não havia sido normal para ele, às vezes, não se davam conta
da sua presença, assim pelos cantos ele podia ouvir muitas
coisas sem ser percebido, e um dia ouviu seu pai Rangel
determinando que o segurança Paulo desse uma lição em
Adalberto, uma surra para que ele não esquecesse que Eloísa
era sua esposa e Arturo era o seu filho. Aquela declaração o
deixara impactado e sem reação momentânea. Aquela frase
ecoara em sua mente ainda em formação e se repetiu em sua
vida por muitas e muitas vezes.

Rangel nunca contou a Eloísa a respeito de
Adalberto e também passou a manter maior controle sobre

ela. Eloísa, que antes se esforçara para modificar sua vida, percebeu que onde havia amor passou a haver desconfiança, observação, olhar de cobrança e ciúmes. Rangel perdera a naturalidade e o carinho espontâneo. Eloísa sabia que errara em não contar a Rangel sobre o ataque de Adalberto e o que ela tentou preservar, que era a família que ganhara, estava se desfazendo por causa da sua mentira.

Arrependida, um dia, ela tentou contar a Rangel o que havia acontecido, mas aquela revelação fora de tempo surtiu efeito contrário, pois, o que era para tentar aproximá-los causou a Rangel a impressão de que havia naquele ato uma intencionalidade frustrada em proteger Adalberto. Essa desconfiança acentuou nele a amargura e o afastamento da família. Rangel passou a chegar mais tarde e a não dar mais atenção ao menino. Cumprimentava todos quando entrava e saía, mas já não se observava em seu olhar o brilho e a alma dedicada à esposa, o carinho e atenção a Arturo. A consternação foi o sentimento que se espalhou por aquele lar; as mágoas e ressentimentos de Rangel se disseminavam por cada canto e a tristeza e a melancolia de Eloísa a contaminar as paredes, o teto, o chão, e todas as coisas. O pequeno Arturo sentia que as cores da casa estavam mudadas, e a alegria quando o pai chegava e o abraçava não existia mais. O aconchego e o acolhimento vinham constantemente da tia e da avó, mas era diferente.

Capítulo 06

Anita e Dona Albertina saíram em direção à igreja onde o jovem Alencar ministraria sua primeira palestra. Chegando ao local elas se acomodaram próximas ao tablado e depois de alguns trabalhos iniciais Alencar surgiu e cumprimentou a todos. Falou da sua felicidade pela opção do caminho de Deus, da sua devoção e absoluta certeza da sua escolha, orou e pregou junto a todos. O seu semblante irradiava luminosidade e a sua fé parecia incondicional. Possuía o dom da palavra, que aplicava com tom agudo e incisivo, firme e seguro, ora espaçando as frases como se esperasse o efeito de cada termo, ora acelerando o discurso e impondo perguntas diretas e frontais.

– Diga-me, qual de vocês não sente em si a presença do Senhor? – Perguntou e correu o palco observando os presentes, parou, esperou.

– Levante a mão aquele que está com Deus em si, que o sente neste momento, pois se algum de vocês estiver com a mão abaixada estará admitindo seu distanciamento do Senhor. Ergam as mãos aqueles que sentem a presença divina atuando em seus corações, tomando seus corpos, expiando suas faltas.

Dona Albertina apertou a mão da filha e se sentiu tomada por uma força e uma admiração pelo sobrinho e ergueu o braço.

Do alto do tablado Alencar observava todos, seus olhos percorreram todo o salão e pararam na moça loira de cabelos cacheados, e com dedo em riste apontou para Anita.

– Você. Você que está com os braços caídos, prostrados, você que olha para mim como se sua vida não lhe pertencesse, como se estivesse tomada e possuída pelas forças do mal, venha até mim, quero arrancar de você o demônio que habita o seu corpo.

Anita cerrou os punhos e em silêncio se retirou do salão. O estertor foi geral, todos os olhares se dirigiram a ela deixando o ambiente. Ela saiu e ficou no pátio externo da igreja aguardando a saída de sua mãe. Dona Albertina não teve coragem de deixar o salão e aguardou o final da reunião. Ela se constrangeu muito mais com a saída da filha do que com a interpelação de Alencar. Dona Albertina pressentiu que no calor da pregação Alencar não as reconhecera e queria uma oportunidade de se desculpar pela filha. Esperou e se aproximou do palco e chamou o sobrinho pelo nome.

Alencar a olhou por um tempo e reconheceu a tia. Fê-la subir e foram para os bastidores, por trás das cortinas.

– Minha tia, que prazer podermos estar juntos de novo. Eu agradeço a sua presença.

– Eu não poderia faltar a essa data tão importante na sua vida.

– O que achou da pregação, tia?

— Estou feliz e muito bem por tudo o que vi e ouvi.

— E a senhora veio só, minha tia?

— Não Alencar, eu vim com Anita.

— Onde ela está?

— Quero me desculpar por ela, não esperava que ela reagisse daquela forma à sua convocação para aceitar Jesus.

— Como assim, tia?

— Foi Anita a moça que se retirou do salão.

— Anita? Como a vida nos coloca situações próprias para que possamos exercer os desejos divinos de mudanças.

— Sim, Alencar, você a perdoa, por favor?

— Tia, quem perdoa é Jesus, não eu.

— Você a conhece bem, sabe como ela é, sabe da sua forma de pensar e de ser. É uma boa menina, mas teimosa.

— Tia, Anita tem personalidade, sempre nos digladiamos por quase tudo – filosofia, religião, política e até namoro. Sempre fui apaixonado por ela.

— Eu sei meu sobrinho e faria gosto que vocês se casassem, mas as minhas tentativas têm sido em vão.

— Tia Albertina, eu vou confessar à senhora que ainda não desisti disso e se for da vontade de Deus eu conseguirei.

— Tenho fé que sim Alencar, eu tenho fé.

— Onde ela está agora?

– Lá fora, deve estar me esperando.

– Quero vê-la de novo, vamos até ela então.

Enquanto aguardava, Anita tentava manter o controle em razão da situação que passara.

– Como essa vida é cheia de encontros inesperados, não queria vir. – Falava ela baixinho como sempre fazia.

– Só vim por minha mãe, mas o que me surpreende não é o fato de estar aqui e encontrar meu primo, isso era esperado, e eu estava preparada, mas o fato de ele me escolher como referência para sua pregação, isso foi uma surpresa desagradável. E minha mãe que não aparece, o que estará fazendo?

– Falando sozinha de novo?

– Sara? O que faz aqui?

Sara sorriu e levou algum tempo antes de responder.

– Anita, você acredita em coincidências?

– Sim, mas hoje é meu dia de coincidências.

– Estou esperando minha irmã Helena, ela frequenta essa Igreja, marcamos aqui, pois preciso de alguns livros meus que deixei na casa de minha mãe e que não pude levá-los quando comprei o meu apartamento.

– São livros técnicos?

– Alguns, mas são livros de todos os tipos. Ando tendo uns sonhos estranhos e queria ler alguns livros sobre o assunto. Você acha que sonhos são avisos Anita?

– Não é bem isso, creio que trazemos informações de várias qualidades, de épocas que ficam em nós como registros. Eu acredito que vivemos várias vidas. Creio que nós somos eternos e que precisamos de muitas vidas para crescer, evoluir, não se pode ser eterno com uma única vida. Disse rindo Anita.

– Você frequenta algum lugar?

– Sim.

– Quero conhecer mais sobre esse assunto.

– Podemos marcar e irmos um dia a Casa que frequento.

– Poderemos falar depois a esse respeito? Minha irmã vem chegando agora.

Sara apresentou Anita a Helena.

– Sara, fiquei feliz por revê-la. Eu acredito em muitas coisas que não compreendo. Agora, viver várias vidas eu não sei, mas, do mesmo modo que você, eu acredito também em encontros. Estava aqui muito chateada e...

– Olá Anita, há quanto tempo não nos falamos. – Disse Alencar se aproximando.

Alencar não esperou ser apresentado e se antecipou.

– Minha querida Anita, quanto prazer revê-la. Fazia tempo que não desfrutava da sua beleza e companhia. Quem é a sua amiga?

– Sara. Nós trabalhamos em empresas parceiras. – Sara, este é Alencar, meu primo e minha mãe, Albertina.

— Prazer em conhecê-los.

— Prazer é todo meu, você é membro da nossa congregação?

— Não, foi um acaso do destino que me fez encontrar Anita aqui; minha irmã Helena sim frequenta os cultos.

Helena e Sara conversaram por alguns minutos e Helena se despediu de todos.

— Vejo que o acaso nada tem a ver com o destino, pois, hoje fomos presenteados pelos acasos de Deus. O seu e o meu encontro com minha prima nada têm com o acaso.

— Com certeza, falou Dona Albertina. Hoje fui agraciada com satisfação de uma noite abençoada, somente manchada pela repentina saída de Anita.

— Mãe, por favor, agora não é hora nem lugar para falarmos desse assunto.

— Anita, eu quero que você me desculpe, mas não as reconheci, não foi intencional a indicação que fiz apontando você, mas o fato teve o devido valor, já que Deus colocou minha prima em minha noite de iniciação para mostrar o poder de sua presença e deixar que fosse eu a fonte de ajuda e mudanças em sua vida.

A irritação e o desconforto de Anita eram patentes devido ao clima que fugia de seu controle, que se formou sem que ela conseguisse administrá-lo. E, em determinado momento da conversa ela interrompeu o primo e a mãe.

— Alencar, foi bom revê-lo, mas precisamos ir.

— Sara, você nos dá licença? Está ficando tarde e tenho de preparar material para a faculdade amanhã.

— Anita, não quer conversar a respeito do acontecimento de hoje?

— Não Alencar, eu tenho minha visão acerca de como Deus trabalha em nós e não serão as suas experiências de vida que mudarão as minhas.

— Filha, vamos ficar mais um pouco? Eu não vejo meu sobrinho há tanto tempo e ainda nem falei com minha irmã e meu cunhado.

— Mãe, se a senhora quiser ficar terá de ir de táxi ou o seu sobrinho te levará.

— Seria um prazer deixar minha tia em casa.

Então estou indo, tenho muita coisa a fazer em casa, – disse Anita saindo acompanhada por Sara.

Capítulo 07

Arturo que era uma criança triste e introspectiva, com a situação conflituosa da casa evidenciada tornou-se ainda mais fechado. A incerteza do que se passava era sentida pelo seu coração infantil e sensível. A frase que Rangel dissera a respeito de Adalberto ainda se repetia em seus ouvidos. Um dia viu sua mãe chorando escondida e a abraçou, e perguntou timidamente se Rangel era seu pai.

Surpreendida, Eloísa o abraçou e o manteve entre seus braços por longo tempo, sem coragem ou desejo de responder, a tristeza a tomava e ela entendeu, naquele momento, que o seu filho poderia ser sua salvação. Não vinha dando a ele a devida atenção de mãe, o carinho merecido a uma criança que era o seu filho.

Aquela pergunta mostrava que ele estava atento ao que acontecia dentro daquela casa, que era um menino vigilante, sensível e inteligente. Eloísa sentia naquele momento que eles poderiam ser o amparo e o conforto um do outro. Em sua forma egoísta de sofrer, de se preocupar apenas consigo nunca havia percebido as qualidades que o filho possuía, e que ele devia também estar sofrendo.

– Meu querido Arturo, sua mãe está aqui com você e quero dizer que ainda é tempo de sermos felizes. Vou cuidar de você mais e sempre. Seu pai é o Rangel e se alguém disser algo que não seja isso não acredite. Eloísa beijou o menino e pensou que a partir dali poderia ainda ser feliz.

Eloísa levou Arturo ao colégio e depois foi ao shopping fazer compras e providenciar alguns pagamentos, e ao final da tarde voltou para pegá-lo. Em razão de um acidente de trânsito se atrasou. O menino saiu e ficou à espera da mãe. Adalberto, que nunca se conformara com a surra que levara, vinha desde há muito esperando uma oportunidade de se vingar de Rangel, e por isso vigiava a casa e a família dele. Ele seguia Eloísa e sabia da rotina do menino no colégio: então ele chegou perto de Arturo e puxou diálogo com o menino e ao final disse.

– Menino, você sabe quem é o seu pai?

– Meu pai é o Rangel.

– Menino, o Rangel não é o seu pai, seu pai se chama Adalberto.

Eloísa chegou ao colégio a tempo de ver Adalberto se afastando de Arturo. Apavorada correu, pegou o filho pelo braço e o colocou no veículo. Partiu em alta velocidade.

Ao chegar à sua casa Eloísa correu e trancou a porta como se ao fechá-la deixasse fora de sua vida todos os problemas. Mas, ali parado a observá-la e esperando, estava Arturo.

— Mãe, quem é Adalberto? Você mentiu para mim?

Eloísa ajoelhou-se e o puxou para si, o acolheu em seu colo, como se acolhesse a ela mesma; as lágrimas caíram e ela pela primeira vez em sua existência pediu a Deus que lhe desse uma iluminação. As lágrimas rolaram por seu rosto e Arturo as sentiu. Ele a abraçou pelo pescoço e pediu desculpas.

— Por que me pede desculpas, filho? Você nada fez de errado.

— Não queria deixar você assim mamãe. Fui eu que te fiz chorar.

— Não meu amor, os erros de minha vida eu mesma os criei, eu os provoquei, eu sou a causa de minhas próprias lágrimas, não você.

Rangel chegou e abriu a porta, viu os dois sentados no chão. Por alguns minutos ficou tentando entender o que se passava. Deu boa noite aos dois, chamou Eloísa e foi para o quarto. Arturo ficou na sala sozinho com a pergunta sem resposta: Quem é o meu pai?

No quarto, Rangel perguntou a Eloísa o que estava acontecendo. — Há algo que eu precise saber?

— Hoje, quando fui pegar Arturo no colégio vi que Adalberto estava falando com ele e quando me viu no carro, saiu.

— O que ele queria como o menino?

— Não tive como saber ainda. Quando cheguei Arturo me perguntou se eu havia mentido para ele, queria saber se você de fato é o pai dele. Perguntou quem era Adalberto.

— E você o que disse?

— Não cheguei a falar com ele ainda a esse respeito. Rangel, eu sempre disse a ele que você é o pai dele, mas não basta eu dizer, você tem de fazê-lo sentir isso.

— E agora esse homem vem mais uma vez se interferir entre nós.

— Não é Adalberto que está entre nós, são os seus medos, sua dúvida e desconfiança, seu ciúme sem motivo que estão entre nós. Nunca lhe dei motivos para suspeitas, se não cheguei a amar você como você esperava, sempre fui fiel e me mantive ao seu lado. Não é Adalberto o causador de tudo o que está acontecendo entre nós. Nosso filho sofre e paga o preço dos nossos conflitos. Ele não está alheio ao que se passa e não tem culpa da nossa desunião. Vou contar tudo a ele.

— Não, você não vai contar nada, ele é só uma criança sem compreensão das coisas, isso somente vai causar confusão em sua mente.

— Ele sabe muito mais do que você imagina.

— Eu te proíbo de falar a esse respeito.

— Rangel, você está tornando tudo mais difícil e criando um tabu sobre esse assunto. Adalberto está morto para mim, ele apenas existe como um passado.

— Eu não quero mais falar sobre isso e, por favor, não diga uma só palavra sobre esse homem ao Arturo. Eu mesmo vou dar um jeito em toda essa história. Dizendo isso foi ao criado-mudo e pegou uma pequena bolsa onde guardava o revólver e saiu.

Eloísa foi atrás dele, se interpôs entre ele e a porta.

— Você não vai sair armado, não vou te deixar sair assim.

— Por que não? Teme o quê?

— Temo por você Rangel. Ela pegou a bolsa com a arma e a puxou, escondeu-a nas costas.

— Dê-me essa arma, está preocupada que eu o mate?

— Não seja injusto comigo, não vá estragar nossas vidas com uma decisão errada, temos um filho a criar.

— Saia da frente. Disse e a empurrou. Abrindo caminho saiu decidido batendo a porta da sala. Eloísa, entristecida com as palavras de Rangel, colocou a bolsa sobre a cômoda e se deitou chorosa. Olhou o filho e não sabia o que dizer, mas queria que ele confiasse nela e a admirasse como mãe e mulher, mas em seu coração a dor e a fragilidade de seu ser a estavam levando aos limites.

Sua vida sempre fora deliberada por ela mesma e sua mãe nunca teve forças ou discernimentos para conduzir de forma adequada sua educação. Muito cedo saiu às festas e namoros. Saía e voltava a hora que queria, fazia o que bem entendia, nunca tivera balizamento ou um pulso que a detivesse. As noitadas e os excessos logo a levaram às drogas e ao cansaço mental, isso a extenuara, mas naquele momento sentiu que precisava de alguma força extra para manter a sua vida.

Capítulo 08

Rangel saiu cego pelo ódio e pelo ciúme que o corroíam e foi na rua que percebeu que não sabia onde encontrar Adalberto. Precisava falar com o seu amigo Paulo, o segurança, para dar um fim àquela situação. Tentou e o telefone caiu em espera, tentou mais vezes e se irritou por não conseguir. Entrou em um bar e pediu uma bebida, tomou e pediu outras, uma sequência sem intervalos. As reações já estavam alteradas e os reflexos lentos, a voz pastosa falava ao léu, sem se preocupar com quem o ouvisse. Falou do seu drama, de amar uma mulher que amava outro homem, chorou e riu, falou de tudo que fizera por ela e da falta de reconhecimento. Que o seu amor tinha sido usado, que haviam tirado proveito dos seus sentimentos, que todos o enganavam e somente se aproveitavam da sua situação financeira e da sua boa fé, mas que ele iria acertar contas com o seu rival. O telefone tocou e ele atendeu com dificuldade.

– Paulo, afinal você veio em meu socorro. Paulo meu amigo, eu só tenho você para confiar agora.

– O que você quer Rangel? Está bêbado?

– Quero pegar o Adalberto.

– Você está louco? Onde você está?

– No bar Andaluzia.

– Logo estarei aí, mas não fale mais nada, isso é perigoso.

Um dos homens que bebia no bar que tudo ouviu, saiu e foi ter com o Adalberto.

– O que você está dizendo, aquele louco atrás de mim de novo?

– Sim, ele falava com outro cara ao telefone chamado Paulo, e disse que vão te pegar. Ele está lá no Andaluzia, e fala alto e em bom som que vai te dar uma lição, vim correndo te avisar.

– Obrigado Raimundo, vou pegar algumas coisas e dar o fora. Esse Paulo é matador. Já o conheço bem, mas antes vou fazer uma coisa para deixar uma marca no otário do Rangel.

Capítulo 09

Anita ligou para Sara e marcaram um encontro. Foram a um bar de ambiente acolhedor com mesas discretamente afastadas, adornadas com cercas de plantas que conferiam um caráter de discrição ao local. A maioria dos frequentadores eram casais nas mesas e algumas mulheres sós, no balcão.

– Gostou do lugar Anita?

– Sim, é muito agradável e acolhedor, não conhecia, foi uma boa escolha, bom para conversarmos, é calmo e de pouco barulho.

– Venho aqui, às vezes, quando a intenção é conversar. Como não nos conhecemos bem ainda, pensei que aqui seria o local ideal.

– Que bom, fez ótima escolha.

– Mas o que aconteceu depois que saímos da igreja?

– Meu primo levou minha mãe em casa e tentou depois falar comigo. Eu lhe disse que estava cansada e que tinha um trabalho da faculdade a terminar. Não dei chance a ele de subir.

– Ele tem interesse em você como mulher?

– Desde criança que ele diz que quer casar comigo. Mas não existe a mínima possibilidade disso acontecer.

– O motivo é só esse? É por que é ele?

– Sim. Eu não gostaria de tê-lo como marido. Nunca daríamos certo. Por vários motivos, temos opiniões diversas e as formas de ver a vida são tão distintas que não viveríamos juntos, seríamos dois gladiadores em batalha, além do mais, abomino que sirvam de alcoviteira para mim, assim como minha mãe e minha tia. Elas me tratam como se eu fosse alguém incapaz de sozinha escolher meu par.

– Você não leva nenhum jeito para gladiador, mas, Anita me diga uma coisa:

– E como homem, ele não te agrada? Ele é um homem atraente, bem-cuidado.

– De que me valeria um belo homem e sem os valores que prezo.

– E você, Sara, não tem namorado?

– Não, nunca tive muito tempo nem paciência para com os homens.

– Preconceito? – Disse Anita com um sorriso questionador.

– Acho que sim. Vejo a maioria dos homens como trogloditas na era das cavernas, apenas mais requintados, mas ainda com muitos pelos.

As duas riram e Sara continuou.

– O avanço das mulheres tornará isso muito mais evidente. A mulher é um ser mais "antenado" com o que acontece com o mundo e com as pessoas. Têm preocupações mais humanas, sensibilidade mais aguçada, interativa, exalam sentimentos, são delicadas por natureza e fortes quando querem. As energias que emanam me dizem mais, me falam mais aos sentimentos e aos sentidos. Sintonizo bem com as mulheres. Quase não tenho amigos do sexo masculino, mas sim amigas.

Anita silenciou, depois de um tempo olhou para Sara e ela estava com o olhar fixo nela.

– Eu concordo com você. – Disse Anita, então.

Capítulo 10

Adalberto, sabendo que Paulo e Rangel estavam no bar, rumou para casa de Eloísa, tocou a campainha e ela atendeu. O susto foi tão grande que ela recuou alguns passos, no que se valeu ele para entrar e empurrá-la sobre o sofá e tapar a sua boca.

– Escute bem o que vou falar. Isso é uma prova que posso tudo o que eu quero. Que sou capaz de qualquer coisa, até de matar. Seu marido saiu à minha procura e se esqueceu de deixar protegido o seu lar. A raposa entrou no galinheiro pelo buraco da tela feito pelo galo. Vou destapar a sua boca, mas se gritar eu farei um mal muito grande ao seu menino, também posso mandar matar seu querido protetor Rangel. Agora muito juízo e nada de escândalos.

Adalberto desobstruiu a boca de Eloísa e ela logo se recompôs e perguntou aflita.

– O que você quer? Por que não me deixa em paz?

– Agora quero muito, quero dinheiro, muito para ir embora e deixar por uns tempos você sossegada. Eu tenho você em minhas mãos. Estou disposto a causar uma grande desgraça em sua vida se não fizer exatamente o que eu mando. Um estrago dos bons, daqueles que você não irá jamais esquecer. Hoje eu quero você e aqui mesmo na sua casa, na cama de seu marido. Vou zombar dele aqui mesmo debaixo do seu teto, depois saio com o dinheiro, joias, o que você tenha para me dar, desde que seja muito.

— Vamos para o quarto. Eu vi quando sua tia e sua mãe saíram para a Igreja. Assim, poderemos aproveitar bastante.

— Não Adalberto, não faça isso, eu lhe dou o dinheiro que quiser, mas não faça isso.

Ela reagiu, tentou bater nele, mas ele a segurou pelos pulsos e a arrastou para o quarto. Depois de atirá-la à cama, puxou um papelote de cocaína e espalhou duas linhas sobre o móvel e cheirou uma.

— Essa segunda linha é sua, cheire.

— Por que isso Adalberto? Eu estou limpa, não faço uso há muito tempo.

— Por isso mesmo quero que você use.

Ele a pegou pelos cabelos e esfregou o seu rosto no pó branco e a atirou sobre a cama, tirou a roupa e quando se preparava para possuí-la, um estampido ecoou, um tiro certeiro o atingiu na nuca.

Capítulo 11

As duas moças, depois que saíram do bar, foram para casa de Sara e beberam um pouco mais, conversaram, gracejaram e colocaram um vídeo de música. Sob o efeito da bebida riram e dançaram e se deixaram cair uma para cada lado. Sara adormeceu no tapete e Anita no sofá.

Sara sonhou de novo um mesmo sonho, o mesmo que havia tido semanas antes.

Havia um conflito em uma vila antiga que parecia ser na Espanha, os soldados entravam em busca de uma mulher acusada de práticas de feitiçaria, o que era contra as leis estabelecidas pela igreja da época. Eles a buscavam para apresentá-la para um ajuizamento no mosteiro de San Patrick. Os cavalos abriam caminho destruindo barracas e cestas dos comerciantes. Michele abriu a janela e viu a confusão, gritou para o comandante da guarda.

– O que busca Senhor Comandante? Para que tanto alvoroço?

– Busco Berna sua prima, soube que ela está aqui na vila, e vou procurá-la em sua casa.

— Espere comandante vou descer e conversamos. Assim ela desceu e carregou o comandante para o interior da taverna, no salão, fê-lo sentar-se e serviu uma caneca de vinho tinto, brincou com os cabelos dele tentando fazê-lo sorrir.

— Comandante, sabe que tenho um compromisso de casamento, minha mão foi prometida ao senhor e em breve estaremos nos unindo.

— Isso é uma verdade, mas você sabe bem que sua prima precisa ser levada ao julgamento do Bispo Solano, pouco posso fazer a esse respeito. Se nós queremos casar preciso receber a promoção prometida pela captura dela a fim de termos uma vida mais confortável. Não será a desmiolada da sua prima que irá prejudicar nossas vidas.

— Você sabe que ela é minha prima, que talvez tenha sido mal orientada, que não teve oportunidades no povoado, mas ela é uma boa menina, não quero que tenha a mesma sina de minha tia, que seja malfalada e perseguida. Sei que Berna aprendeu certas coisas por imposição, a culpa não é dela. Também nada demais, nenhum mal que ela tenha usado contra alguém.

— Não deixe ninguém ouvi-la falando assim, senão você também corre o risco de ser acusada como ela.

— Oto, ela é só uma menina, adolescente meiga e assustada com tudo isso, não saberia fazer uso de tais práticas, pois não sabe fazer mal a ninguém.

— Escute Michele, eu amo você e te quero, mas não vou fazer nada que venha me embaraçar.

— Você pode sim Oto, você pode ajudá-la. Ajude-a fugir, esconda-a. Use sua posição, sua interferência em favor dela. Ela é só uma criança assustada.

— Isso significa que ela está aqui.

— Eu vou buscá-la, vou deixar que você a leve, pois tenho certeza de que você a protegerá.

— Michele, isso é coisa séria, eu vou subir e arrastá-la pelos cabelos até o monastério. Você vai trazê-la ou devo vasculhar tudo ao meu modo?

— Você não precisa ficar preocupado, vou buscá-la, eu confio que você a levará e dará um jeito de liberá-la.

Michelle pegou a prima Berna e chamou a empregada.

— Yelena, fujam pela saída lateral norte, tomem a floresta e se escondam na Caverna do Cristal e me esperem, irei ainda hoje levar mantimentos.

Michele voltou ao salão e Oto levantou-se querendo saber da procurada.

— Onde está Berna, por que não a trouxe?

— Não a encontrei.

— Você a deixou fugir? Não brinque comigo Michele.

Oto correu e subiu ao primeiro andar e vasculhou os quartos. Saiu bufando e empurrou Michele que estava em seu caminho.

À noite Michele pegou algumas sacolas contendo mantimentos e saiu pela noite fria de outono. Caminhou preocupada e quase uma hora após, chegou à caverna que ficava em uma depressão lateral à estrada. Desceu quando escutou o rio passando, chamou por Berna e Yelena, com um archote as viu. Abraçaram-se então.

– Prima, obrigado por tudo, pelos alimentos e agasalhos, mas você precisa ir. Você sabe muito bem que se ficar amanhã desconfiarão de sua ausência e saberão que você está envolvida no meu desaparecimento. Não quero o seu mal, assumo minhas atitudes, embora nada veja de mal em lidar com os espíritos e as forças da natureza. Você sabe que Oto é um dedicado soldado e exagerado em suas posições militares, ele não a perdoará se descobrir que me deu ajuda.

– Minha prima Berna, eu te amo e trocaria o meu casamento por sua liberdade. Oto já sabe que dei ajuda a você, agora vamos tomar um pouco desse vinho que trouxe. Está frio e o vinho nos aquecerá.

Abriram uma garrafa e tomaram e aos poucos o efeito do álcool passou a atuar. Sob o efeito da bebida riram e dançaram, dançaram para afastar o medo e a apreensão, as horas difíceis que estavam vivendo. Aos poucos, cansadas, Berna e Michele se deitaram juntas, se abraçaram e deixaram seus corpos aquecerem um ao outro. A chuva caia e lavava o mundo com a força da natureza, força que logo Berna e Michele teriam de dispor.

Quando amanheceu Michele acordou assustada e se deu conta que adormecera e se esquecera de partir. Sempre coordenava os trabalhos matinais dos empregados, distribuía as ordens para as funções da padaria, da cantina e do albergue do seu pai, que nas duas últimas semanas andava padecendo de um mal que atacara suas articulações e ossos, quando ela, então, tomara para si essas responsabilidades, era ela no momento quem administrava os negócios do pai.

– Que horas seriam? – Perguntou-se.

Pegou suas coisas e correu sem se despedir de ninguém. O albergue era longe, tinha de correr muito, se não quisesse deixar margens a falatórios e perguntas para as quais talvez não conseguisse explicações. Teria de estar no albergue o quanto antes. Olhou para o sol, que mesmo fraco e escondido entre nuvens cinzas dizia que todos já estariam a postos no albergue. Esse pensamento a fez correr mais rápido e torcer para que todos soubessem o que fazer na sua ausência. No seu desespero pediu ajuda em pensamento à sua falecida mãe. Que ela a socorresse e que a protegesse naquela situação de dificuldade.

– Bendita mãezinha, onde estiveres olhai por mim, tua filha que dos poucos carinhos que teve nesse mundo os obteve de ti. Socorre-me em minhas desditas, essa filha tua que mesmo diante do afastamento da morte ainda te ama e pede tua bênção. Protege também Berna e Yelena dos seus perseguidores.

Ao sair da trilha e ganhar a estrada ela estancou – diante de si em grupamento montado estava Oto.

– Que bela presença numa manhã tão cinzenta e que explicações me dará pela noite ausente de casa?

Michele se sentiu perdida. Oto era naquele momento o pior dos seus pesadelos. Não sabia o que dizer e com certeza ele estivera no albergue e sabia de sua ausência na noite anterior.

– Vejo que minha prometida não está primando pelo asseio e cuidados que cabem a uma donzela. Cabelos desgrenhados, pés enlameados, e pior, esbaforida como se tivesse visto um dragão.

Michele gaguejou buscando ganhar tempo e fôlego, mas nada saiu de sua garganta que não fossem palavras desconexas.

Oto ordenou aos seus homens que seguissem as pegadas deixadas por Michele, depois a agarrou e a pôs sobre sua garupa.

A vida de Michele ganharia contornos e complexidades a partir daquele momento.

Capítulo 12

Eloísa estava perplexa diante do corpo de Adalberto caído e ensanguentado, sem vida, e o móvel sujo de cocaína. Objetos derrubados e quebrados pela violência da ação dele. O seu corpo machucado, ferido, cheio de marcas, o vestido rasgado, a cabeça doída e zonza, o coração descompassado a oprimia, o peito arfava buscando o ar. Olhou ao redor e viu o seu filho Arturo catatônico segurando o revólver com as duas pequenas mãos, os braços esticados e em ristes, ainda apontando em direção ao corpo de Adalberto. Era um cenário dantesco visto por Eloísa. O sangue espalhado no colchão aumentava o asco e a repugnância que ela sentia por Adalberto. Desesperada não sabia o que fazer. Tirou a arma das mãos de Arturo e ligou para Rangel.

— Rangel, aconteceu uma tragédia, venha imediatamente, corra, por favor, não nos deixe aqui assim. — Falava ela sem parar, histericamente.

— Rangel venha, venha. — Disse aos prantos e deixando o telefone tombar, ela caiu de joelhos. Desfaleceu.

Rangel, mesmo atordoado pelo álcool, soube entender o chamado desesperado de Eloísa e correu para casa.

Paulo o acompanhou e ao chegarem encontram, estarrecidos, a cena dolorosa e violenta.

Paulo e Rangel, por mais que tentassem interpretar o acontecido, não conseguiam montar o quebra-cabeça sinistro armado pela vida e pelos atos negativos desempenhados por aqueles personagens. Dois corpos, um atingido por um tiro na nuca, em razão da própria violência que gerara – o de Adalberto. Outro atingido pela dor física e mental, corpo fragilizado pela situação dramática e pela ação química da droga em seu coração – o de Eloísa.

Eloísa gritou pelo telefone chamando Rangel, sentiu a visão escurecer e uma dor tomar seu peito, uma dor aguda e rápida. Sentiu-se desfalecer e cair, não sentiu seu corpo bater no solo. Estava em pé e viu seu corpo tombando, mas não era ela.

– Como vejo o meu corpo caído ao solo, se eu estou aqui, em pé? Sou eu caída? Ela é exatamente como eu? Mas não sou eu, eu estou aqui falando e vendo meu corpo caído. O que está acontecendo? Como isso pode estar se passando? Balançou a cabeça por algumas vezes e viu o seu filho Arturo abraçar o corpo caído. Ela o abraçou e tentou levantá-lo, mas ele não a sentia, não parecia vê-la, apenas abraçava a outra.

– Arturo, meu filho, sou eu, sua mãe. Arturo, por favor, me ouça. Olhe para mim meu filho. Não faça isso comigo. Responda. Chorou. Ajoelhou-se ao lado do filho e viu Adalberto em pé, perto do corpo, também em desespero, se apalpando, tão desorientado quanto ela. Um casal, então, surgiu e conversou com ele. Os três saíram e passaram por ela como se não a tivessem visto.

– Deus, o que está acontecendo, alguém me diga!

Rangel entrou acompanhado de outro homem. Viu seu espanto e as tentativas de entenderem o que havia acontecido. Ela ouviu Rangel perguntando a Arturo o que havia acontecido. Viu o outro homem dizendo que o menino estava em choque com a morte da mãe.

– Morte da mãe? Como morte da mãe? Uma súbita compreensão do que estava acontecendo a tomou.

– Eu morri, é isso que está acontecendo, eu morri, mas como estou viva, falando, vendo tudo e todos?

– É isso, eu morri, mas o que sou eu agora? Por favor, alguém me ajude. Deus me ajude.

Uma mulher e um homem vestidos de branco chegaram e a abraçaram carinhosos e a mulher falou: – Nós viemos em seu auxílio, eu sou Adalgisa. Um senhor de cabelos de uma alvura iluminada a ajudou a se levantar.

– Eloísa, precisamos ir. Quanto mais você permanecer aqui mais desgaste e tortura sofrerá. A vida trouxe a cada qual o que foi da escolha de cada um, agora temos outra vida a cumprir. Uma vida nova, mas que poderá ser fácil ou difícil, dependendo da sua escolha agora.

– O que de mais difícil do que isso eu posso passar?

– Sabemos que está sendo muito difícil, mas poderá tornar-se pior sim. – Disse Adalgisa, com uma voz tão suave e acolhedora que Eloísa se atirou aos seus braços aos prantos.

– Ajude-me.

– Vamos ajudá-la sim, mas precisa crer no que falamos, precisa vir conosco.

– Não posso deixar meu filho.

– Ouça Eloísa, Arturo também precisará desse afastamento, serão novas experiências que terão de adquirir, ele, Rangel, sua mãe e sua irmã. Você precisa confiar em nós e vir conosco. Vamos, confie. Será o melhor a fazer.

Quando os três adentraram ao outro plano, na Casa de Acolhida Estrela Azul, Eloísa deitou-se cansada na cama que lhe foi oferecida, e um sono profundo a tomou.

– Olha como ela dorme Álvaro, esse sono de quem há anos vive em angústia e conflitos, um sono necessário e tranquilizador.

– É Adalgisa, já vimos muitos passarem por isso.

– Mas nenhuma era sua filha.

– Eu sei, e para isso me preparei por muitos anos, acompanhei o seu sofrimento e fiz o que pude para dar a ela a devida inspiração nos momentos mais difíceis. Foram muitos e de certa maneira isso funcionou, tanto que depois dela ter recebido em seu ventre o espírito Arturo e ter se casado com Rangel, tornou-se mais sensível à nossa ajuda. De certo modo fico feliz, os esforços foram graças concedidas, mas ainda precisamos trabalhar bastante, muito temos a fazer para ajudá-la e aos outros que permanecem na esfera terrestre.

    – É querido amigo só lamento que meu filho Adalberto não tenha sido sensível aos nossos apelos de ajuda, e tenha seguido seu rumo e acompanhado aqueles dois em suas jornadas de dano, a eles e a terceiros. Ainda temos muito trabalho mesmo.

Capítulo 13

Arturo permaneceu deitado com a cabeça sobre o corpo da mãe, agarrando-se a ela como em uma tentativa de despertá-la, pois não entendia porque ela não lhe respondia. Ninguém conseguia afastá-lo. Mudo, não respondia a nenhuma das perguntas feitas. Toda a ação ocorrida gerara no menino um imenso impacto traumático. A intensidade da emoção do momento causara um profundo conflito em seu emocional e em sua alma. A dúvida sobre a sua paternidade, a violência sofrida e a morte de sua mãe causaram efeitos imediatos no seu comportamento.

Rangel sofria as dores da perda, no fundo de sua alma sentia a ausência de Eloísa. Havia se apaixonado por ela, e viveram momentos bons, soubera compreender no início as suas dificuldades e ajudá-la a superar e vencer os problemas, mas ele mesmo não soubera lidar com os seus, e o pior deles – o ciúme. Esse sim foi devastador na relação. Minou e deteriorou as bases da relação, corroeu as estruturas de carinho e companheirismo. Rangel passou a beber mais, e chegar pelas madrugadas, afetando o seu desempenho no trabalho e comprometendo a sua imagem. Nas horas de embriaguez, muitas vezes, tentou imputar a Adalberto as causas de suas mazelas, mas no silêncio de sua solidão e sobriedade sabia que ele e o seu ciúme tinham a maior parte da culpa por tudo o que sofria. Talvez se tivesse ouvido com mais amor as explicações de Eloísa, imparcialmente, com mais serenidade, ainda pudessem estar juntos. À noite a imagem de Eloisa povoava os seus sonhos. Demorava a dormir e insone, muitas vezes saía para o trabalho.

Havia dois seres sofrendo as mesmas dores, sem saber como se aproximarem e se confortarem.

De tudo, para Rangel, o que mais o afetava era Arturo. O menino não aceitava bem a sua proximidade, e o seu olhar acusatório denunciava a culpabilidade de Rangel. Seus olhos falavam, seus gestos apontavam, mas sua voz recusava-se a sair, uma mudez o acometeu. Calada estava e calada ficaria por muitos anos.

Capítulo 14

Os guardas de Oto facilmente localizaram a entrada da Caverna do Cristal, local onde ficaram Berna e Yelena. Aprisionadas as duas, seguiram para o mosteiro gregoriano, onde elas foram inquiridas pelo mais severo dos inquisidores locais, o Bispo Solano. Era época em que o poder religioso se confundia com o poder real: a Igreja julgava, absolvia ou condenava e entregava ao Estado o acusado, que lhe aplicava a pena definida. A aplicação da morte na fogueira já não era uma pena tão comum, mas em épocas ainda recentes a perseguição havia grassado e coberto os céus da Europa de sombrias nuvens de fumaça oriundas das fogueiras, onde se queimavam os hereges a céu aberto em cerimônias públicas.

Na Espanha também foram deixadas marcas das mortes de inocentes associadas à Igreja da época. A heresia valeu como vasto contingente de motivos para a condenação por tudo e por nada. Uma interminável caça às bruxas, composta por denunciantes pagos, vizinhos bisbilhoteiros e motivos fúteis, racismo e intolerância religiosa compunha o cabedal de acusações. Judeus conversos eram apanhados por intrigas e vestígios de prática incompatíveis, toalhas lavadas à sexta-feira, uma prece escutada de soslaio, frequência irregular à igreja, uma palavra mal ponderada eram o suficiente para condenar alguém.

A higiene era causa de suspeita, pois tomar banho era entendido como prova, registro de acusação, muito comum em autos da Inquisição: Sujeiras Adquiridas. "As pessoas limpas não precisavam se lavar", essa era a alegação para supor que quem gostasse de se manter higiênico em demasia fosse capaz de buscar na limpeza a exclusão dos malefícios de posse por espíritos ou demônios, seres imundos a se apoderar dos corpos. Por volta do ano de 1480, vários indivíduos foram queimados vivos na estaca. Em Sevilha, em um determinado mês mais de duzentas pessoas foram queimadas vivas, enquanto setenta e nove foram condenadas à prisão perpétua.

O bispo Solano baseava suas convicções muito além da questão religiosa – para ele ser cristão era mais, ser cristão era a maneira comum de ser e pensar.

Os opositores do Cristianismo eram compreendidos tais quais hostis do pensar comum da sua época, inimigos da identidade nacional.

O bispo Solano tinha um profundo ódio às mulheres, principalmente às que se diziam possuidoras de poderes extraordinários, que manipulavam as forças da natureza, poções, simpatia, práticas divinatórias, mesmo que usados em fins comunitários ou de auxílio ao próximo. Incluídas estavam as parteiras, as enfermeiras, as assistentes, as que conheciam e entendiam sobre o emprego de plantas medicinais para curar enfermidades e epidemias nas comunidades em que viviam e, consequentemente, eram portadoras de um elevado poder social. Estas eram, muitas vezes, a única possibilidade de atendimento médico para as mulheres e os pobres. Elas eram os alvos preferidos do Bispo Solano, que ainda se mantinha fiel à sua determinação de ser o último dos inquisidores a não abrir mão da pena máxima.

Berna, a prima de Michele, era filha de uma famosa rezadeira e a única opção de medicina disponível em vasto território dominado pelo nobre da Casa dos Alonsos.

Ela desde cedo demonstrou pendores mediúnicos, como a vidência e a premonição. Tinha o poder, com um toque e a força do pensamento, de realizar curas. Viviam as duas em pobre moradia no campo, distante o bastante do Castelo dos Alonsos para se cavalgar dois dias e duas noites em bom cavalo de corrida. Viviam para a lavoura de sub- sistência e a criação de pequenos animais domésticos, e de alguns presentes que recebiam como paga pelos trabalhos que executavam no trato com as diversas doenças existentes nos ambientes sem cuidados, de pouca higiene corporal na época. O asseio das casas, das comidas e das águas era parco em razão do desconhecimento das consequências advindas. Os vizinhos diziam que eram a bruxa bela e a bruxa feia. Berna era uma menina bela, de longas tranças amarradas por trás do pescoço, de gesto suave, olhar doce e piedoso. Olhar para ela era estar imantado, difícil resistir à sua beleza, ao contrário de sua velha e malcuidada mãe.

No período em que a mãe de Michele adoecera, mãe e filha se instalaram na casa da Velha Bruxa, pois era o melhor jeito de cuidar da doente. A proximidade entre as primas fez ressaltar aos olhos de Michele a forma de ser de Berna. A beleza da prima tomou de sedução o coração de Michele então, e não havia nela outro amor que não fosse o da pureza, o sentido natural do gostar e o afeto que não fosse o de estar perto, da admiração e do usufruir da energia emanada pela aura intensa de energia positiva.

Berna e a mãe sabiam que o poder dado a elas era insuficiente para sanar a doença da tia, que oculta corroía ossos e evoluía rapidamente em órgãos importantes e vitais. Ela procurava, de maneira indireta e amena, preparar o espírito de Michele para a morte da mãe.

Berna falava à Michele acerca da existência de outras vidas e da continuidade do espírito, coisas que assombravam a prima, mas que também estimulavam sua curiosidade. Em todos os momentos em que estavam a sós Michele procurava obter mais conhecimento sobre aquela maneira de ver a vida, tão distinta dos ensinamentos que eram transmitidos pela Igreja.

– Fale-me Berna, como você sabe a respeito de tantas coisas estranhas e ao mesmo tempo tão fascinantes?

– Muitas eu aprendi com minha mãe e outras com viajantes nômades, ciganos e muitas me chegam como se fossem do ar, dos pensamentos, de vozes que ouço e que me falam coisas que serão futuramente naturais ao entendimento do homem, e não surpreenderão mais. Um tempo em que as coisas terão explicações em razão da evolução dos povos, em muitos lugares distantes. Em outros céus já existem essa maneira de viver e de conhecimentos. Às vezes viajo em sonhos a esses lugares, cheios de carruagens que andam sem cavalos puxando e pássaros de ferro que voam e carregam pessoas. A vida será mais longa e as doenças serão poucas e controladas.

— A vida poderá ser para sempre? — Perguntou Michele.

— A vida do corpo não, mas a vida é eterna.

— Como assim?

— Nós somos eternos. Ao morrermos viveremos em outros lugares com outro tipo de corpo.

— Ainda não entendi Berna.

— Imagine que tivéssemos um corpo feito de pedra e um corpo feito de névoa, um corpo que pudêssemos pegar e sentir e outro que ora você vê, ora não. A sua mãe está muito doente e todos os cuidados que nós estamos dando a ela são para aliviar suas dores e prolongar sua vida, mas não se entristeça quando ela se for. Ela deixará de ser uma pedra, mas ela será a névoa que tocará seu rosto sem que você a veja. Ela te verá sem que você a veja. Ela te protegerá e te guardará mesmo que você não saiba. Ela te visitará sempre que puder e falará aos seus ouvidos sem que você a perceba, virá em sonhos e será real em sua vida se acreditar nisso, se a guardar pelas coisas boas que construiu e pela ajuda que ela distribuiu. Você poderá falar com ela em suas orações e um dia se encontrarão quando você também for névoa.

Michele abraçou a prima e desejou que nunca se separassem.

A mãe de Michele morreu e ela teve de voltar ao seu povoado. A notícia e a ausência da esposa deixou também o pai de Michele doente e incapaz de tocar os negócios, assim ela assumiu o albergue e a taverna, e foi lá que ela conheceu Oto, quando ele comandava um grupamento de busca a um foragido das prisões dos Alonsos.

A segurança e a postura independente e firme de Michele chamaram a atenção dele, que logo deixou seu interesse demonstrado ao voltar dias depois à taverna para conhecê-la melhor. Conversaram e namoraram. Tempos mais tarde marcaram o noivado. Michele não queria casar estando o pai doente e Oto achava que era por esse motivo que eles deveriam casar logo.

Oto era um camponês até que uma epidemia matou muitos dos moradores da Casa dos Alonsos – muitos nobres, muitos empregados e muitos soldados. Logo que foi aberta a convocação para a função de soldados Oto se apresentou como candidato, o pagamento era baixo, porém ele tinha moradia, alimentação, vestimentas e oportunidades, além do status de servir a um nobre. Vaidoso e com desejos de crescimento dentro da tropa, Oto logo se destacou por seu porte físico e habilidades em lutas. Em pouco tempo ganhou destreza nas armas e foi alçado a um posto superior, mas ele queria mais, queria um posto de oficial, ou na guarda pessoal de Alonso.

A mesma epidemia que vitimou muitos nas casas nobres também teve efeito reflexo indireto sobre outras vidas, pobres e inocentes.

O filho do nobre Toledo foi tomado pela doença e sua vida estava por um fio. O menino já era frágil por natureza, debilitado e raquítico, seus pais juraram que dariam as suas vidas pela salvação da criança, filho e herdeiro único, pois sua mãe Gertrude já não conseguia gerar mais filhos. No auge do desespero souberam por um dos criados que uma velha curandeira da região salvara algumas pessoas da peste. Ele, cristão, não admitia a possibilidade, mas Gertrude sua esposa não via outra saída, pois médicos já tinham o menino como desenganado, o padre dado a extrema-unção, o que restaria senão a velha curandeira, a Bruxa Feia?

Toledo, a contragosto, queria pensar sobre a situação, mas Gertrude via o tempo se esvaindo e deu o ultimato: ou eles iriam juntos levar a criança ou iria ela. Ele aceitou que o filho fosse tratado pela curandeira, mas, desde que trouxessem ocultamente a velha até eles.

Ele tomou dois dos seus homens de confiança e a eles ordenou que a buscassem. Porém, o que não contavam era com sua recusa. A velha tinha dois argumentos para não ir, o primeiro que indo e deixando a sua casa, deixaria de dar atendimento a muitas outras pessoas em detrimento de uma. O segundo era que ela não gostava dos Alonsos, e sabia ainda que eles a temiam e não queriam suas pragas jogadas contra si.

— Se vocês tocarem em mim, que seja um fio de minha velha cabeça vocês terão morte pior do que a de um cão sarnento, e sofrerão de sede e fome, e porão sangue por cada orifício que tiverem, e suas gerações sofrerão as mesmas mazelas.

Estavam eles, portanto entre a cruz e a espada, tinham de levá-la e de imediato, pois a vida do menino estava por horas, e se aparecessem de volta sem ela seriam punidos severamente. Eles resolveram que a levariam, ainda que à força, ainda que corressem riscos das maldições, pois melhor sofrer com as incertezas de uma praga, do que sofrer castigos certos do Nobre, mas a velha era teimosa e dura com quem a desafiava.

A situação estava insustentável quando Berna interveio. Ela se apresentou para substituir a mãe na casa dos Alonsos. A princípio eles titubearam em aceitar. Não sabiam se ela possuía tantos poderes quanto os da mãe, mas acharam que era uma saída das mais oportunas e foram os três ao condado dos Toledos.

Toledo quis saber o que acontecia. – Por que uma jovem? Quando todos diziam se tratar de uma velha curandeira?

– Senhor Toledo, essa é a filha da Velha Bruxa, e dizem possuir tanto poder quanto a mãe.

Toledo por demais surpreso e admirado a conduziu ao quarto do filho.

Berna apoiou-se sobre a cama e banhou a testa do menino com carinho e suavidade, entoou algumas orações em voz baixa dando-lhe de beber uma poção de ervas a cada meia-hora, durante dois dias e meio, sem interrupção. Gertrude olhava desconfiava, mas esperançosa que um milagre acontecesse. Enquanto Berna trabalhava, Gertrude orava e Toledo admirava Berna, o encantamento por ela o fazia esquecer que o filho estava à beira da morte. Uma paixão forte e estonteante o tomava, seu olhar seguia cada um dos seus movimentos.

Passadas as horas Gertrude percebeu que a cor do menino ganhava viço e a pele sarava, as bolhas diminuíam de tamanho e secavam. A febre cedia, e depois de quase trinta e seis horas Berna se recostou e pediu a Gertrude que alguém administrasse as beberagens, naquele momento, a cada hora. Ela precisava dormir e descansar antes de ir, pois o menino estava se recuperando. Gertrude agradeceu e beijou as mãos da moça. Toledo ofereceu a ela um pequeno saco de moedas cunhadas a ouro que Berna não quis, a princípio, receber por achar excessivo o pagamento, mas a insistência dele foi tamanha e tão obstinada que ela acabou por ceder. Gertrude a acomodou em um dos quartos e Berna, esgotada, se deixou adormecer, um sono cansado e pesado pelo esforço contínuo e pelas energias gastas.

Gertrude pouco dormira também, mas naquele momento aliviada via acontecendo o que parecia impossível.

– Como podia ser isso? – Falou para si.

– Uma camponesa inculta, sem Deus no coração ter o poder de devolver a vida ao seu filho? Isso não era coisa de Deus.

– Como poderia ele abençoar uma ignorante e não atender às suas preces?

Admitir que o seu filho tivesse sido salvo por alguma força que não fosse divina era inadmissível para sua mente, inaceitável se pairasse qualquer vislumbre de uma força contrária a Deus. Assim ela, inconscientemente, concebeu uma saída.

— Era isso, suas preces sim tinham feito a diferença, o poder de Deus falara por ela, e dela transferira a Berna seu poder. Ela havia intercedido na cura do menino, por meio de Berna.

— Por que não diretamente ela mesma? Uma mulher de fé, de compromissos e obrigações religiosas, de professar seus ritos, e de ofertar donativos e bens à Igreja?

— Seria por que ela não podia mais gerar vida em seu ventre? Só poderia ser isso. A força da juventude estava em Berna, mas o poder da fé era seu e por meio dela ele havia atuado.

— É isso, eu Gertrude, uma mulher de fé, pude salvar meu filho. Minha comunhão com Deus, a minha devoção de fidelidade a ele são meus instrumentos de poder.

— Graças Senhor meu Deus pela sua bondade e piedade, por poder me facultar a cura de meu filho. Vou dormir e abrandar agora meu coração que andava angustiado. Sei que o desejo de Deus se fez presente e quando acordar eu irei falar com a moça e lhe dizer isso.

Toledo mais forte e mais descansado caminhava pelo corredor externo aos quartos da casa, e não continha sua ânsia de estar com Berna.

— Que poder detinha aquela camponesa de atraí-lo, de totalizar seus pensamentos?

— Que poder possuía de curar e tomar os corações para si?

— Que feitiço seria capaz de impor a ele o senhor de tamanha fortuna e poder de dar e tirar vidas, de dominá-lo?

Era uma feiticeira, sim ela era uma feiticeira, mas que fosse, pois tudo daria para tê-la. Assim, atordoado e envolvido entrou no quarto dela. Ficou ao longe a admirá-la, em êxtase e arrebatamento. Quanto mais a olhava mais se sentia atraído por ela e, aos poucos, tomado de coragem se aproximou e logo se apoiou sobre a cama e passou a observar sua respiração compassada e o arfar do colo bem-feito, e a desejou. Tomou seus lábios primeiro apreensivo e depois sôfrega e avidamente. A moça despertou e o empurrou, mas ele, possuído e tomado pelo cobiça, a segurou pelos braços e forçou seus lábios contra os dela, impondo sua vontade e sua força.

— Você será minha, eu a desejo mais do que tudo que já quis na vida.

— Será minha sim, pelo meu querer ou pelo meu poder.

— Afaste-se, o seu poder não pode me impor nada que eu não queira.

— Posso tudo dentro de minhas terras, posso torná-la minha amante e torná-la rica.

— Não pedi o seu amor, nem o seu dinheiro.

— Diga então o que deseja e eu lhe darei.

— Do Senhor, nada quero, apenas que me deixe ir.

— Somente sairá daqui depois que me der certezas.

– Ainda não conheci o homem que me fará sua. E esse quando aparecer somente a ele me daria, mas não creio que ele exista, ou que ainda aparecerá.

– Eu serei esse homem, eu darei tudo e te farei mulher.

– Basta Senhor, deixe-me passar, preciso ir.

– Não irá até que seja minha.

Ele a tomou mais uma vez.

– Toledo, deixe-a ir. – Disse Gertrude parada à porta do quarto.

Capítulo 15

*M*esmo depois do acontecido, as investidas de Toledo tornaram-se tão obstinadas e impulsivas que logo os boatos chegaram aos ouvidos de Gertrude. Ela se armou para defender seu casamento e seu lar, e para isso tinha muitas armas, indignas, deformadas, prontas a serem aplicadas naqueles que supostamente seriam os causadores de seus problemas, armas danosas para cada situação, armas eficazes. Uma delas foi denunciar Berna pelo suposto roubo de um punhado de moedas de ouro, a segunda e mais ferina, que ela era uma feiticeira, uma herege, que usava ritos satânicos e anticristãos, para isso Gertrude comprou testemunhas e acusadores.

O suposto delito de Berna ganhou processo formal e rito de busca.

Por mais que o sigilo tivesse sido empregado quanto à visita de Berna à Casa dos Alonsos pelos poucos empregados que tiveram acesso ao caso, vazou a notícia do que vinha acontecendo e as informações chegaram às alas menos nobres. Os comentários davam conta de que Berna não somente curara o menino da peste, mas também trouxera a força física que ele nunca tivera antes, e os que dispunham de um mínimo de decência se indignaram com tamanha falta de reconhecimento. Os cochichos se espalharam e alguém que sendo grato à Velha Curandeira foi ter com ela e a informou sobre a caça à sua filha e quiçá a ela também. A Velha não se dispôs a sair da sua casa e isso determinou o seu destino. Em sua sabida teimosia não se curvou aos pedidos de Berna para que fossem para outras paragens, admitindo que a filha assim o fizesse, pois que era jovem e cheia de vida e com uma missão a cumprir, já ela não suportaria os rigores de uma fuga sem destino conhecido e sem tempo definido. Fez ver à filha que a vida dela estava ao fim e que se encontrava preparada há muito para esse momento, nada ganharia fugindo. Tinha caminhado até ali sem maiores empecilhos e se tivesse de morrer como feiticeira já teria dado de si ao mundo, mas Berna não, ela merecia viver, tinha toda uma vida a doar, toda uma jornada a seguir. Deveriam sim, as duas, entender o que a vida ditava e empreender o que lhes cabia.

Berna procurou quem conhecia sua prima Michele.

O carinho que as unia era muito maior que o medo ou os riscos que pudessem existir. Michele a escondeu no albergue e decidiram esperar mais informações sobre o caso da prima. Se a situação fosse decididamente grave disporia de recursos e a ajudaria a ir para outro país, mas de fato elas queriam era estar próximas e poder desfrutar um pouco do carinho e afeto que sentiam.

O poder civil era substituído pelo poder religioso em julgar delitos que eram da alçada da Igreja, assim também os da heresia. Foram criados estatutos e tomadas medidas pelos governantes pondo em exercício ações para prevenir, sobretudo, qualquer ingerência dos magistrados civis nos processos de heresia. Em diversas regiões, certo número dos seus delegados deviam se entender com os bispos locais para o desempenho das punições, mas que, no entanto, recebiam diretamente do Papa a sua jurisdição e que podiam formar tribunais estranhos aos dos civis. A Inquisição desempenhava o seu papel por meio dos seus tribunais, com os rigores especiais no andamento dos processos.

A administração inquisitorial frequentemente entregue a religiosos de menor hierarquia e especialmente ainda que não unicamente aos religiosos dominicanos, pois se dedicavam estes religiosos a defender de um modo especial a Santa Sé, eram eles mais zelosos que os leigos às influências mundanas e por isso estavam mais habilitados a desempenhar essas funções.

Muitos bispos também, conjuntamente com senhores nobres, eram amigos ou aliados de famílias aristocráticas e não tinham o zelo que se esperava deles, ou não eram secundados pelos magistrados civis, isso fazia com que os tribunais tivessem as suas funcionalidades deturpadas, ou, sobretudo, regionalizadas por decisões próprias de alguns soberanos espanhóis. Os incriminados não dispunham de advogado, porque este ficaria suspeito como aliado do herege e, portanto também de heresia. Os acusados convencidos ou pelo menos gravemente suspeitos de heresia eram aprisionados ou ficavam sob fiança em liberdade, até a sentença solene ou auto-de-fé.

Os autos-de-fé eram declarações solenes e públicas dos hereges que a partir daquela data aceitavam a Igreja, quando depois, então, de imposta uma penitência eram absolvidos das censuras.

Nas mesmas cerimônias se anunciavam as penas impostas aos hereges que se recusavam a renegar os seus erros, e as principais penas impostas pelos inquisidores eram as multas, contribuições para obras, as peregrinações, o servir nas cruzadas durante certo tempo, ou trazer marcadas no corpo cruzes indicando aos fiéis tratar-se de hereges arrependidos ou revertidos, e ainda flagelações em determinadas ocasiões.

As penas maiores, reservadas aos hereges obstinados e pouco visíveis em sua conversão eram as masmorras durante certo tempo ou por toda a vida. Havia ainda a interdição ou confisco de bens.

A condenação à agonia das fogueiras só era imposta aos obstinados e principalmente aos contumazes. Ao término do auto-de-fé o condenado era levado para fora da Igreja, para um tablado erguido em praça pública e lá entregue aos oficiais civis. O seu suplício se efetuava somente no dia seguinte, para que o condenado pudesse ainda reconsiderar e cair em si durante a noite. Se o condenado, ao ser levado à fogueira, fizesse a abjuração dos seus erros, era devolvido à Inquisição, e assim se livrava da morte, exceto se fosse obstinado, porque na segunda abjuração não escapava ao fogo. Isso eram as regras, porém despropósitos e aberrações eram cometidos, e muitas vezes as penas eram conjugadas a interesses outros, ou mesmo aplicadas sem critério algum.

Oto deteve Berna e Yelena. E ele não havia sido instituído oficialmente a buscá-la, porque cabia aos homens dos Toledos essa incumbência, porém ao vislumbrar uma possibilidade de angariar louros, tomou para si a missão, embora não tivesse contado isso a Michele. Porém, mal sabia ele que essa sua atitude egoísta e interesseira lhe custaria caro, a vida estava atenta e a sua paga se propagaria através dos tempos.

Oto, após capturar as duas moças, não se submeteu aos pedidos da noiva para que não entregasse a prima e a amiga. As moças foram levadas antes ao Bispo para depois se submeterem ao inquérito oficial, e como todos, nem mesmo ele senhor de si, o todo poderoso Bispo, de severidade imputada como intransigente e inflexível, pôde permanecer impassível aos encantos de Berna. Algo de fato aconteceu e mexeu com sua estrutura, de início todo seu aparato de impessoalidade e defesas formadas ao longo de uma vida de forçada castidade, de moralidades forjadas à custa de prolongadas leituras de escritos religiosos, de continências físicas, de exacerbada e devotada vida de clausuras absorveu o primeiro impacto e sustentou seu arcabouço de beato. Sentado olhava, apenas, para Berna como se Yelena não existisse. Depois de longo e constrangedor silêncio ele perguntou.

– Sabe mulher, que pesa contra você uma acusação de ofensa a Deus?

– Senhor, o que sei é que Deus sabe que nada fiz para estar aqui, ou para recair sobre mim qualquer acusação, se na verdade eu o amo como Pai.

– Então você nega o fato que atua em método de feitiçaria e emprego de práticas condenáveis pela Santa Igreja?

– Senhor, se auxiliar aqueles que estão abandonados, miseráveis, atingidos pelas doenças, sem recursos e esperanças for uma prática de feitiçaria, o Senhor Deus me condenará, mas sei, ele também assim agia diante dos miseráveis e desvalidos.

– Você blasfema e diz que Deus a imita?

– Senhor, não disse isso, disse que eu sim sigo seus ensinamentos e trato a todos como meu semelhante e me doo de coração e sem nenhuma paga a quem busca meu auxílio. Isso é blasfêmia Senhor?

– Aqui quem faz as perguntas sou eu. Pretendo sim apurar tudo que me foi trazido, sobre você e sua mãe, que já está conosco, presa. Ela foi julgada, não escondeu e nem negou nenhuma das acusações, pelo contrário fez questão de afirmar que mexe com os mortos e usa em seus rituais, que evoca seres sobrenaturais e emprega fórmulas e materiais para satanismo. Ela será entregue às autoridades para aplicação da pena imputada.

– Senhor Bispo Solano, se tens amor de fato a Deus não faça isso, ponha-me no lugar dela. Se for preciso, eu farei o que o Senhor quiser. Disse ela caindo de joelhos e aos prantos.

Uma ponta de prazer e outra de piedade tomaram o Bispo.

– Poupe-me de seu pranto, nada mais pode ser feito. O processo foi encerrado e encaminhado às autoridades. Não há volta.

– Clemência Senhor, clemência.

— Deveriam antes sim honrar Deus e a Igreja. Somos nós mesmos que criamos o mal, infringindo as leis de Deus, fazendo mau uso da liberdade que ele nos outorgou. Quando todos cumprirem os seus mandamentos, o mal desaparecerá. O mal é uma necessidade fatal e só parece irresistível aos que nele se comprazem. Desde que temos vontade para fazê-lo, também temos de assumir os castigos advindos.

— Pedimos a tua assistência Deus, meu Senhor, a fim de resistirmos à tentação. Diante de tua presença faremos o nosso dever de eliminar de forma justa o mal. Levem-nas.

As duas moças foram levadas e o Bispo ficou só.

— Como se seus apelos fossem ter o poder de me causar comiseração. O mal atua de várias formas e a beleza é uma delas, agindo dissimuladamente e operando seus malefícios, encoberto com várias máscaras e indumentárias e uma delas é a de mulher. Sei bem como ele atua e sei bem como me defender dele. – Pensou ele. Mal sabia, entretanto que a dúvida de fato, em sua mente em conflito, iniciava seu trabalho.

À noite o Bispo ajoelhou-se para orar. Iniciou as primeiras frases e os pensamentos invadiram sua mente, as palavras sagradas misturavam-se às formas e ao rosto de Berna. Ele parou, respirou várias vezes em contrição e reiniciou, mas todas as vezes que tentou orar foram vãs. Levantou-se e foi à janela e olhou a lua cheia clara e serena, desejou não estar passando por aquilo. Seria Deus a testá-lo ou os feitiços daquela mulher agindo em nome do Diabo? Respirou fundo e decidido a se manter firme diante de sua profissão de fé, resistiria a quem quer que fosse. Foi se deitar e custoso foi dormir. Ao vir, enfim, o sono, os sonhos o assaltaram e o atormentaram. Ele se via em um pântano, as vestimentas rotas. Agarrava-se às ervas daninhas, galhos secos e caídos, tentando não afundar no lodo fétido. A névoa o envolvia e ao longe ele pôde ver uma luz. A princípio tênue, depois mais forte, trazendo a certeza de que era preciso chegar até ela, porém, por mais que tentasse se aproximar, a distância parecia não diminuir. Lutou, e exausto, caiu prostrado.

Em outro sonho, ouvia os apelos de Berna a implorar que libertasse sua velha mãe. Nos seus apelos ela dizia: "Farei tudo que o Senhor desejar". A frase ecoava, e ele, envolvido pelo som da voz dela, se viu diante de dois grandes portais, um preto e outro dourado. Os portais se abriam e ele via duas Bernas postadas diante de cada um deles, e elas diziam, ao mesmo tempo e repetidas vezes: "Farei tudo que o Senhor desejar". Ele caiu de joelhos e a voz como açoite batia e rasgava suas costas. Ele acordou suado e agitado, vestiu o roupão e desceu ao calabouço, com um archote iluminou a janela da cela e ficou observando o rosto alvo de Berna.

No dia seguinte, logo cedo, mandou chamar Oto.

— Por que você me trouxe a moça se isso deveria ser uma incumbência dos soldados eclesiásticos?

— Porque me achei no dever de ajudar a Igreja, Senhor.

— Senhor Oto, falemos sem divagações desnecessárias. Sejamos diretos, e poupe meu tempo. Sei que a moça é prima de sua noiva. Quero que saiba que tudo o que acontece por aqui sempre chega a mim, as minhas fontes são muitas e diversas. Sei, portanto que a moça Berna é de fato uma feiticeira e que a outra, chamada Yelena, que está presa com ela, é empregada de sua noiva. Sei também que os Alonsos utilizaram os serviços ou poderes da moça e que depois a usaram como refugo para aplacar o desejo de Dona Gertrude, de vingança ou afastamento de uma perigosa rival, pelo que sei ambas as coisas. Senhor Oto, a moça pode ser uma feiticeira e de fato me parece ser, mas foi atirada a uma inquisição por motivos desprezíveis. Diga-me: – Por que a trouxe se isso poderia por em risco a sua noiva também?

– Senhor, já que me permite falarmos sem subterfúgios, digo que me interessava por uma promoção na Guarda do Meu Senhor. Assim tomei a liberdade e a iniciativa de correr os riscos.

– Como eu dizia Yelena, a empregada da sua noiva, estava acompanhando a moça. Não pareceu inteligente trazê-la também. Falou o Bispo.

– Senhor, isso apenas é prova do quanto desejo a promoção, não medi esforços e tinha conhecimento de que o Senhor Bispo de tudo sabe. Acho que isso é uma prova da minha dedicação.

– Senhor Oto, foi uma tentativa arriscada, mas enfim pode ser que tenha valido a pena.

– Posso saber por que Senhor?

– Sabe, tudo tem um preço, no mundo da política há caminhos e necessidades que nem sempre podem ser reveladas. Tenho de realizar uma delas em segredo e que pode ser o preço da sua promoção.

– Diga Senhor, tem minha palavra e meu silêncio.

– Preciso apenas do seu silêncio. Quero que leve a moça e a velha para as autoridades do ducado para que sejam aplicadas as penas impostas.

Uma leve indecisão passou por Oto.

– Ela não foi julgada meu Senhor?

– Não. Isso eu defino e determino. Duas serão queimadas em fogueiras como feiticeiras, depois quero que volte e leve a terceira a um local que indicarei.

– Somente isso, meu Senhor?

– Sim.

Como dizia o Bispo, o mal atua de várias formas e com desfaçatez opera os seus malefícios, encoberto com várias máscaras e indumentárias.

Assim o Bispo, também, agia.

Oto pegou nas celas duas mulheres envoltas em longas túnicas de cânhamo, encobertas com capuzes, amarrados pelos pescoços. A ordem era: levá-las até o condado e, diante apenas das autoridades, executar as sentenças. Ao retornar levar a outra condenada, também, mascarada a uma grande casa de pedra na fronteira norte da Espanha com a França e ao retornar seria promovido.

Diante das fogueiras apenas Oto, seus soldados, um padre e Gertrude. Sobre o topo das fogueiras preparadas, duas mulheres amordaçadas e com as cabeças encobertas. Oto sabia que uma era a Velha Bruxa e a outra Yelena. Gertrude imaginava serem, a Velha Bruxa e Berna.

Michele chorou por muitas semanas e suspeitava da coincidente promoção de Oto com tudo que havia ocorrido em sua vida. Não acreditava que Berna fora queimada como feiticeira. Aos poucos naqueles tempos a intransigência e a inflexibilidade haviam cedido terreno, em consequência do uso indevido desse poder. Os casos de heresia punidos com a fogueira estavam escasseando, a maioria transformada em castigos.

Michele chorava pela prima, mas chorava, também pela pobre Yelena.

– Por que Oto dizia não saber dela, não dar notícias e mesmo se esquivar do assunto? A pobre jovem foi envolvida por culpa exclusivamente sua, e levada ao Bispo por ganância, pela sede de poder de Oto.

Michele acreditou até o fim que algo acontecesse e mudasse o rumo das coisas. Confiou em Oto, acreditou que ele daria algum jeito, que interviesse pela prima Berna e pela inocente Yelena. A velha tia sabia que não escaparia à condenação, já que ela mesma não se esforçara para negar nada. Oto até jurou que se esforçaria e que tentaria livrá-las da cadeia, por fuga ou qualquer outra forma, mas não, nada aconteceu. Perdera sua prima e sua empregada. A dor era muita, quase insuportável. Perdeu a fé na vida, em Oto, nos homens. Não se casou com ele e jurou que não confiaria mais em homem algum até a sua morte.

O Bispo, depois daquela data, passou a viajar com muita frequência para a região ao norte do país, indo a casa onde Oto havia deixado a mulher mascarada. Um dia chegou ao anoitecer, não paramentado com suas vestimentas eclesiásticas. Usava uma longa capa negra com capuz.

– Senhor Solano, seja bem-vindo.

– Obrigado Mohamed. – Preparados meus aposentos?

– Sim, Senhor.

– E a moça?

– Ela está sendo bem cuidada, agora mais conformada de estar aqui. Tem sido mais submissa, está mais dócil e serena. Tem se dedicado inclusive aos trabalhos domésticos, o de governar a casa. Foi ela que preparou especialmente o jantar de hoje.

– Que bom saber disso. Boas notícias então. Convide-a para o jantar, logo descerei.

– Assim será feito Senhor.

Berna surgiu bela e mais pálida do que antes. As vigilâncias e a clausura imposta pelos empregados do Bispo nunca permitindo sua saída da casa causavam-lhe aquela aparência.

O Bispo desceu e se dirigiu a ela.

– Bela moça, eu vejo que aos poucos vai se acostumando com as regras da casa.

– Sim Senhor, lutar quando a vida pede passividade não me parece uma boa decisão.

– Uma sábia decisão. Já não vejo apenas uma mulher deslumbrante, mas também inteligente.

– Aprendemos com a vida Senhor.

– Soube que foi você quem preparou o jantar.

– Sim, Meu Senhor eu preparei e pedi aos empregados que distribuísse parte do jantar a todos, quero que, também, provem o sabor de meu tempero e possam tomar conhecimento que isso simboliza mudanças. Hoje é um dia especial e quero que seja partilhado por todos, claro que com sua aquiescência.

– Certamente minha cara. Ordeno que todos, sem exceção, sejam servidos com as iguarias preparadas pela minha consorte. Inclusive você, Mohamed, que não preza tanto as comidas ocidentais.

– Perfeitamente meu Senhor, seu desejo é uma ordem. Eu mesmo me encarregarei de que todos sejam servidos.

– Mas minha cara, mudanças têm vários sentidos, posso também partilhar dessas mudanças?

– Com certeza, o Senhor é a razão de tudo o que estará acontecendo. Disse ela serena e impassível.

– Tenho certeza de que serão boas notícias, a perceber pelo divino de seus pratos.

– Por certo Senhor, por certo que serão.

Pouco mais tarde Berna convidou o Bispo para ir aos seus aposentos.

– Vejo, também, que minha falta foi sentida, devo acrescer mais uma qualidade à sua lista – a obediência.

Os olhos dela emitiram brilho, faíscas que não foram percebidas pelo Bispo. Uma ansiedade que em um breve luzir dava mostra. Ela não era a submissa mulher que ele esperava.

O Bispo deitou-se e convidou Berna para ladeá-lo, mas em poucos minutos um sono profundo se abateu sobre ele e logo o ardente Bispo adormecia. Berna vestiu sua capa e foi ao seu quarto apanhar um saco de viagem, e aguardou que o tempo e a substância que havia usado nas comidas fizesse efeito em todos. Desceu as escadas do aposento e encontrou os guardas caídos adormecidos. Cruzou o salão e foi à estrebaria, montou um belo cavalo negro e partiu.

Meses depois Michele recebia de um mensageiro uma carta com os seguintes dizeres:

"Se existe uma coisa que a vida me ensinou foi caminhar pela noite como a névoa. As lembranças de um passado assombroso ainda povoam meus sonhos, mas os caminhos de Deus são muitas vezes insondáveis. Venha enquanto ainda há esperança, venha enquanto nossas vidas podem ser vividas".

Seguia um cartão com um endereço da França, não havia assinatura, mas não precisava, pois Michele sabia que era da sua amada prima Berna.

Capítulo 16

Rangel pouco suportou a vida da forma como estava, a culpa era atribuída a si pela perda da mulher amada e pelas oportunidades desperdiçadas de ter sido feliz, porém a responsabilidade que os olhos de Arturo lhes imputavam era por demais amargas e insuportáveis. O peso de tudo era maior do que os seus ombros conseguiam carregar, e o que de pior poderia acontecer foi que Arturo se isolara em um mundo seu, em que o silêncio era a sua única forma de expressar a sua dor, de se defender e agredir.

Os especialistas diziam que certamente em algum momento da vida ele iria despertar da sua dor, por um momento de circunstâncias fortes, por necessidade de afeto, por encontrar alguém que conquistasse sua confiança, entretanto o melhor remédio que eles recomendavam era o carinho.

Rangel não era um homem que soubesse lidar com isso, mas se esforçou. O que pôde fazer em questões de ajuda psicológica e material ele fez, mas a proximidade do filho e sua recusa em falar o deixavam em martírio, pois era o sentido que ele mais desejava que o filho usasse, manifestando o seu ódio, sua revolta, sua dor ou o seu amor.

Arturo contava dezesseis anos de idade quando Rangel, cansado, em razão de tudo que vivera, passou a visitar os pais com mais assiduidade. Eles tinham terras no interior do Mato Grosso, estavam velhos e cansados para cuidar da chácara e de si. Ele passou a dividir sua vida nos dois lugares, mas com o passar do tempo mais se dedicava aos pais do que ao filho, até que por lá ficou definitivamente. Mandava rotineiramente o sustento do menino e da família. Um dia mandou uma carta endereçada a Arturo, que a guardou em sua cômoda sem mesmo a abrir.

Capítulo 17

Alencar ganhava status na vida na condição de pastor, mas uma coisa o incomodava muito: a vida em litígio com a prima Anita. Homem ligado às coisas da religião conduzia bem sua devoção, mas os alinhavos com as coisas pessoais nem sempre comungavam com as do espírito. A condução do seu gênio difícil e a indução de combater as diferenças de pensar eram as causas da maioria de suas desavenças pela vida. Ele não via nele defeitos e imputava aos outros a sua incapacidade de interpretação do seu pensar e o modo de ver a vida. Enraizado em sua alma em um recanto guardado, de um passado longínquo e distante esperando ser acionado, estava a perda de Berna.

Alencar não sabia o porquê, mas estava sempre com Anita ao pensamento. A vida que levava pouco tempo deixava para seu viver particular. Eram muitos os compromissos, estudos, encontros, viagens. Queria visitar a tia e rever a prima, era algo superior a todas as suas forças, não cabia nele, extrapolava e subvertia seus conceitos sobre como enfrentar os conflitos que se apresentavam. Não somente queria conquistar a sua atenção e carinho, mas a desejava tal qual mulher. Era um sentimento exclusivo, nunca sentira isso por outras mulheres. Jamais tivera uma afeição que sobrepujasse sua razão. Era um amor de uma força indescritível, forte e dominante, que o arrastava para Anita.

A mãe de Anita, sua tia, compartilhava do desejo de vê-los unidos, e também sentia nela a adesão à sua Igreja. Queria estar perto dela para tê-la como aliada, sabia que não era o bastante, mas era um caminho e ele iria usá-lo.

Resolveu no final da noite, depois da pregação de uma terça-feira, acompanhar a tia que tinha vindo de táxi.

– Sabe Alencar, ando muito preocupada com Anita, ela não tem mais parado em casa desde que conheceu uma moça chamada Sara. Quando não tem faculdade e não tem residência médica está com essa moça.

– É a mesma que vimos naquele dia na Igreja, tia?

– Sim, a mesma. Não sei o que tanto têm a fazer nessa cidade violenta duas moças em altas horas da noite. Quantas preocupações me trazem, não durmo enquanto ela não chega.

– Você sabe Alencar, que mesmo de carro não há mais segurança, eu mesma não tenho mais saído, evito, não tenho mais idade para andar por aí. Minhas pernas não melhoraram e somente faço o esforço de sair para ir à Igreja, pois sei que Deus haverá de me recompensar o sacrifício.

– De fato tia, todo sacrifício feito em nome Dele haverá de ser reconhecido. O que a senhora sabe sobre essa moça, Sara?

— Meu sobrinho, pouco sei a respeito dela. Anita diz que a conheceu no Metrô, que era um dia de chuva e que por coincidência ela trabalha em uma empresa que fornece medicamentos para a clínica onde Anita trabalha. Entendi que ela é uma representante de vendas.

— Sabe tia, não gostei dela, não sei explicar por que, mas não gostei dela de fato.

— Eu também não Alencar, eu também não.

— Precisamos tia, saber mais sobre ela, não podemos deixar Anita exposta a alguém que não conhecemos. A vida está muito difícil, perigosa. Todo cuidado é pouco. A senhora descubra o nome da empresa onde ela trabalha, ou alguma coisa que possa levar a ela.

— Vou ver sim, mas podemos hoje descobrir alguma coisa. Vou fazer um jantarzinho gostoso e conversaremos os três.

Dona Albertina preparava o jantar quando Anita chegou.

— Olá prima, boa noite, vim trazer sua mãe em casa e ela me convidou a jantar.

— Estamos nos vendo muito ultimamente.

— Isso é ruim Anita?

— Não chego a ser tão deselegante assim Alencar. Poderíamos ser mais amistosos se você não fosse tão impositivo e aceitasse as opiniões alheias.

– Anita, eu acho que não somos mais amistosos porque você não procura me ver com outros olhos. Se cedesse um pouco, descobriria que sou uma pessoa muito interessante. Veja-me tal qual uma pessoa que fez escolha baseada na fé e em certezas absolutas que foram deixadas por Deus. Sou um homem que pode te ajudar a caminhar com projetos mais consistentes e firmes de vida, baseados nessas certezas divinas, as quais eu não questiono, mas vejo que você acha que pode fazer isso impunemente.

– Está bem, vejo que hoje você decididamente está disposto a me espezinhar, mas por acaso estou disposta a responder, desde quando você se acha porta-voz de Deus?

– Posso não ser um dos principais, mas desde que aceitei o Senhor como o meu caminho posso falar em nome Dele e Ele se faz manifestar em mim sim.

– Está bom Alencar, não duvido, mas isso não significa desrespeitar o que penso. A verdade nunca é limpa e pura para nenhum de nós que vive neste planeta.

– A verdade é Deus e se ele se manifesta por alguém, então?

– Então? Então ele continua puro e nós não. Deturpamos tudo o que tocamos, o que recebemos do divino é sempre puro, saem comunicações limpas Dele e recebemos interferências à medida que nos chegam. Isso porque somos imperfeitos e não as recebemos como foram emitidas.

– Nem todos são iguais, existem as diferenças. Você mesma gosta de falar assim.

– É Alencar, existem sim diferenças nas comunicações, elas saem limpas e cada um as recebe de uma maneira, mas nenhum de nós as recebe inteiras, límpidas e perfeitas, não por culpa de Deus, mas nossa, porque somos antenas de má qualidade, meu caro Alencar, e não creio que você seja uma exceção.

– Oi filha, o jantar está pronto, vai tomar um banho?

– Sim mãe. Volto logo, o assunto está interessante.

Tempos depois Anita retornou.

– Minha tia, que saudades do seu ensopadinho, me faz relembrar quando éramos crianças, quando íamos ao sítio do tio. Quando corríamos juntos pelos gramados e comíamos frutas do pé, tomávamos banho no córrego de águas limpas e frias, quando eu perseguia Anita a cavalo pelos campos.

– Era bom sim Alencar, – disse Anita. – Mas os tempos mudaram, e cada um de nós tomou caminhos diferentes. Eu sempre cuidei e você sempre leu; eu sempre observei e você sempre tagarelou.

– Eu cuido, agora.

– Eu sei. Você cuida das suas ovelhas, você o pastor de almas.

– Acredito que isso não a incomode?

– Claro que não Alencar, há momentos em que cuidar é a melhor das ações. Para os que não têm nenhuma luz um fósforo é tudo. Acho que se você faz isso com coração, com boa intenção, se não engana ou não iludi ninguém, isso é algo louvável.

— Ufa, até que enfim certo grau de importância ao meu trabalho.

— Eu disse Alencar que se você faz isso com boas intenções.

— Anita, assim você ofende seu primo e a mim.

— Desculpe mamãe. Eu não disse para ofendê-lo, não quis dizer que Alencar tenha a intenção de enganar alguém. Mas, às vezes, enganamos a nós próprios.

— Minha filha, você veio hoje mais cedo, fiquei feliz, parece que Deus a trouxe para que pudéssemos estar juntos.

— Mãe, hoje foi um dos poucos dias que não tive residência e estou cansada, quis estar em casa. Sara me ligou, mas não estava com vontade de sair. Foi bom, pois também gosto do seu ensopadinho.

— Essa sua amiga Sara, trabalha onde, filha?

— Na WBR, uma empresa de medicamentos, um laboratório americano com extensão no Brasil. Não é um dos maiores laboratórios, contudo possui uma carteira de tópicos importantes, alguns no segmento das doenças sexualmente transmissíveis, alguns deles específicos para a AIDS.

— Um castigo divino.

— Mãe, doença não é um castigo, uma doença pode ser uma benção. Deus não é um carrasco, um verdugo.

— Não sei não minha filha, isso foi uma doença que surgiu devido aos abusos dos homens, das ofensas deles contra Deus.

– Tia, esse juízo é perigoso, pode incorrer em injustiça. Quem merece o juízo de Deus, quem não?

– É muita libertinagem, drogas e outras aberrações Alencar e essa tal doença é um castigo sim. *O Novo Testamento* diz que todas as doenças são um mal.

– Não tia, Jesus não admite que seja assim interpretado como castigo para determinadas pessoas, está em João: 9-1. Lógico que pode haver culpa na manifestação de certas doenças, mas, entretanto, não é consequente interpretarmos que a doença seja um pecado. A AIDS atinge muita gente que humanamente falando é inocente. Quem de nós pode dizer certamente que seja um castigo de Deus?

– Surpreendeu-me Alencar. De verdade você me surpreende como você pode ser tão, tão...

– Tão contraditório?

– É pode ser esta a palavra Alencar, em um momento chega aqui com máscaras de um carola, antigo, enraizado e no outro um pensador modernista, com ideias arejadas. Surpreende-me sim Alencar. Afinal qual destes é você?

– Talvez os dois, você não me dá a devida atenção e isso acaba por colocar uma trava em seus olhos.

– Definitivamente, hoje a conversa está boa, nem estamos brigando. Todos riram e Dona Albertina estava feliz em vê-los assim amistosos e próximos.

Capítulo 18

Arturo continuava em sua mudez, mas os tratamentos seguiam paralelos em busca de uma solução vinda das técnicas especializadas ou da própria natureza do jovem, mas o que ninguém sabia era que Arturo falava somente consigo, falava poucas vezes sim, mas falava. À noite ao deitar o garoto orava e buscava, pela oração, se manter em sintonia com alguma coisa que preservasse sua vida e mantivesse acesa a chama da esperança de que algo de bom e novo acontecesse e que viesse a mudar o seu destino. Nada tinha a não ser sua tia e sua avó. Perdera a mãe e naquele momento o pai. Trazia em si, preso como um grito, um mistério. Uma pergunta sem resposta que o agredia e o açoitava a cada dia: Quem era Adalberto?

As incertezas eram o combustível que o tornavam ansioso e irritadiço, às vezes. O seu sistema nervoso era perturbado à medida que ele mesmo não conseguia encontrar as respostas para seus dilemas. Muitas vezes pensava que a vida não valia a pena daquela maneira. Nesses momentos difíceis e de insegurança, sentia ao seu lado uma presença amiga. Era como se uma doce e suave voz viesse em seu socorro, trazendo uma brisa de conforto e esperanças.

Um dia estava assim tomado pela angústia por não saber por que nascera. Sentia a angústia brotando do peito, um desejo de chorar, por alguma causa indefinida. Assim, saiu para caminhar. Ao seu lado imperceptivelmente seu avô Álvaro o inspirava com boas emanações, com fluidos de amor, de luzes canalizadas diretamente ao seu plexo nervoso. Em alguns minutos a mudança do seu estado de ânimo foi se modificando.

Parou em uma praça e sorriu ao ver as crianças brincando. Arturo se emocionou ao ver os pequeninos seres como criaturas divinas, pequenos anjos. Felizes, sem preocupações. Seguiu e entrou em uma livraria. Percorreu as prateleiras. Deteve-se diante de um título, leu o prefácio. Dizia sobre a comunicação com os que morreram. Dizia que a morte não era o fim e que a vida seguia em outros parâmetros. Pensou na mãe. Sentia imensa saudade dela. Se fosse verdade o que dizia o livro, então, queria saber como falar com ela. Queria descobrir como se comunicar com ela.

Passou a orar, então, como se conversasse com ela, a princípio de uma maneira ansiosa e perturbada.

Capítulo 19

Adalberto, recentemente saído do corpo carnal, ainda sentia o envoltório físico. Ambientado que estava às coisas da matéria sentia fortes desejos de comer, beber, de sexo. Como mantinha ligação forte com o que deixara quando morreu, padecia desejoso dos padrões de vida que possuíra. A maneira de ser e pensar ainda eram as mesmas e permaneciam atuando sobre ele as cobiças, os maus hábitos, os vícios. A interpretação da sua morte chegou a ele quando a bala disparada por Arturo o atingiu. A princípio praticamente nada sentiu. Um impacto na nuca e seu corpo tombou. Percebeu Eloísa se desvencilhar dele e correr assustada. O olhar apavorado dela denunciava que algo assustador acontecera. Virou-se e viu o menino segurando a sua arma. Levantou-se e notou o seu corpo sobre a cama, a perfuração na nuca e o sangue. O seu assombro foi imediato. Não entendia o que se passava. Ficou ali atordoado, estático, olhando ao redor. Notou quando Eloísa correu para o telefone e falou apressada com Rangel. Ouviu sua tentativa de explicação do quadro dos acontecimentos e depois tombar e ficar ali, desfalecida.

Um casal chegou e disse sem subterfúgios.

— Adalberto, você morreu e temos algo a propor.

— Mas eu estou aqui e sinto o meu corpo. Eu sinto o meu corpo, eu estou vivo.

— Olhe bem e veja naquela cama se não é você, caído, com um buraco de bala na cabeça? – Falou o Homem.

— Sou eu sim. Expliquem-me o que está acontecendo.

O homem, ostentando um paletó listrado e tendo os dedos e pulsos ornamentados de joias, falou:

— O seu filho Arturo fez o trabalho.

— E Eloísa, o que aconteceu com ela?

— Provavelmente deu aqueles chiliques característicos das mulheres.

— Pare com esses preconceitos idiotas, Clovis. Falou áspera a acompanhante Milla.

— Está certo, mas vamos ao que interessa. O que temos a propor é ensinar a você como lidar com essa situação e em troca dessas informações o que nós queremos é que você faça alguns trabalhos que, com certeza, trarão a você muita felicidade, e ainda de brinde poderá aprender a fazer uso de tudo o que você dispunha antes desse acidente fatal. – Disse Clovis gargalhando.

— De momento só posso dizer que somos conhecidos de outras épocas e que você se chamava Ataíde. Existem outras coisas que serão do seu interesse saber. Coisas passadas que explicaremos depois, – completou Milla. Venha conosco, aqui não há condições de conversarmos.

Os três saíram e foram para uma Casa de Pedras em uma fazenda.

Muitos anos depois, Eloísa já desperta e tratada, conversava na Colônia Estrela Azul, com Adalgisa e Álvaro.

– Pai, me perdoe. Não o reconheci quando foi ao meu encontro. Eram tão intensas a perturbação e a dor que sentia. Perdoe-me também ter causado imenso dissabor a você pelo meu comportamento.

– Querida filha Eloísa, você viveu momentos muito difíceis e não quero ser o carrasco dos seus atos. Você caiu em desequilíbrio e isso foi em cadeia arrastando outras pessoas.

– Eu sei pai, mas quando o senhor partiu, fiquei desamparada, meu amor e minha vida só faziam sentido com a sua presença, meu mundo desabou com sua morte.

– Eu entendo o amor e os laços afetivos, dê-me um abraço. Quero que saiba que, também, sofri muito com nosso afastamento, mas eu podia saber que não estávamos longe. Busquei o equilíbrio e as formas saudáveis de pensar e logo pude voltar ao convívio de vocês. Se assim não fizesse seria um irresponsável e sofreria as consequências.

– Foi isso que eu fui pai, uma irresponsável e uma inconsequente. Arrastei todos em minhas mágoas e dissabores. Minha família, meu marido, meu filho e mesmo Adalberto.

– De fato filha pelos nossos atos e pensamentos nós montamos uma teia que pode arrastar muitos, mas cada um no seu tempo e no seu conhecimento vai mudando os seus destinos. Por isso não faça associações e comparações. Eu também me sinto culpado, pois se tinha conhecimentos, penso que não os passei de maneira eficaz a você.

– Era o senhor que brincava com meu filho?

– Sim, muitas vezes pude estar com você e com Arturo, ele podia me ver e brincávamos, assim também brincava com você quando era criança.

– Por que você me deixou pai?

– Era o meu tempo de ir. E eu não te deixei, mas você estava tão em desequilíbrio psíquico, tão em desarmonia que não percebia minha presença. Quanto tentei ajudar emitindo pensamentos e fluidos mentais positivos e você não os entendia.

– Perdoe-me pai, hoje entendendo muitas coisas, e o quanto nós nos perdemos envolvidos apenas com nossas dores. O quanto de mal nos causamos, enclausurados nas sombras que criamos por nosso egoísmo, mesquinhez e falta de amor. Tudo teria sido diferente se me mantivesse a menina que o senhor amava e para quem ensinava coisas bonitas e sábias, mas me revoltei com sua morte e achei que a minha dor era a maior, e que assim sentindo eu teria o senhor de volta.

– Ah! Minha filha amada, que belas palavras, carregadas de sabedoria. A sua dor valeu de alguma forma para o seu amadurecimento, nada foi em vão, tudo é como é. O passado deve ser enterrado, agora, somente importa o futuro. Temos muito trabalho a realizar.

– Quando vou poder ver Arturo novamente, meu pai?

– Breve, agora que você compreendeu tudo quanto não podíamos explicar naquele momento de sua passagem e com o rápido progresso que vem apresentando, logo terá permissão para estar ao lado dele sem causar prejuízos desnecessários.

O equilíbrio é a chave principal nessa hora. As emanações de energias alcançam tanto os encarnados quanto os descarnados, essa troca é efetiva e constante, as vibrações que emitimos são os agentes que associam cada ser ao outro, se as vibrações são saudáveis, impregnadas de elementos positivos, atraímos outras na mesma frequência. Você hoje sabe disso na teoria, queremos que exercite esses aprendizados. Ao ver seu filho tente permanecer em equilíbrio, mantendo em elevados matizes os seus pensamentos, e poderá fazer assim com que Arturo não se perturbe com sua presença e ainda poderá ajudá-lo.

São nossas escolhas que causam nossas alegrias ou nossos sofrimentos. Tudo ao seu tempo e hora, veja como as coisas se encaixam perfeitamente quando andamos em equilíbrio. Enquanto você aceitava a nossa ajuda e estudava e trabalhava para o bem comum, deixando de lado os vícios adquiridos na sua última encarnação, Arturo crescia e tomava conhecimento da Doutrina Espírita, caminhava e aprendia também, intuitivamente, para esse encontro com você. Hoje ele já não te busca com a ansiedade e a angústia dos primeiros dias, já entende que é preciso saber esperar, já sabe que a luz emitida por uma oração viaja pelo astral e chega ao seu destino, que ilumina como um farol os lugares mais inóspitos e distantes, os lugares mais obscuros. Que é um bálsamo para aqueles que sofrem e que nada têm, e se nutrem desse conforto, dessa chama de esperança e de amor, assim acontece desde que ele aprendeu isso.

Você é testemunha viva desse processo. Enquanto você adormecida expiava suas faltas e se via envolvida nas suas incertezas, na precariedade de sua condição, enquanto você se via envolta por sonhos tenebrosos e pensamentos vivos de sofrimentos gerados por seu desgosto, sabíamos que a tênue luz, ainda que pequenina, ao ser percebida por você se tornaria robusta o bastante para erguê-la, para dar a necessária força para te resgatar do mundo triste das sombras e do abandono que você mesma se colocou. Aquelas orações feitas com o coração e não somente com palavras assemelhavam-se a tábuas atiradas ao náufrago, ao oásis em meio ao deserto, ao sol que substituiu as trevas e que te resgataram. Hoje ambos trazem em si um pouco mais de equilíbrio, tão necessário a esse encontro. Receba essa oportunidade como uma benção, como uma retribuição do amor que recebeu de seu filho, não estrague esse momento.

– Não vou meu pai, prometo que saberei me conduzir e ajudar o meu filho Arturo. Vou dizer a ele que o seu amor me trouxe de volta à vida, à vida como fonte de saber, de recomeço.

Uma noite Arturo orava com a mais pura das energias, e desejou que sua mãe pudesse ouvi-lo.

– Mãe, são muitos os espinhos que nós colocamos em nossos caminhos, sei o quanto devo estar sendo penalizado. Tenho buscado a minha evolução mãe, mas ainda não sei de tudo o que preciso. Tenho me esforçado, mas é tão difícil tudo sem você. Sei que preciso de você, que sua presença me ajudará a compreender bem mais as coisas e a caminhar melhor. Deus, eu peço que possa me conceder esse presente.

Eloísa se aproximou de Arturo e abraçou o filho amado e lágrimas desceram de seus olhos saudosos. Lágrimas de agradecimento pela dádiva de poder revê-lo.

– Você não está sendo penalizado, nem eu o abandonei. Sei que me ouve de alguma forma, Arturo. Estou aqui e estarei para sempre ao seu lado. Serei sua companhia em seus dias mais difíceis e seu alento às dúvidas, seu amparo às intempéries da vida. Não estará mais tão sozinho.

Arturo sentiu certo conforto e uma vibração a percorrer seu corpo, um acalanto de amor, e naquela noite dormiu como nunca, com um sorriso estampado, fruto da felicidade pelo presente recebido.

Aos dezesseis anos encontramos Arturo em uma clínica onde se tratava. Ele foi apresentado a outro menino com o mesmo tipo de problema. Os psicólogos achavam que a presença de Fausto poderia servir como uma forma de reflexo dando a eles a noção do que cada um vivia e representava, e que essa descoberta da realidade pudesse de alguma maneira ativar o desejo de comunicação, de ambos, pela interação.

Em alguns momentos do tratamento foram deixados a sós. A reação àquela situação foi de fato espantosa, depois de muitas sessões e muitos momentos de incômodos, de um com outro, o desejo da curiosidade e a identificação da condição semelhante foi mais forte, acionando a chave do questionamento.

– Quem você é? – Perguntou Fausto.

Arturo mais sofrido e com uma vivência mais intensa, ensimesmado, não reagiu prontamente.

– Sou Fausto e venho aqui há muitos meses. Não queria mais falar, tenho meus motivos e não tinha ninguém com quem eu quisesse falar, e você?

Arturo seguia na sua mudez habitual e Fausto no seu persistente interrogatório.

– Você ficou mudo por quê? Se não quiser falar com ninguém por algum motivo, acho que o melhor seria falar comigo. Não vamos mais nos ver quando sairmos daqui mesmo.

– Sabe que ficar mudo foi pior para mim? Mas depois que comecei não podia mais voltar atrás. Também não queria falar com esse pessoal chato daqui da clínica.

Arturo deu um pequeno sorriso e Fausto continuou.

– Sei que sua mãe morreu, mas está ao seu lado. A minha está em algum lugar que eu nunca soube, acho que viva, mas desaparecida. O meu pai morreu e o seu pai longe e vivo. Você acha que todas as dores são as suas?

Fausto silenciou por um momento.

– Como você sabe disso tudo? – Perguntou Arturo.

Fausto sorriu e disse:

– Eu inventei.

Arturo se achegou e sentou próximo ao menino que viria depois a ser mais que um amigo.

Capítulo 20

Dona Albertina não via com bons olhos a aproximação constante da filha com Sara e não gostava da moça, tinha um sentimento de que ela fosse livre e liberta demais para o seu gosto e padrões. Vinha observando e visto alguns olhares dela para Anita que a deixara inquieta e apreensiva, mas a cada dia mais parecia que Anita fazia de propósito insistindo em estar com ela. Tinha até marcado um almoço para o final de semana, em casa, mas sem a consultar. Arrumou, então, uma ida a um encontro na congregação. Uma forma de evitar o almoço, assim, mesmo sem querer ir ao evento da igreja, foi. Era um evento da terceira idade em um hotel fazenda, onde sairia na sexta e voltaria no domingo à noite. Anita contrariada desmarcou o almoço.

— Mãe, por que a senhora não me avisou que iria a esse encontro?

— Porque eu não tinha certeza se iria ou não. Resolvi hoje.

— Resolveu no instante em que falei que traria a Sara.

— Um pouco antes.

— Mãe, por que essa antipatia por Sara?

— Mas que antipatia? Agora não posso mais sair, ter meu lazer? Tenho de ficar para agradar uma pessoa que nem sei bem quem é?

— A senhora a conhece, tenho falado dela sempre que posso e você até já a encontrou na igreja outro dia.

— Tem falado até demais, acho que você anda exagerando nos elogios, não sei, mas creio que teremos alguma decepção com ela. Você sabe que quando falo dificilmente me engano.

— Pare com isso mamãe, desde quando a senhora é uma pitonisa?

— Se eu fosse você acreditaria quando falo.

— Está certo mãe, vamos parar com esse desencontro de pensar, sabe bem que não gosto quando isso acontece, depois, a Senhora fica amuada e sem falar comigo. Às vezes penso que se não fôssemos mãe e filha não seríamos amigas.

— Que blasfêmia menina, de onde tirou esse pensamento?

— Mãe, eu tenho carinho e admiração pela senhora, mas sempre fui franca.

— Até demais.

— Pois é mãe, assim sendo temos afeto e nos unimos, mas somente depois que papai morreu, porque antes acho que disputávamos o carinho dele.

– Anita, eu a proíbo que fale assim, de onde vêm esses pensamentos descabidos?

– Mãezinha, a senhora sempre implicou comigo, acho até que fomos hostis em outras vidas.

– Deus, perdoa minha filha, ela não sabe o que fala. Não gosto desses assuntos sobre outras vidas, reencarnação e essas coisas de vida depois da morte, isso me assusta.

– Papai sempre me orientou pelos ensinamentos de Kardec, embora a senhora não aceitasse isso, mas papai sempre foi o meu ídolo e o pensamento de que ele ainda existe, e que está vivo, me traz mais conforto e alento.

– Seu pai morreu e está aguardando o retorno de Jesus.

– Não vamos discutir sobre isso. Nunca chagaremos a um acordo. Mãe, então, no sábado a senhora não estará em casa?

– Não estarei.

Capítulo 21

Arturo crescia e em sua mente a ausência da mãe era em parte minimizada, pois a sentia sempre que seu coração apertava, mas sua vida, ainda, era um complexo mundo íntimo e relacional. A convivência com a tia sempre era artificial e emblemática. Na concepção dela o mais importante era compensá-lo por tudo que a vida trouxera de mal. Ela queria ser a enfermeira, a psicóloga, até mãe-substituta. Dedicava-se a ele, sempre exagerando nas demonstrações de sentimentos excessivos, sufocantes, sem naturalidade, com afetação, sem a medida equilibrada. Senhora de si, sentia-se capaz de suprir com seus carinhos a afeição adequada, a qual ele ansiava.

Carente de afeto, as transformações biológicas alteravam, em Arturo, o seu físico e seu comportamento, era um momento de definição da identidade sexual. Uma vez adolescente ele perdia as identificações da infância e criava identidade nova. A presença forte da mãe, a quem ele praticamente venerava, era contraponto à negação masculina do pai, a quem em momentos odiava e em outros desejava que fosse próximo, revelando um dos conflitos íntimos que o envolvia. Para ele muitos dos pedidos e desejos que fazia eram as consequências de suas próprias frustrações.

O contato com a tia era sacrificante e pegajoso, a ela não entregava os sentimentos, mas o permitia sem rejeição, por omissão, dificuldade por personalidade de impor suas posições. Não sabia dizer não, livrando-se do indesejável.

A avó era preocupada e afetiva, porém, incapaz de traduzir as situações que não fossem na balança do pecado. Cada ação praticada, cada pensamento desenvolvido poderia conter mais do que um simples processo natural de cada ser. Para ela tudo era pesado, assim, fundamentada na sua vivência religiosa, de oitenta anos em profundas e constantes observâncias aos conceitos católicos apostólicos romanos, constituída de julgamentos e críticas.

O relacionamento com ela era tanto ou mais difícil do que com a tia, mas Arturo não tentava impor a elas seus gostos e vontades, seus pensamentos e desejos. As ideias da avó conflitavam com o pouco que aprendera nos livros Espíritas e entendia como suas verdades. Lidar com as pessoas era um peso que o oprimia, e ele sempre justificava para si os comportamentos dos outros.

Sua tia era alguém só, ela não tinha um marido e os namoros frustrantes a faziam desconfiar de todo homem que dela se aproximava.

Sua avó já era muito idosa para suportar mudança de pensamento àquela altura da vida, e mesmo ele não encontrava em si nada a oferecer e nem identificava potencial para ofertar, já que vivia sua vida entre os tratamentos, os estudos e a amizade de Fausto. O que ele não sabia era que carregava uma carga imensa de amor para doar. Somente não tinha identificado a quem.

A ausência de Rangel, longe e sem comunicação direta com o filho, deixava evidenciadas as dificuldades que Arturo teria na sua personalidade e formação psicológica, repercutindo na sociabilidade e nas suas relações interpessoais. Era ele o pai, a figura que se enquadrava no quadro prático dessa situação, dessa realidade vivida, ele era também um dos conflitos que habitava o inconsciente de Arturo, embora ele o visse como o causador da morte de sua mãe Eloísa, era a única figura masculina a quem tinha alguma ligação de parentesco. Muitas vezes pensava nele como um porto onde poderia ancorar quando as tempestades surgissem, mas Rangel faltara com ele, o abandonara muitas vezes, e Arturo não queria mais plantar esperanças e colher frustrações. A vida era doida para ele e a sua dor maior tinha um nome: Rangel.

Os psicólogos entenderam que o método aplicado com Arturo e Fausto havia sido um sucesso, pelo menos em relação a um dos pontos do tratamento, o retorno da conversação oral, o do falar, mas havia ainda outros pontos a serem resolvidos.

Arturo iniciara timidamente a sua retomada à comunicação verbal, ainda olhava para o chão como se envergonhado de olhar diretamente nos olhos de quem o interpelava. A sua condição de vida iria assim se transformar gradativamente. As perspectivas de frequentar um colégio regular e expor seus pensamentos, motivos comportamentais e mostrar sua dor seriam possíveis desde que sua vontade de seguir nesse contexto se fortalecesse. Ainda era frágil a condição retomada, muitas coisas deveriam acontecer para que ele ganhasse estabilidade, com uma plena situação de conviver e lidar com a vida em sociedade. Sabiam, ainda, que poderia acontecer de que nunca pudesse ter uma vida integral e saudável no aspecto psíquico, assim os tratamentos seguiam.

Arturo e Fausto participavam de uma atividade de pintura como forma de expressão do seu eu e do seu universo íntimo, como uma abertura para a comunicação interativa, como uma maneira de busca dos seus valores emocionais, e um caminho a mais de formar uma avaliação dos seus sentimentos.

Com Fausto não havia barreiras e Arturo podia expressar seus sentimentos de forma ampla e livre, o olhar era direto e sincero, diferente, havia entrega e participação. Fausto o fazia rir e correr, falar e expressar suas emoções. Eram amigos e podiam dividir suas qualidades, seus defeitos, seus atributos e preencherem suas lacunas sem barreira. Enquanto Arturo possuía uma vida sem problemas financeiros, Fausto vivia dos favores.

Criado pela avó que trabalhara por quarenta e cinco anos em uma casa de família tradicional da sociedade paulistana, pôde conseguir tratamento na clínica de um dos filhos do casal que o acolheu. Desde que seu pai e sua mãe se foram, que ele se manteve absorto, alterações de vida que ocasionaram sua ida para viver com a avó, porém, ele temia que ela logo se fosse também, devido à idade, aos problemas de saúde que a consumiam. Quando, então sua avó morreu, ele foi bem recebido pelos Marcondes. Era tratado como uma pessoa da casa, em razão do carinho e consideração que tinham por Dona Isabel, sua avó, mas essas repentinas mudanças jogavam por terra seus projetos de futuro. A insegurança se assenhorou e a alegria e inquietude saudável, que eram suas marcas pessoais, deram lugar ao isolamento e à mudez.

O que ele mais gostava era se sentar diante da televisão e admirar as propagandas, os anúncios. O seu imaginário se construía à medida que agregava aos seus sonhos o desejo de se realizar um dia profissionalmente. Sendo ele efetivamente quem desenvolvesse os anúncios e comerciais tais quais os que ele via na televisão.

Ele vivia em dois mundos, em um somente seu, interior, intenso, vívido, cheio de desejos, fantasias e sonhos, construindo anseio de ser um artista da mídia, criativo, genial e famoso. E no outro, o da realidade, à beira de estar só, sem família, sem perspectivas, com um futuro incerto. Se a vida o estava irritando ele também replicaria na mesma moeda, foi assim indignado que resolveu dar início à mudez por opção. Calou-se assim como Arturo, mas por motivos diferentes.

Os dois meninos tinham sonhos e talentos incomuns: o das artes, principalmente, o da pintura, mas com representações francamente distintas. Arturo possuía traços densos e sombrios, carregados nos tons pesados, com inserções de vermelhos, abstrato, pinceladas tensas, pastosas e espessas. Fausto, mais impressionista, possuía as pinceladas soltas jogadas, era mais aberto, sem preocupações de formas, vivaz, arejado, provocativo, era muita luz, cor e movimento, seres coloridos e alterados na caracterização, onde ora riam, gritavam, sempre com faces intensas e gestos largos, amplos, olhos dilatados e bocas escancaradas.

As pinturas chamaram a atenção do Doutor Vinicius, filho da família Marcondes. Não era comum observar tamanho talento, principalmente em dose dupla.

– Rapazes, quantas habilidades escondidas. Fantástico. Não sei de fato, qual dos dois possui maior dom? Sei, porém, que não podemos desperdiçar esses talentos.

Vinicius de fato estava impressionado com os meninos, e disposto a ajudar, a dar um caminho àquelas aptidões. Arguto e atento percebeu uma possibilidade rara de utilização das artes em prol da saúde. O emprego de talentos naturais em proveito deles mesmos, a possibilidade de cura pelo próprio indivíduo era uma chave. Buscar na capacidade de se expressarem com tanta intensidade seria um investimento na melhora de vida daqueles garotos, mas precisava descobrir como.

Doutor Vinicius, mesmo não sendo um grande colecionador, possuía alguns trabalhos de valor no mundo da pintura, era um crítico e um apreciador razoavelmente envolvido no comércio das artes dos pincéis. Buscou entre os seus amigos aqueles que estivessem dispostos a ajudar na evolução artística, cultural e de vida dos meninos. Faria um trabalho integrado de saúde e técnico-profissional de qualidade de existência e ganho de superação psíquica deles.

Sotero foi o escolhido, era famoso sem ser esnobe, artista com dons professorais, além de psicanalista. Esse caminho escolhido por Vinicius se mostrou acertado.

Sotero, imbuído do sentido principal da sua incumbência, tirava dos meninos não só a potencialidade da criação, mas a interação, a fluência, um método de lidar com terceiros. Isso era mais difícil e complexo do que lidar com as tintas e composição de cores, principalmente em relação a Arturo. O que tinha Fausto de disponível tinha Arturo de introspectivo. Sotero percebia nele a indicação de depressão e com o tempo procurava avaliar o processo que mobilizava o seu estado de abatimento. Usava métodos técnicos, mas em alguns casos como era Espírita e médium observava a situação, também, sob essa ótica.

Um dia pensando assim lembrou-se da última reunião na casa Espírita em que frequentava, quando foram explanados ensinamentos acerca das doenças. E, de acordo com Joanna de Ângelis[1], a depressão tem a sua origem no espírito que reencarna com alta dose de culpa. Se no processo da evolução, sob fatores negativos, não resolve se libertar em definitivo dos elementos que continuam atuando em sua alma, a consciência culpada sofrendo a carga que atua no corpo e a mente quando na condição de encarnada

---

[1] Joanna de Ângelis é o guia espiritual do médium Espírita brasileiro Divaldo P. Franco, entidade a quem é atribuída a autoria da maior parte das suas obras psicografadas. A obra mediúnica de Joanna de Ângelis é composta por dezenas de livros, muitos deles traduzidos para diversos idiomas, versando sobre temas existenciais, filosóficos, religiosos, psicológicos e transcendentais. Dentre as suas obras destacam-se as da *Série Psicológica*, composta por mais de uma dezena de livros, nos quais a entidade estabelece uma ponte entre a Doutrina Espírita e as modernas correntes da Psicologia, em especial a transpessoal e junguiana.

vai desfazendo a alegria íntima, imprimindo nas células os elementos que a desconectam, propiciando em longo prazo o desencadeamento dessa psicose que domina centenas de milhões de criaturas na atualidade. [2]

Sotero, experimentado na vivência das coisas do espírito, preceituava sintomas não apenas de depressão, mas também de obsessão, não tinha ainda precisão dos fatos, mas vinha a tempo considerando essa hipótese e trabalhando silenciosamente para evitar que suas considerações causassem mal-estar ao menino, porém, Arturo já tinha certa familiaridade com as coisas da espiritualidade, embora ainda não pudesse assumir todos os conceitos e entendimentos da maneira adequada à sua aplicação. Nessa época contava ele com alguma bagagem de leitura, mas ainda havia em si muitos conflitos mal resolvidos. O seu avanço era lento e gradual, mas não dispunha ainda de percepção para atinar que vinha sendo assediado por um espírito que não se detivera em suas ações de promover o mal – Adalberto.

---

[2] Divaldo P. FRANCO, *Receitas de paz.*

Capítulo 22

Havia avanços no comportamento de Arturo, ganhando em melhoras significativas, tanto no campo de comunicação, da sociabilidade, quanto nos conhecimentos acadêmicos. O tempo perdido era recuperado rapidamente pela sua dedicação e interesse estudando em regime de tempo maior do que a maioria dos estudantes se permite. Trazia uma reconquista no desejo de rever sua vida e seus caminhos, em busca de se tornar alguém ajustado consigo e com o mundo.

Os estudos da espiritualidade e as constantes ajudas dos espíritos da mãe e do avô, levando influências benfazejas o tornavam mais tranquilo e buscando tornar sua vida mais equilibrada. Aos dezoito anos ele se desenvolvia na pintura e escultura com prazer e desejo aplicado em conseguir de fato ser um artista reconhecido. A pintura era agora sua linguagem mais expressiva e primeira. A amizade com Fausto era ainda a mesma, forte e integral, a companhia de um e outro era assumida como essencial em suas vidas, nunca haviam se separado e não pretendiam que isso acontecesse, nunca falaram explicitamente sobre o assunto, mas sentiam que era isso que pensavam e desejavam. Haviam feito um pacto de amizade eterna, de que não se separariam nunca, pois eles juntos haviam vencido adversidades, conquistando o mundo e a retomada da vida.

– Seremos amigos sim. Diziam.

– Isso será uma resposta às dificuldades. Nossa amizade será um troféu às nossas conquistas, um prêmio às nossas superações.

A idade, que no corpo de Arturo se fazia mostrar, trazia também as implicações dos anseios que atuavam de forma ativada pelos hormônios, que geravam inquietações quando os pensamentos chegavam trazendo nas suas aspirações a figura do amigo Fausto. Esses pensamentos chegaram a princípio timidamente e não configuravam preocupações. E ele dizia, então, justificando-se:

– Isso é apenas o resultado da nossa companhia constante, não sei como separar os sentimentos de amizade com os de atração. Eu, às vezes, penso que tais desejos existam, mas não passa de confusão mental, nada com a qual eu não possa lidar e superar.

Porém, um sentimento acabava por suplantar o outro, a presença de Fausto mexia com suas emoções, e o seu olhar absorto se perdia em admiração pelo físico, pela maneira de falar e pelas atitudes determinadas e incisivas do amigo. A aceleração da respiração e da pulsação quando o via eram sinais evidentes de que nada seria tão simples e tão fácil quanto ele imaginava que fosse.

Arturo se dedicava em casa a seus Estudos Espíritas, muito na tentativa de buscar respostas para suas inquietudes, pela vontade de esclarecer o desejo implícito que o corroía, pela luta que travava entre sua mente e sua natureza física – o embate interior o assustava.

– Como e por que vinham esses pensamentos? – Por que, se fora criado por Deus como homem, poderia sentir vontade de estar com outro homem, contrariando a natureza divina de sua existência masculina? – E sendo esse outro homem, o seu melhor amigo?

Fausto, embora sem barreiras em seu laço de amizade, e o conhecimento do seu modo de ser e de pensar, nunca falara acerca de questões de natureza afetiva. Arturo nunca o ouvira falar em namoro, em paixão, amor, relacionamento. – Como reagiria se descobrisse nele algum indício desse ardor?

Tão envolvido estava que não percebera sua tia chegar.

– O que meu querido sobrinho faz tão entretido? Deixe-me ver o que você lê? Um livro Espírita?

– Desde quando você lê esse tipo de literatura?

– Por que você nunca nos mostrou nada sobre isso?

E essa dedicatória de "Fausto para Arturo, amigo e companheiro a quem dedico minha vida, minha alma e o meu coração. Nada irá nos separar".

– O significa isso Arturo? Pode explicar-me?

– Isso é apenas uma amizade dedicada e construída com base em nossas dificuldades e temores tia, nada mais.

Após a morte de Dona Isabel, avó de Fausto, os Marcondes tomaram sua guarda, bancaram seus estudos e a sua subsistência, mas o desejo de Fausto era o mais rapidamente se formar e tomar as rédeas de sua vida, mesmo grato a eles desejava morar só, ganhar sua própria remuneração. Já dispunha de algum dinheiro que ganhara com as exposições, cujo curador era Sotero. Do mesmo modo que Arturo, ele tinha grande prestígio e era visto como um promissor talento na pintura e, embora jovem, já tinha ganhado diversos prêmios com seus trabalhos. Pensou que, embora tivesse alguns desgostos familiares a vida não o desprovera de sorte e o compensara. Não como haviam feito seus pais que somente tiraram. A vida o provera com uma amizade maior, essa era a sua recompensa – Arturo.

A vida seguia seu rumo. Arturo e Fausto encorpavam e os hormônios acentuavam seus traços adultos e a libido influenciava os aspectos emocionais e psicológicos. Fausto se decidiu pelo curso de propaganda e marketing. Escolheu a faculdade, prestou concurso e foi o quarto colocado. Arturo decidiu-se pelas Belas Artes e já tinha muita prática e teoria. Estudava e lia muito a história das artes, experimentando novas técnicas e materiais em todos os segmentos manuais, inclusive o da escultura. A faculdade era a mesma de Fausto e assim continuariam próximos. As aulas estavam em sequência e os dois com as economias que conseguiram com seus trabalhos compraram um carro antigo que os possibilitava ir e voltar, na maioria das vezes, juntos. As aulas com

Sotero seguiam, mas somente Arturo deu sequência a elas.

Uma noite voltavam juntos quando no meio dos comentários sobre as matérias e as novidades da faculdade Arturo pegou Fausto de surpresa.

– Você pretende sair de São Paulo e ir para outra cidade quando se formar?

– Por que isso agora?

– Bateu um sentimento e um medo de que possamos nos separar.

– Acho que isso não acontecerá, não quero que isso aconteça. Estamos juntos há muitos anos, somos mais do que amigos Arturo.

– Você fala de coração? Não irá mesmo embora, nunca?

– Falo sim de coração, a vida nos uniu de forma única, quase de maneira improvável, não serei eu que irei desfazer essa união.

– O que você quer dizer quando diz que somos mais que amigos?

– Somos mais que amigos, irmãos, companheiros, dividimos tudo, amizade, conhecimentos, alegrias, dificuldades, dores, somos quase um. Tenho carinho por você e não sei como seria minha vida sem a sua companhia.

– Eu também sinto, mas mesmo assim alguma coisa me preocupa – algo estranho e intuitivo.

– O que posso fazer para deixá-lo tranquilo, para

afastar esse medo e preocupação de sua alma?

— Não sei Fausto, existem duas inquietudes em mim que me consomem e me angustiam, é algo invisível, como um pressentimento, mas quase palpável como uma certeza.

— Como pode ser isso Arturo? Não acredito que sendo amigos, que sendo o que somos um para o outro, que você traga em si alguma incerteza que não seja dividida comigo. Não apenas uma, mas duas, como você disse, ou será que tenho motivos para achar que sejam mais?

— Desculpe Fausto, se não fosse esse sufocante medo eu nem teria falado sobre isso.

— Diga amigo, divida comigo essa amargura e ela ficará mais leve então.

— Fausto, o meu medo não é apenas pelo motivo que falei, não somente o da separação por um mau presságio, mas o de uma separação forçada pelo que eu tivesse a revelar.

— Nada o que pudesse me dizer me forçaria a me separar de você, digo isso de forma definitiva, certo que uma separação somente poderia ser de acordo com o que você disse – provocada por algo extremo, extraordinário, por uma opção sua, pela morte. Não sendo isso, nada abalará o que nos une. O que eu sinto por você é algo que não se negocia, é algo que não se discute, e agora diga o que te trava e fale sem hesitação.

Os ruídos exteriores ao carro pareciam ter desaparecido, o silêncio tomou tudo e Fausto o interrompeu.

– Diga Arturo, vamos fale, não faça disso um item para a lista de motivos para nossa separação. – Disse Fausto tentando minorar o clima que sentia pesado, tenso e sério.

Diante da ameaça Arturo desandou a falar, como se um impulso incontrolável o tivesse tomado, não dando tempo a Fausto de digerir.

– Arturo, fale com calma, quero entender tudo o que você falou.

– Eu não queria falar, eu não queria.

– Escute bem Arturo, eu não fiquei chateado ou abalado com o que você disse, apenas quero que você confirme se o que eu ouvi é mesmo o que entendi.

– Você quer dizer que tem algum sentimento a mais do que o de amizade por mim, um sentimento maior e diferente?

– Sim. Respondeu Arturo. Sim, eu tenho.

Capítulo 23

Em outra esfera, nas dependências da Colônia Espiritual Estrela Azul, Eloísa se dirigia ao prédio do auditório, todo construído em paredes de vidro, e cercado de jardim de flores de intenso colorido e suave perfume.

O auditório ficava próximo à ala onde ela vivia, e era rodeado de chafarizes e pequenos córregos de límpidas águas que formavam um contíguo agradável e harmônico; ao fim de uma alameda, ipês de diversas cores, tão profundas e vivas pouco vistas quando encarnada. Havia em tudo uma carga de energia aprazível e revigorante, ali a vida era amistosa e produtiva, todos tinham uma função e o conjunto contribuía para a beleza e harmonização do lugar. Ainda assim as saudades a acompanhavam e era difícil esquecer Arturo. Por mais que os amigos orientassem sua mente se mantinha ligada a ele.

Ela entrou no prédio e encontrou o seu lugar; havia muitas pessoas ocupando quase todos os assentos; logo Álvaro chegou e se sentou ao seu lado. Uma tela de plasma iniciou uma apresentação, uma palestra acerca das diversas encarnações e a repetição de velhos vícios. Eloísa ouvia atenta e lembrou-se de Adalberto. Na tela o orador iniciou a palestra:

– Por que a obstinação ao mal? Podemos admitir, ao menos em parte, que o temperamento é determinado pela natureza do Espírito, que é a causa e não o efeito, dizemos em parte, porque há casos em que o físico influi evidentemente sobre a mente.

O estado doentio ou anormal determinado por uma causa externa, acidental, independentemente da vontade do Espírito, tais quais: a temperatura, o clima, os defeitos físicos congênitos, uma doença passageira podem sim alterar o moral do espírito em sua maneira de ser.

Esquivar-se, dizer que a persistência nos erros deve-se à fraqueza da carne não passa de subterfúgio para escapar às responsabilidades. As fraquezas são, sim, resultado da falta de energia para buscar saídas, e avaliar, por força do trabalho mental, os atos e suas consequências e então se perguntar: – São essas as ações que gostaríamos que fossem aplicadas a nós?

A carne só é fraca quando o Espírito é fraco. Inverter a questão apenas deixa à mostra que não estamos querendo ser responsáveis pelos nossos atos. A carne é destituída de pensamento e vontade, não pode prevalecer, jamais, sobre o Espírito. A carne não é um ser pensante e de vontade própria. O Espírito é quem dá à carne as qualidades correspondentes ao seu instinto, assim também o artista, que transmite à sua obra o cunho da sua genialidade.

Quando o espírito domina os instintos, o corpo já não o afeta, pois os impulsos estão controlados. Assim, o corpo não será um ditador de suas aspirações. Popularmente diríamos que o homem nesse estágio passaria a comer para viver e não mais viver para comer.

A responsabilidade moral dos atos da vida fica, portanto, intacta, mas a razão nos diz que as consequências dessa responsabilidade devem ser proporcionais ao desenvolvimento intelectual do Espírito, assim, quanto mais esclarecido for este, menos desculpável se torna seus erros, uma vez que com a sua inteligência e o seu senso moral nascem as noções do bem e do mal, do justo e do injusto. Esta lei explica o insucesso da Medicina em certos casos, em que o temperamento é um efeito e não uma causa. Então, todo o esforço para modificá-lo se torna em vão, já que disposições morais do Espírito, opondo-lhe uma resistência inconsciente, neutraliza a ação terapêutica; é sobre a causa primordial que se deve atuar. Daí, se pudéssemos dar coragem aos covardes nós veríamos cessar os efeitos do medo. *Isto prova, ainda uma vez, a necessidade para a arte de curar, de levar em conta a influência espiritual sobre os organismos.* [3]

Assim acontece com muitos que irresponsáveis e carregados de vícios, ciúmes, invejas, corrupção, amoralidade, imoralidade e ódio atribuem essas causas à fraqueza de sua carne, muito embora alguns perguntem: – Mas que carne se é espírito?

---

[3] *Revista Espírita*, março de 1869, p. 65.

O espírito de fato não se desprende das sensações físicas ao desencarnar se há ainda neles as tendências viciosas que são evidentemente próprias dos que se apegam mais ao físico do que ao moral. Ou ainda aqueles presos à dependência do organismo, nos casos dos que utilizam drogas, ou valorizam por demasiado a estética do corpo, que cultuam mais a ele que ao espírito, os que possuem disposições à cólera, à preguiça, à sensualidade, etc.

Se as suas percepções forem pelo gosto de viver excessivamente o uso do corpo, pelo apego de cultivar o próprio invólucro carnal, assim estando ainda fluidicamente ligados ao corpo físico, não podemos esquecer o quanto as impressões da vida material reagem sobre o espírito. Exemplificando, os que amputam membros e ainda os sentem mesmo sem os possuírem, se pelo uso constante de um relógio, ao retirá-lo levaremos algum tempo a nos acostumar com a falta dele, imaginemos então o que acontece quando deixando o corpo, acostumado pela frequência do uso, o que o espírito não sente? *O espírito gosta, usa e se acostuma tanto ao corpo que imagina ser ele próprio, o corpo.*[4]

Explanação terminada, todos saíram e Eloísa, então, perguntou ao Pai: – Pai, quando poderei ver o meu filho?

– Na hora certa Eloísa, na hora certa, apenas não anseie, eu te peço. Isso interferiria nos acontecimentos que se desenrolam e não é justo ou correto causarmos aflições nos que então ficaram.

---

[4] *Revista Espírita*, março de 1869, p. 65.

– Tudo está sendo acompanhado e controlado. Talvez, pelo decorrer dos acontecimentos em breve você poderá vê-lo. Agora serene, vamos caminhar, o dia está bonito.

Capítulo 24

Milla e Clovis perderam suas vidas terrenas devido a uma traição arquitetada por Hermes e Romanus, que eram casados e sócios em negócios escusos de tráfico de mulheres e drogas. Clovis e Milla entraram nos negócios em razão de seus conhecimentos na Espanha, porta de acesso de moças brasileiras enganadas, ludibriadas com propostas de empregos e bons salários.

Eles eram sócios, mas não havia confiança mútua entre eles. Clovis e Milla somente não sabiam que Hermes e Romanus também tinham em mente a mesma intenção de se livrar deles, e tomar para si os seus negócios. Conviviam com Clovis e Milla somente para ganhar tempo e se interar de todas as nuances das atividades ilegais a fim de dar um golpe traiçoeiro nos dois.

Poucos meses depois Hermes e Romanus já detinham os caminhos e os contatos dos dois obtendo-os por meio de suborno, oferecendo aos intermediários valores maiores do que os oferecidos por Clovis e Milla, conseguindo assim promessas da manutenção das facilidades já concedidas a eles. Com a eliminação dos dois poderiam distribuir maiores propinas, já que a divisão seria apenas entre dois, não mais entre os quatro.

O plano de eliminação dos dois estava pronto e aconteceria na antiga Fazenda da Casa de Pedra. Para lá Clovis e Milla foram atraídos com argumento de avaliação de um lote de mulheres que seguiria em breve para a Espanha. Durante a passagem por uma trilha Clovis e Milla foram empurrados e caíram em um poço abandonado. Milla bateu com a cabeça e desacordou. Ao voltar a si viu Clovis gordo e pesado, com a perna quebrada e urrando pela dor e humilhação vivida.

— Hermes, Romanus, não nos deixem aqui, por favor, tenho muito dinheiro e posso dá-lo a vocês se nos tirarem daqui.

— Verdade Clovis? E como pretende nos dar esse dinheiro?

— Ele está em um cofre em minha casa. São joias e dinheiro vivo, será tudo seu se nos tirar agora.

— Qual a garantia que temos de que fará isso mesmo? Você é ardiloso e perigoso.

— Estou com uma perna quebrada e não tenho como ameaçá-los.

— Milla já acordou?

— Sim ainda está tonta, mas está desperta, sim.

— Ela sabe como abrir o cofre?

— Sabe sim.

– Então a levaremos e você será a garantia de que ela nos abrirá o cofre. Vamos tirá-la daí então.

Clovis falou com Milla: – Dentro do cofre tem uma pistola, a senha é quarenta e dois à direita, vinte e dois à esquerda, abra o cofre pegue a arma atire para matar ou pelo menos os deixe fora de combate. Não posso ficar muito tempo aqui com a perna quebrada, logo entrarei em estado de inconsciência, não falhe e volte com ajuda.

Os dois a tiraram do poço e a levaram até a casa de Clovis. No quarto Milla afastou os livros de uma estante e deu com a tampa do cofre, segurou o segredo do cofre e girou conforme orientação de Clovis. Abriu a tampa e colocou a mão no interior do cofre, sentiu os maços de dólares e moeda, os pegou os atirou ao chão, depois pegou as joias e fez o mesmo, por fim sentiu o cabo da arma. Hermes e Romanus caídos de joelhos catavam admirados os valores e os objetos, quando Milla apontou a arma para Romanus e puxou o gatilho.

A primeira bala atingiu Romanus nas costas, que caiu sobre a mesa de centro, espatifando o vidro. Antes que Milla tivesse tempo de apontar e acertar Hermes, ele correu. Ela atirou duas vezes, mas os dois tiros dados não o atingiram. Milla correu e o viu atravessando os jardins e disparou mais duas vezes. Sentiu que ele cambaleou e o seguiu, porém não mais o viu, apenas um filete de sangue dava conta da sua trilha de fuga. Pouco depois ouviu o ronco do motor e um carro partiu em disparada. Milla voltou à sala e encontrou, ainda, Romanus caído. Ele ferido pela bala e pelos vidros quebrados que deixara um grande corte no peito, pediu ajuda a ela.

— Milla, ajude-me. Leve-me a um hospital, eu vou morrer se ficar aqui.

— O que vocês iriam fazer comigo, depois que pegassem o dinheiro?

—Tenha piedade Milla. Ajude-me, não quero morrer assim.

— Sinto muito Romanus, mas minha prioridade é Clovis, se vire sozinho, mais tarde voltaremos para dar fim ao seu corpo. Ela recolheu tudo e colocou em uma sacola, procurou as chaves do carro de Clovis e foi até a fazenda. Aproximou o carro do poço e rezava pedindo que Clovis, ainda, estivesse desperto, pois se não, como o tiraria do buraco. Chegando perto do poço ela gritou por ele.

— Clovis, eu estou aqui, vou jogar uma corda e te tirar desse buraco, depois damos um jeito na sua perna. Trouxe o dinheiro e as joias, a arma também.

— Jogue a corda, então, e amarre a outra ponta no carro, puxe devagar. Pediu Clovis.

Quando Milla se virou para ir ao carro, foi surpreendida.

— Pensou que iria se livrar de mim tão facilmente? Gritou Hermes. Vá até o carro e pegue a bolsa com o dinheiro.

Milla, ameaçada pela arma de Hermes, fez o que foi mandado.

— Agora entre no carro e dê marcha ré.

Milla passou a marcha e o carro se lançou sobre o poço e despencou sobre Clovis.

Hermes, à beira do poço, descarregou a arma em Milla.

Esses foram os motivos pelos quais os dois, ainda espíritos presos à Terra, estavam revoltados com os homossexuais, e vagavam em busca de vingança. Em detrimento de seus próprios defeitos tomaram a bandeira da homofobia como causa suas e trabalhavam consequentemente para torturar e causar danos e malefícios àqueles que se encaixavam na visão dos seus ódios. Principalmente "viviam" em busca da localização de Hermes e Romanus, e Adalberto se encaixava perfeitamente nos requisitos que desejavam para alguém que pudesse tornar a vida de Sotero um inferno e havia ainda a motivação negativa de que ele tinha um filho se encaminhando francamente para a opção sexual que desdenhavam.

Milla e Clovis passaram muitos anos vivendo na velha Casa de Pedras da fazenda, mas ainda não sabiam que Hermes e Romanus haviam morrido e reencarnado como Sotero e Rangel e que ambos, por coincidências da vida, tinham uma relação muito próxima com Arturo, nos tempos atuais.

Capítulo 25

Sotero, homem vivido, trazia ainda em si registros das vidas passadas, que ativados conscientemente lhe davam as respostas para sua maneira de ser no passado. Sabia ele que, em razão da espiritualidade que desenvolvera, todas as respostas estavam em seu íntimo. Passara a viver de maneira sóbria, recatada, e voltada ao seu trabalho e espiritualização. Trabalhava em uma casa Espírita como médium e fazia de suas horas livres a leitura de obras especializadas e voltadas para o seu crescimento espiritual.

Sabia que Deus, o Criador de tudo e de todos, criou os homens simples e ignorantes, tendo por destino a evolução permanente e os equipou com sua centelha, a consciência que tem duas faces, a inteligência e o livre-arbítrio. Que as Leis Naturais, desde sempre pré-estabelecidas, imutáveis, justas, perfeitas, infalíveis, em estreita ligação com a Consciência, vêm balizando o ser para o seu destino, rumo à eternidade. Evoluir, evoluir sempre. Por evolução entendia a aquisição e prática constante de virtudes, com consequente banimento de defeitos e como fonte permanente de energia para realizações construtivas.

Eloísa não sabia por que, mas, de repente a sua atenção ficou voltada para Adalberto. Tinha aprendido muito sobre a vida e como ela, à sua maneira, nos dava respostas. E aprendeu, também, que devemos estar atentos às mensagens que nos chegam de diversas formas e diversos canais. Aprendeu com o seu pai que muito do que vivemos é consequência de nossas escolhas, da forma de pensar e em muitos casos, advindas de nossas vidas passadas.

Seu pai lhe tocou o ombro e ela despertou de seus pensamentos.

— Pensando em Adalberto, não é?

— Sim pai, às vezes, penso que eu também fui responsável por tudo o que aconteceu, por causa das escolhas que fiz. Ainda assim eu poderia tê-lo ajudado a realizar mudanças, e ainda hoje penso que a nossa ligação não tenha sido sem razão e que ela continua forte.

— Infelizmente foi um momento, mas já passou. Você tem aprendido muito aqui conosco, vejo o seu esforço em progredir. As opções de vida sejam quais forem, podem sim atrasar ou fazer avançar nossa evolução, mesmo quando não trazendo o mal a terceiros, mesmo não agregando malefícios ou prejuízos a outrem poderão ser, ainda assim, capazes de causar adições às nossas jornadas, demoras e dificuldades no nosso avanço diante de Deus, quando por omissão ou indiferenças deixamos de lado os que de nós precisaram. Quando por insensibilidade não prestamos caridade, quando dificultamos por nossas opções a programação definida antes de virmos à Terra ou a outro Plano qualquer.

– Eu sei pai, assim penso e entendo hoje, o meu esforço diz respeito ao meu filho, é por ele também que tento melhorar, por mim, mas sei que também tenho responsabilidades com Adalberto.

– Sim filha, diante de que qualquer julgamento humano está Deus acima de todas as coisas. Ele não diferencia qualquer um de nós, estando tão além de nossa abrangência. É o próprio tempo maturando nossas almas, nos acolhendo e nos ensinando através de novas oportunidades de reencarnações e de revermos nossas vivências e atos passados. Olhe agora, para frente, já que entende que tem compromissos a resgatar. Logo as oportunidades acontecerão para que as realize.

– A nós cabe absorvermos a luz da compreensão, e seguirmos além da política, dos credos, das profecias, das religiões, das opções sexuais, das cores dos corpos. Ser acolhedor, integral, não ignora ou despreza nenhum dos que cruzaram nossos caminhos, e de nós depende por força do ato do bem ou por força do ato da regeneração dos resgates passados.

– Pai, por que o Adalberto ficou na Terra e eu fui acolhida aqui?

– Qual a diferença dos nossos erros?

– Por que os tratamentos diferenciados?

– Muito simples filha. Adalberto continua num mesmo padrão vibracional, mantendo as atitudes e os erros, a vontade e o desejo de continuar como vivia. Você não filha, embora tenha errado também, vinha tentando se modificar. Aceitou a gestação de um ser que precisava de uma chance de reencarnação, o acolheu, cuidou, deu amor, tentou esforçadamente se modificar. Sofreu com a morte, pois temeu por seu marido e por seu filho.

– Obrigada pai, você parece que compreende as minhas dores e as minhas aflições.

– Filha, todos nós teremos colo, – disse ele rindo. Deus semeia no tempo enquanto maturamos nossos espíritos, amadurecendo, frutificando.

Adalberto seguia as ordens de Milla e Clovis e vivia constantemente entre se deslocar à fazenda e seguir as rotinas de Arturo e Fausto. A afeição dos dois o irritava, pois via nela, maliciosamente, mais do que uma relação de amizade. Sentia mais integralmente as energias que fluíam dos dois. Quanto mais ele se exasperava mais parecia que esses laços o ligavam, através de fios magnéticos que funcionavam como grandes centros de forças, condutores das sensações de um ponto a outro. Adalberto as recebia e lutava para rejeitá-las. Esse conflito determinou que ele fosse mais um a participar da organização de Clovis e Milla combatendo de forma má, negativa os seres que, vindos à crosta terrestre, exerciam ou não a homossexualidade. Eles trabalhavam em caráter exclusivo para destruir os que consideravam tomados por doença, por um desvio deformador de caráter, que viviam uma anormalidade da natureza.

Capítulo 26

*P*or que está tão triste hoje, Sotero?

– Estou muito emocionado, indignado, triste.

– O que aconteceu?

– Você conheceu o Elcio?

– Sim, o seu amigo que era pediatra?

– Ele mesmo. Foi assassinado. Morto por alguém que decidiu que não pode haver diferenças, alguém tão intolerante que procura desumanizar um grupo de pessoas, negar a sua humanidade, dignidade e personalidade. Alguém que decidiu que ter opção sexual distinta a dele é crime, que precisa ser extirpado da sociedade, do mundo. Eliminado porque isso o incomoda. Alguém tão de mal com a vida e infeliz consigo, carregado de intransigência e violência que vem e extingue uma existência próspera, produtiva e útil, dando fim a uma vida plena de amor, de alegria, de sensibilidade e feliz. Uma pessoa do bem, amigo leal, disponível para ouvir, ajudar. E que escolheu ser pediatra para ajudar as crianças. Ele tinha um centro de assistência, onde duas vezes por semana atendia aos menores carentes, às comunidades sem aceso à saúde infantil.

— Como foi isso Sotero?

— Ele foi a Juiz de Fora visitar a mãe. Duas vezes a cada mês ele fazia isso. Era um filho querido, amado por todos da família. À noite resolveu sair para se divertir, foi a uma boate. Ao sair com dois amigos foram os três à loja de conveniência comer algo. Não perceberam que estavam sendo seguidos por um grupo homofóbico que perpetrou essa barbaridade, matando-o a golpes de cassetetes e pontapés; os outros dois amigos estão mal, com risco de morrer. Fui ao velório ontem.

— Arturo, há algum tempo pretendia convidar você a me acompanhar a uma casa Espírita que frequento, mas esperava pela sua vontade e pelo tempo certo para isso. Agora que a oportunidade se faz presente, podemos ir?

— Obrigado Sotero, venho estudando sozinho a Doutrina Espírita, a contragosto de minha tia. Frequentei a igreja por muitos anos por desejo delas, mas agora que minha avó faleceu, não vejo mais motivos para prosseguir nessa situação.

— Mas, o que de fato o desagrada Arturo?

— Discordo do muito que me diziam. Não encontro coerência em muitas coisas, a minha maneira de ver a vida me mostra uma forma distinta de ver Deus, diferente das que me ensinavam.

— É Arturo, eu sei do que você está falando. Fala de dogmas e conteúdos incompatíveis com o que foi pregado por Jesus. Acho que nossos processos são semelhantes. Eu quando era menino cheguei a criar debates com o padre de minha paróquia, nas aulas de catecismos. Embora ele me mandasse ficar calado, eu pude, em uma das vezes, me estender mais na malcriação e falar acerca da questão do inferno e do pecado mortal. Quando ele me dizia que todos nasciam com o pecado mortal, eu me rebelava. Hoje eu entendo que, o que isso significava era a ideia de temor a Deus, era uma forma simbólica construída para que nos submetêssemos à Igreja.

O pecado mortal nada mais é do que os erros que trazemos de nossas reencarnações passadas, e isso não nos atira ao Inferno, não nos torna pecadores incorrigíveis, nem Deus um carrasco.

Eu, em meus oito anos de idade enfrentei o padre e disse:

– Padre, diz o senhor que Deus é bom e justo e penso que bem o seja, mas Deus não será bom e justo se deixar um de seus filhos atirado ao Inferno sendo queimado eternamente enquanto os escolhidos estarão no Paraíso apreciando as delícias e prazeres eternos. O padre me disse que essa era a ordem das coisas. Os que se atrevem a desafiar Deus pelo pecado merecem de fato o Inferno. Quando cheguei a casa perguntei à minha mãe se eu deixasse de ir à igreja Deus me mandaria ao fogo eterno.

Arturo riu, mas logo depois se tornou assombreado.

– Sotero, eu vivo em busca de respostas, não encontro considerações em religião alguma, nem mesmo na Doutrina Espírita. Tenho obtido as devidas exposições de motivos para justificar esse desejo que me atrai a Fausto.

— Por que você busca na religião uma resposta quando o que está em conflito é você? Quantas vezes já ouvimos dizer que amar dói?

— Amar exige desafios, nos leva a algo diferente do que estamos acostumados, não me refiro somente a uma forma de amar, refiro-me a todas as formas, porque amar envolve todo nosso ser. Somos constituídos de amor, amar é nossa essência divina, por este motivo quem decide não amar sofrerá, talvez mais do que se optasse por amar.

— A dor de amar está ligada à dor de renunciar, de se expor, deixar que rompam as nossas barreiras, derrubem nossos muros, é uma forma diferente de nascer. Quando amamos renascemos constantemente. Tomar decisões muitas vezes é difícil, é doloroso, é saber que haverá dificuldades. Guardamos dentro de nós coisas que nem sempre queremos colocar para fora, e o amor extrai de nós o que somos em toda a nossa extensão.

— Minha tia me diz que a homossexualidade não é coisa de Deus, que é prática pecaminosa e que não é amor natural nem divino, que como tal iremos para o Inferno por vivê-lo, por desejá-lo, pois lá todos viverão queimando pelos seus pecados contra as leis de Deus, e assim permaneceremos como se a cada dia fôssemos julgados e condenados às dores, maiores e piores, e punidos pelo fogo, eternamente. Tenho medo de me assumir e enfrentar todos.

— Arturo, essa é uma questão que a própria pessoa deve julgar e ter a capacidade de decidir. Não deve ser necessariamente de um modo ou de outro.

— Sotero, as pessoas dizem que você é homossexual, mas, no entanto, nunca soube, nunca vi você com quem quer que fosse. Por quê?

— Arturo, o necessário é viver com integridade. Se a pessoa está vivendo em conflito e não se assume, isso a deixa dividida, em desordem consigo mesma, com seu ser e sua sexualidade. Fica difícil então ser íntegro.

— Por outro lado, se a pessoa decide assumir para si a homossexualidade, mas não quer se expor, publicamente, e prefere levar uma vida de abstinência ou ser discreta em sua vida sexual, sendo ao mesmo tempo muito honesta consigo mesma, acho que não há problema, pois isso trará paz para si própria.

— Se intimamente não há conflitos o ser se torna saudável e possivelmente feliz. Isso é de fato o que devemos buscar. Isso não só é válido para os homossexuais, mas para todos. Ao vivenciar com amor e compaixão, alegrando-se com as virtudes e mantendo uma postura de equidistância entre um e outro, o indivíduo também sentirá esse conforto na alma.

— Um indivíduo homossexual é um ser humano como qualquer outra pessoa, deve agir dignamente para que na família e na sociedade possa ser respeitado, ser aceito nos seus direitos, isto é, se cumprir com os seus deveres. Diante de Deus não há, portanto, superior nem inferior entre os humanos.

— Na verdade faz algum tempo que me abstenho de uma vida a dois, de uma vida em comum, não sinto necessidade de sexo, sou um indivíduo equilibrado e saudável mentalmente, que sabe organizar e lidar com todos esses sentimentos de forma tranquila e calma. Tenho minha saúde mental, minha qualidade de vida. Cuidar-se e cuidar do próximo é fonte de prazer também. A afetividade, na minha vida como na de todos tem grande importância, é por ela diretamente que nos comunicamos com as nossas emoções. Tenho me dedicado a cuidar dos outros, de minhas crianças nas duas instituições que frequento; dos meus velhinhos; e do leprosário que visito uma vez por mês. Amo o que faço, amo a psiquiatria e amo as artes. Tenho uma vida plena e bem-aventurada mesmo sem estar vivendo com alguém ou sem sexo. Não sei se isso será definitivo, já tive sim parceiros e companheiros, mas hoje eu estou absolutamente feliz assim do jeito que sou e estou e isso me basta.

— Por que você como homem que tem posição social bem definida e sólida não reivindica os direitos dos homossexuais?

— Sabe Arturo, até discordo de algumas posturas sociais que têm a maioria de meus pares, às vezes, os acho infantis e desajeitados na hora de exigir o respeito que tanto dizem não ter, embora eu acredite que até tenham com relação à homossexualidade.

— Entendo o respeito quase como uma via de mão--dupla: o respeitado o é porque não pauta em discussão suas escolhas. O respeitador respeita porque tem o respeito como um princípio, como um valor para a vida. Assim deveria ser.

— Penso que quem grita, quer se ouvido, mas também precisa escutar. Viver entre o que a sociedade pede e aquilo que queremos, genuinamente, não é um privilégio dos homossexuais. É um exercício constante de todos com relação a todas as escolhas de vida. Como nos saímos nestas provas é o que nos diferencia dos demais. Consiste na nossa marca registrada de ser.

A discussão da homossexualidade no nosso tempo servirá de foco para outras tantas que nos angustiam diariamente, mas que não são de foro aberto. Há ainda uma longa caminhada para entendermos que o problema não está fora. É interior. "Ser ou não ser", eis a questão. Lembra-se desta frase? Antiga, não é Arturo?

– Obrigado Sotero, vou pensar sobre tudo o que me disse, mas isso é no fundo uma questão de foro íntimo, sua vivência é sua, sei que você é um homem em paz, mas a minha alma está atormentada e preciso de um encontro que seja meu, que venha pela conscientização, pelo entendimento próprio me trazer a calma, meu peito está oprimido, tenho uma angústia a clamar em mim, a me sufocar, um grito que preciso soltar.

Naquele momento Sotero sentiu uma lufada quente, um incômodo no ambiente atuando sobre Arturo. Era Adalberto, insuflando pensamentos negativos, acusadores e ligando seus canais de energia aos de Arturo. Do seu corpo saíam substâncias enegrecidas e causavam os desconfortos a Arturo. Em Adalberto as suas convicções contra os homossexuais davam o entusiasmo robustecido para os ataques, e encontrava campo propício nas atitudes titubeantes do filho. Adalberto se sentia indignado ao saber que o seu filho amava outro homem.

– Não admito um maricas com o meu sangue. Isso não é hereditário, é uma conduta adquirida, educação imposta por Rangel.

– Isso mesmo Adalberto, foi sim Rangel quem induziu o filho à promiscuidade. Temos de fazê-lo pagar por isso. – Diziam Milla e Clovis.

Capítulo 27

𝒩a ocasião em que Clovis e Milla ficaram no poço abandonado saíram, em espírito, com dificuldades do local, subiram pela lataria do carro como se vivos estivessem. Clovis sentia muitas dores na perna quebrada, manchas arroxeadas tomavam boa parte do membro, de onde saia um fluido fétido, pululante de vermes. Milla, ferida no peito e na cabeça, gemia. Os dois, exaustos, deitaram no relvado e dormiram exauridos, acordaram e sentiram sede e fome. As dores ainda eram alucinantes e o aspecto dos dois era assombroso.

Logo o céu escureceu e as sombras negras das nuvens chegaram até eles, os ventos se aceleraram e a chuva forte desabou sobre as suas cabeças, o dia como se fosse noite se transformou. Os trovões enchiam a tarde, raios e relâmpagos espocavam luzes iluminando rápida e repetidas vezes o firmamento, alguns caiam perto, próximos a eles.

– Precisamos nos proteger, parece que os céus querem nos atingir. Você está péssimo, horroroso. – Disse Milla.

– E você não está menos mal do que eu.

– Vamos nos abrigar naquela Casa de Pedras, abandonada.

Entraram. Clovis se acomodou em um monte de feno, gemeu e desfiou inúmeros palavrões e impropérios.

Na janela um raio rasgou o horizonte, e Milla se viu na vidraça, rosto cadavérico, cabelos desgrenhados e olheiras profundas. Chorou muito e por fim disse:

— Por que estamos nesta situação?

— Não sei, vamos descansar e depois dessa maldita tempestade vamos procurar alguma ajuda.

— Mas por que estamos assim nesse estado? As roupas rasgadas, sujas e com essa aparência física?

— Não tenho as respostas que você quer, apenas quero dormir. Não estou preocupado com as aparências, com vaidades. Quero curar essa perna e voltar à minha vida normal.

Na manhã seguinte o sol ascendeu no horizonte, o frescor deixado pela chuva ainda mantinha efeito sobre as plantas, flores surgiam perfumando o campo e a vida. Os dois acordaram e saíram em busca de ajuda, viram uma casa grande, uma sede de fazenda e se aproximaram. Rondaram a casa e os cães latiram, mas recuaram aos vê-los de perto. Subiram os degraus da varanda e sentiram o aroma da cozinha, pão fresco e café. Bateram palmas e chamaram os moradores, mas eles se movimentavam sem vê-los. Os cães continuavam latindo e uma mulher chegou e jogou água sobre eles que ganiram e correram para longe. Milla se dirigiu a ela que não lhe deu atenção.

— Esses cães parecem que estão vendo fantasmas. Diacho, não se pode ter sossego, já de manhã é esse inferno.

Milla e Clovis se entreolharam sem entender o que ocorria. Entraram e viram uma mesa posta, muitos pães, doces, bolos, queijos e manteiga. Café e leite quente. A visão da bela mesa arrumada e dos apetitosos quitutes encheu de prazer os sentidos dos dois. Tentaram pegar alguns pães, mas suas mãos atravessaram a matéria.

A negra e gorda cozinheira veio da cozinha trazendo um fumegante cuscuz. Os dois correram e se esconderam, quando um homem alto e vestido de boiadeiro, com dois outros mais jovens, com as mesmas vestimentas, desceram as escadas conversando e se sentaram à mesa. Depois duas crianças e seus pais fizeram o mesmo.

O homem mais velho chamou a empregada.

– Geralda, Ramon já se levantou?

– Não que eu tenha visto senhor Assis.

– Vá chamá-lo, e diga que estamos a esperá-lo.

Alguns minutos depois chega o rapaz com rosto de sono, aborrecido e ao lado dele outro homem, espírito invisível a todos, vestido de negro o seguindo, com alguns fios grudados fazendo a união entre os dois.

– Sente-se Ramon, como sempre tenho de avisá-lo que não quero estar à mesa sem todos os membros dessa família acomodados.

Ramon sentou-se e o outro homem vestido de preto ficou em pé ao seu lado. Via-se nitidamente que os alimentos ingeridos por ele modificavam as cores das energias que emanavam de seus corpos e via-se também que pelos fios de ligação entre ambos fluíam essas energias alimentando o homem de negro que ficava ao lado do jovem.

Milla e Clovis estavam estarrecidos e buscavam o entendimento para aquilo, tudo novo e surpreendente.

O café terminou e os homens vestidos de boiadeiros se levantaram e se despediram do casal. O homem mais velho falou com o pai das crianças, Carlos, desejando uma boa viagem para São Paulo, beijou os pequenos e saiu. Os boiadeiros foram para as atividades da fazenda. O homem que seguiria para São Paulo beijou a esposa e os filhos, foi até o irmão Ramon e se despediu dizendo:

— Ramon, já está na hora de você definir sua existência, com dezoito anos eu já sabia o que queria da vida e aos vinte estava casado. Você está nesta vida de futilidade e mesada, sem uma formação, sem querer participar das atividades da fazenda, sem querer buscar na cidade uma profissão, uma colocação; quando eu voltar nós decidiremos, pois você não pode continuar a infernizar nosso pai, vivendo inutilmente.

— Isso é assunto meu. Você não tem o direito de se envolver onde não é chamado.

— Desde que afete minha família o assunto também me afeta, mas, não tenho tempo agora para discutirmos. Aguarde minha volta e veremos se tenho ou não direitos.

Os pensamentos de Ramon ferviam e eram estimulados pelo ser de vestes negras que estava ligado a ele, obsidiando os seus centros nervosos, estimulando-o à discussão.

— Melhor que vá mesmo embora, quero você bem longe daqui.

Milla e Clovis estavam assim absortos quando um jovem negro, filho de Geralda, entrou, sentou-se à cozinha e conversou com a mãe. Eles, escondidos, ouviam a falação dos dois.

— Você recolheu as verduras e os legumes que pedi João?

— Sim mãe, sabe que acharam dois corpos no velho poço perto da estrada?

— Como filho?

— Dois corpos sim, uma mulher e um homem. Havia um carro caído dentro do poço, sobre o homem, a mulher estava no volante. Foi baleada, tiros mesmo.

— Vixe Jesus como anda esse mundo, nem aqui na roça temos mais sossego.

— A polícia está fazendo a remoção e os dois estão bem vestidos, ele de paletó listrado e gravata, cheio de joias, e a mulher é loira, cabelos quase brancos de tão loira.

— Estamos mortos Clovis? Ele está falando de nós, está nos descrevendo. – Falou Milla exasperada.

Isso chamou a atenção de João, que se voltou e os viu.

— Eita, mãe Geralda, estou vendo os dois escondidos ali perto da despensa.

— Deus, eu não vejo nada, João.

— Pois que estão ali mesmo, os dois, ao lado da porta.

– Na minha despensa não, fora já daí os dois, em nome de Cristo.

Geralda, mesmo sem ver nada, atirava vassouradas a esmo. Os dois correram, e Milla apoiava Clovis que mancava e blasfemava.

Na Casa de Pedra se atiraram ao chão e Milla chorou.

– Estamos mortos Clovis, estamos mortos.

– Estamos mortos nada Milla, estamos aqui conversando, não estamos?

– Mas por que ninguém nos vê? Por que sentimos fome e não conseguimos comer? Por que ninguém via aquele homem de preto sugando o rapaz e somente o João nos viu e a mãe dele não? – Gritou Milla, histérica.

– Sem histerismos femininos. Não sei explicar nada nesse momento. Algumas coisas contraditórias e confusas estão acontecendo mesmo, mas estamos vivos, disso tenho certeza.

– Vocês não estão vivos.

– Você de novo seu moleque. Deixe-nos em paz. – Falou Clovis.

– Não menino, venha e explique para nós o que se passa. Você é o João?

– Sim sou João Vicente, moro aqui na Fazenda da Casa de Pedra, minha mãe é Dona Geralda.

– Sim menino, mas explique logo.

— Vocês morreram no velho poço, para os lados da estrada.

— Seu fedelho, atrevido, vou dar uma lição em você.

— Deixe-o falar Clovis. Como você pode saber disso?

— Venham comigo que vou mostrar a vocês.

Os três seguiram e viram de longe o movimento de policiais e curiosos, e se aproximaram. Chegando perto do poço viram a confusão em torno de dois corpos sobre a relva. Chegaram mais perto. O espanto dos dois, então, foi imenso. Clovis, de boca aberta, se afastou logo devido ao choque. Milla correu e aos prantos fugiu para a Casa de Pedra.

— Não pode ser verdade, como pode estar acontecendo isso?

— A gente quando morre o espírito se desprende do corpo, o senhor não sabe disso?

— Nunca ouvi falar disso. – O que temos a fazer João?

— Se vocês não estivessem tão preocupados com vingança e tivessem levado uma vida no bem, pelas coisas boas, não estariam aqui assim nessa situação.

— Como assim seu moleque?

— Cada alma quando sai do corpo pela morte segue para um destino, mas isso depende da maneira como viveu. Se um homem de bem, que vive a vida praticando a bondade, amando os seus semelhantes e fazendo a caridade, ele tem uma alma mais pura e mais leve, daí então ele vai para um lugar bom, destinado por Deus.

– Quem ensinou essas coisas a você?

– Eu nasci vendo tudo, desde pequenino que eu vejo alma penada. Desculpe Seu Moço, não quis ofender, mas minha madrinha Santinha que morreu ano passado foi quem me ensinou muitas coisas. Outras eu falo assim sem saber por que, e não sei de onde vêm, vão saindo boca a fora.

– Quem é Santinha?

– Era a dona da fazenda e esposa de Seu Assis.

– E o que fazemos quando estamos com fome, não podemos comer e com sede sem poder beber?

– Vixe seu moço, isso é complicado, porém se for um espírito muito atrasado, ou ligado à materialidade sentirá esses desejos como se estivesse no corpo. As almas apegadas ainda a essas coisas da vida sofrem desejos materiais. O senhor está sentindo dor nessa perna?

– Sim muitas.

– Muitos espíritos costumam sentir uma dor danada. – Falava João como se estivesse tomado por um ser divino, evoluído. Muitos registram sensações de sofrimento, pavor e angústia como se realmente estivessem sentindo dor de verdade.

– Você quer dizer que não estou sentindo dor alguma?

— Não deveria seu moço, mas por causa das vivências das angústias morais, remorso, ódio, perturbações emocionais, medo, ansiedade, que torturam muito mais que os sofrimentos físicos, os desencarnados sentem sensações de frio, calor, fome, sede, cansaço, sono e dores físicas.

— Como posso me livrar disso?

— Pelo desejo de evoluir, de ser ajudado pelos seres de luz e mais sábios, pelo arrependimento, pela admissão de suas culpas e por querer mudar a forma de serem.

— Olha menino, eu tenho muitas coisas a fazer aqui, tenho de me vingar de quem me atingiu assim. Quero vê-los caídos, sofrendo assim como eu.

— Olha seu moço, o senhor nem se dá conta do mal que irá causar a si mesmo, assim seu moço o senhor continuará padecendo de dores, de fome e de sede. Acho que o senhor deveria dizer isso tudo àquela moça, ela me parece mesmo arrependida e querendo sair dessa situação de dor.

— Pode deixar menino, eu digo tudo a ela sim, mas como posso tratar dessa perna doente?

— Tem um hospital espiritual que fica aqui próximo, numa esfera paralela, que cuida dos casos mais graves.

— E como chego?

— Veem aqueles dois, um apoiando no outro?

— Sim.

— Sigam-nos, eles estão em tratamento.

— Outra coisa: quem é aquele sujeito que estava ligado no rapaz Ramon?

   – É um obsessor, ele se nutre dos maus pensamentos, das malícias e das ervas que ele fuma, ervas danosas ao seu cérebro.

   – E por que ele faz isso? É para matar os desejos?

   – Sim em parte.

   – E por que vocês o deixam ficar assim como um parasita e não dá umas vassouradas nele assim como fizeram com a gente?

   – Já tentamos, sim, minha velha mãe me ensinou muitas rezas e trabalhos de afastamentos de obsessores, eles vão, mas logo voltam, pois a mente do Senhorzinho Ramon atrai e aí vivem eles de trocar prazeres, um alimenta o outro, cada um dá o que o outro precisa – malícia e devassidão; ele inspira o Senhorzinho, ele gosta e faz o que o outro manda. Ele está apaixonado pela cunhada e não dá paz à moça. Isso está me cheirando à desgraça. Logo seu Carlos volta e nem sei o que poderá acontecer se ele souber.

   Clovis e Milla seguiram os dois espíritos até o hospital.

   Muitas instituições plasmáticas do espaço estão situadas no mesmo lugar ocupado por prédios físicos do plano terreno, assim o hospital que foram procurar ocupava a mesma estrutura do posto de saúde da localidade. Entraram e foram recebidos por enfermeiras absolutamente gentis e atenciosas, dispostas a ajudar os irmãos sofredores e em desespero.

Clovis se atirou sobre uma maca, sem ver que outro enfermo padecia de uma infecção na vesícula e a fusão de seus corpos espirituais aumentou ainda mais a dor dos dois, que gemiam em uníssono. As enfermeiras espirituais atenderam Clovis e Milla.

– Vocês permanecerão aqui por algum tempo até que se restabeleçam – disse a orientadora-chefe do lugar. Receberão orientações e passarão por melhores cuidados em outros centros de cura espiritual. Aqui somos apenas uma emergência. Vocês estão precisando de ajuda de fato, mas o arbítrio é livre e não podemos forçá-los a ficar. Os perispíritos de vocês estão saturados de sensações externas.

– Que conversa é essa moça? Eu tenho é dor e muita, se puder me atenda logo, não quero conversas fiadas.

Milla menos intranquila disse que queria ficar e foi encaminhada a uma seção feminina. Clovis, preocupado que Milla o abandonasse, mais gemeu em alto e bom tom.

Nos ferimentos de ambos foram ministrados tratamentos à base de luzes e para melhoria geral cada um ficou em uma sala de iluminação suave e azulada, uma música ambiente de sublime teor melódico encantava e elevava os espíritos atormentados, era um bálsamo, um medicamento sonoro.

Eles ficaram lá e uma semana depois a perna de Clovis melhorara muito e a aparência de Milla ganhara viço e cuidados.

Uma tarde ela deitada em brancos e alvos lençóis se deixou embalar pelas melodias e imagens que eram projetadas nas paredes da sala. Imagens de teor agradável e sugestionáveis aos bons pensamentos. Em poucos minutos ela adormeceu e sonhou com seu pai. Viu a morte dele e o abandono em que ela ficou, o descaso da madrasta vaidosa, os tormentos e as torturas mentais que lhes foram impostas por ela. A internação psiquiátrica sem motivo, provocada pela mulher para lhe tomar as posses e para administrar a parte dos seus bens deixados pelo pai, e o martírio e incapacidade de se fazer entender que não era louca, que era vítima de trama, de uma invenção bem orquestrada por sua madrasta.

Depois, sim, de ter entendido que era um golpe armado, intencionalmente, para deixá-la de fato louca, Milla passou a tomar outra postura, a de não lutar, e usar a inteligência, pois, quanto mais se rebelava, mais era classificada tal qual uma louca, o que somente agravava a sua situação, considerando que era isso que a madrasta desejava. O conhecimento e a ajuda de Romanus, um ex-interno, lhe deram fuga. A vida sem destino que tomou, devido à situação provocada, impedia de lutar pela recuperação do seu patrimônio.

Milla e Romanus viajaram por todo o Brasil, de ponta a ponta, de carona e favores. Em uma dessas viagens, Romanus conheceu Hermes e aos poucos foi perdendo o interesse por Milla ao se aproximar mais do novo companheiro. Isso provocou muitas discussões e bate-bocas entre Romanus e Milla, por ciúmes dela. Romanus, em uma dessas discussões confessou que tinha atração por Hermes, que havia correspondência, e os dois, então, se separaram então. A separação somente foi por esse motivo, Milla gostava dele e tinha confiança, admiração e agradecimento a ele, pelos anos que passaram juntos, pela vida cheia de aventuras, diversões e conhecimentos, mas em seu coração uma mágoa ganhou corpo e feria seus sentimentos femininos, o de ser trocada por um homem.

Nos seus sonhos viu, ainda, imagens de quando conheceu Clovis, em seu circo. Como ganhou o emprego de bailarina e trapezista. Como descobriu que ele era um vigarista, e embora sabendo, o aceitou, pois ele, também se afeiçoara a ela.

Viu as mudanças ocorrendo em sua vida. Passou a ser menos ingênua. Tornou-se mais esperta e difícil de ser enganada. Viu-se dançando no picadeiro e depois a música, aos poucos, ir se modificando e o cenário de seu sonho também. Sentiu um toque e a música de um violino que identificou como a forma característica de tocar de seu pai, a música inesquecível executada por ele, que era um exímio violinista. O som da sonata a envolveu e ela, então, se sentiu feliz. Bailou pelos campos verdes e por entre os jardins de belas flores. Rios límpidos que cantavam como em coro acompanhavam a música. Seu pai a chamava e ela o seguia, mas logo foi despertada pelas sacudidelas de Clovis.

— Vamos levante-se, temos de sair daqui, temos muito trabalho a fazer.

— Sair para que? Para vivermos uma vida miserável e imunda, envolvida na sujeira fétida. Olhe para nós, veja bem como estamos, limpos, cuidados, melhores dos ferimentos e da aparência.

— Não importa, você vai sim comigo, temos de achar Hermes e Romanus. Somente vou descansar depois de me vingar dos dois, e você é a culpada de estarmos assim, foi você que insistiu para que trabalhássemos com eles. Você disse que eram de confiança e coisa e tal.

— Vamos logo, se levante daí, temos muito que fazer.

Embora Milla estivesse propensa a mudar de vida, ainda trazia em si uma carga grande de mágoas e rancor pelos dois que a haviam traído e tirado a sua vida. Assim ela seguiu Clovis e voltaram à Casa de Pedras e passaram a viver ali.

De início a fome e a sede ainda os atormentavam. Diziam viver um inferno em vida. Tentavam aprender a lidar com as situações novas, e pediram ajuda a Lott, o espírito obsessor de Ramon, mas ele não queria conversa, temia perder sua presa. Ele os afastou recusando-se a ouvi-los. Passaram muitos meses assim. Milla queria voltar ao posto socorrista e Clovis não. Um dia perceberam que não dormiam desde então, desde que tinham saído do posto de atendimento. Nunca haviam se dado conta disso e, cansados, se deitaram sobre o feno.

Por um buraco do teto Milla olhou o céu estrelado e sentiu mais uma vez a presença do pai que a acalentava. Adormeceu. Clovis dormia entre sono profundo e roncos tonitruantes. Os dois dormiram por muito tempo. Milla, envolvida em momento distinto, se movia entre mundos diversos, entre a dor e a felicidade, podendo estar com seu pai e conversarem muito. Quando isso acontecia, ela era feliz e imaginava poder resgatar a vida que tivera antes de sua morte, mas ela não admitia perdoar a madrasta.

Quando sonhava assim, revidando, sofria. Sentia-se no manicômio, padecendo as dores dos meses de internação, os choques, os medicamentos intoxicantes, as celas solitárias e as camisas de força. Revivia dolorosamente os momentos de loucura estando sã. Quanto mais odiava a madrasta, ainda mais Milla se via nessas situações aflitivas, experimentando embates violentos e intensos com a mulher que a usurpara, envolvidas por seres miseráveis, escabrosos, com seres enlouquecidos que lançavam gritos lancinantes. Enquanto se enfrentavam os gritos se dividiam em torcidas por ambas; e cansadas, caíam em solo podre e malcheiroso.

Milla ouvia pedidos de socorro carregados de intenso fervor aqui e ali, em alguns momentos via fachos de luz que penetravam as espessas nuvens carregadas e tocavam um desses seres que perpetravam sentido pedido de perdão. Ela via descerem, em auxílio destes, seres em vestimentas especiais, protegidos por guarnições de outros elementos, como soldados que afastavam aqueles que tentavam seguir os retirados. Muitas vezes, o violino de seu pai a tirava daquele cenário. Ele tentava mostrar a ela que o perdão e o amor eram o caminho da redenção, que o seu ódio e as lembranças amargas e vingativas somente reforçavam os laços que a ligavam à madrasta.

— Milla minha filha, você somente se verá livre desse lugar quando por amor conceder à Valquíria o perdão. Ela sim ainda levará muitos anos nesse vale de lágrimas, mas você tem a oportunidade de se livrar dessa inconstância de sentimentos e tomar de vez o rumo à libertação divina.

Filha, tudo quanto vivemos é fruto de nossos pensamentos, e de nossos atos. Aprendendo mais rapidamente, mais cedo será beneficiada.

Porém, as marcas em sua alma eram ainda vivas e recentes e Milla, embora, entendesse em parte o que o seu pai dizia, não conseguia se livrar dos pensamentos de indignação e revolta pelas dores sofridas e impingidas a ela pela madrasta.

Clovis por sua vez sofria o assédio de todos quantos causara dor. Ele fora um homem frio, calculista e sem piedade nos anos em que viajou com o seu circo. Fez muitos inimigos tanto entre os empregados, quanto entre os que enganava pelo caminho. O circo era motivo de arrebatamento e encantamento por onde passava, e muitas moças se deixaram seduzir por Clovis, em busca de seguir com eles, em conseguir um emprego, uma oportunidade.

Clovis tinha caráter duvidoso e fazia de tudo. Roubava, enganava, falseava e lograva, abusava das moças e as iludia. Algumas engravidaram em suas cidades e ficaram com mais problemas do que antes de conhecê-lo. Nos dias de apresentação ele tomava conta da bilheteria e sempre manipulava as receitas. Pagava mal e parcamente os seus trabalhadores. Deixava pelo caminho os empregados velhos e os doentes, sem indenização, sem ajuda ou amparo que fosse. Judiava dos animais, e muitos morriam vítimas de maus-tratos.

Assim, Clovis recebia no plano astral aqueles a quem submetera aos seus atos maldosos. Os palhaços anões, e mulheres barbadas, transformados em seres animalescos e vampirescos, o atacavam. Os animais submetidos à tortura e maus-tratos avançavam sobre ele e arrancavam pedaços do seu corpo. Ele gritava, pedia piedade e esses pedidos somente animavam a turba que mais e mais o infernizava. Sobre ele lançavam tudo o que conseguiam: excrementos, cuspe, urina, agredindo-o de todas as maneiras. Ele se arrastava e eles os seguiam com chutes e pontapés, escárnios. Os gritos e uivos explodiam em seus tímpanos e ele seguia sua via-crúcis, arrastando-se e buscando fugir do que parecia sem fim.

Foram tempos de martírios que nem sabia definir. Uma infindável procissão de seres animalescos e brutais que não lhe davam trégua. Um dia ele conseguiu se esconder em uma gruta. Os uivos, gargalhadas e as pilhérias chegavam até ele que cada vez mais fugia se internando pela gruta adentro em busca de um momento de paz. Sabia que dormia e, entretanto, não conseguia acordar, pareciam anos infindáveis de torturas. Nos poucos intervalos de sossego, mal conseguia descansar, temia ser novamente atacado e vivia vigilante. Mesmo não os tendo ao encalço, em sua mente as vozes repetiam os impropérios.

Capítulo 28

João foi até a Casa de Pedra e viu os dois adormecidos, inquietos, em sonhos angustiados e os sacudiu.

— Acorde moça, acorde, — dizia ele. Milla despertou de um sobressalto e olhou em volta sem saber onde estava. Depois que se deu conta de onde se encontrava, despertou Clovis também, que assustado, ainda, engatinhava pensando fugir de seus perseguidores.

— Levante seu moço, por que está assim de quatro, feito um gatinho medroso?

Clovis, ainda sem acreditar, abriu os olhos devagar e soltou seus impropérios.

— Jamais voltarei a dormir, jamais fecharei os olhos, por minutos que sejam. Depois olhou para João e perguntou agressivo.

— Quem é você?

— Não me reconhece mais seu moço? Sou João.

— Não pode ser você, era um moleque e agora é um homem, como pode acontecer isso em algumas horas em que dormimos?

João risonho falou: – Posso ter crescido rápido, ou modificado minha aparência tão rapidamente que não se deram conta, ou talvez não tenham dormido por poucas horas como imaginam, pode ter sido por muitos anos, mas posso dizer a vocês que fazia muito tempo que eu não vinha à Casa de Pedra.

– Sinto que dormi muitos anos em minutos, uma sensação estranha e incômoda, parece que adormeci há poucas horas, mas os meus sonhos foram como se fossem de muitos anos, sofrimentos, dores angustiantes, momentos que não quero repetir. – Disse Milla. Nem sei se quero mais dormir.

– Não sei ao certo moça o que se passou com vocês, mas, às vezes, os maus não vão ao purgatório é o purgatório que vem a eles. – Falou João espiando entre olhos, para ver a reação deles.

– Minha perna ainda dói muito. – Disse gemendo Clovis. A moça da enfermaria, poucas horas antes de dormimos, disse que o meu perispírito está saturado de sensações externas. O que ela quis dizer?

– Não sabe Seu Moço? Dizem que os Espíritos são imateriais, que pela sua essência se diferem de tudo o que conhecemos sob o nome de matéria.

– Que linguajar é esse João, onde aprendeu a falar assim professoralmente?

– Eu tenho estudado muito por aí, mas se o Senhor fosse cego, precisaria de palavras para definir o que é a luz e seus efeitos. O cego de nascença recebe todas as percepções pelo ouvido, pelo olfato, pelo paladar e pelo tato. O Senhor compreende isso Seu Moço?

— Sim, mas o que tem isso com a pergunta que eu fiz?

— Porque quando falamos de espíritos somos verdadeiros cegos, em relação à essência dos seres espirituais. Como definir algo se só temos coisas imperfeitas para compará-la? No corpo vivo, estas sensações estão localizadas nos órgãos, mas quando morremos quem assume essa função é o perispírito, o responsável pelos registros de todas as sensações sentidas pelo espírito. Considerando o corpo espiritual, formado de matéria sutil, ainda que não esteja sofrendo influência direta de elementos externos (chuva, fogo, etc.) mantém registrada a lembrança de sofrimentos anteriores ou impressão de algo que não mais pertence à realidade espaço--temporal daquele espírito.

— Sabe Seu Moço, é como uma forte névoa que sabemos existir, mas que não conseguimos pegar. Como uma ilusão que se transforma em materialização.

— Onde você aprendeu essas coisas seu neguinho? Ainda outro dia era um moleque, agora um homem e falando como um professor. Neste lugar tudo é muito estranho.

João riu de se esbaldar.

— Você quer dizer que eu imagino que estou com dores? – Perguntou Clovis.

— O Senhor já respondeu Seu Moço.

Clovis, com o tempo conquistou a amizade de Lott, o obsessor de Ramon, e passou a se alimentar conforme aprendeu com ele. Lott lhe dizia:

– Basta grudar em alguém e saciar sua sede e fome, assim poderá usufruir de tudo o quanto eles se utilizarem, desde fumo, drogas, bebidas e prazeres. Com o tempo e com jeito vocês perceberão a melhor forma de fazer, perceberão também que poderão induzi-los pelo pensamento a fazerem aquilo que for do agrado de vocês.

Assim, eles fizeram então. Alguns os repeliam, mas outros não fosse pela fraqueza espiritual, invigilância, pela liberalidade moral, ou pela sensualidade eram tomados, usados, aprisionados.

Milla não se sentia bem usando as práticas ensinadas por Lott, e percebeu que em certos dias sentia dores lancinantes de fome e sede, mas em outros não, passou então a entender que podia controlar seus pensamentos e suprimir seus anseios pela força de vontade, aliviando assim seus desejos básicos.

Clovis se divertia e na casa sede da fazenda estimulava os pensamentos de desunião entre os irmãos, e a família indiretamente envolvida acabava criando um clima de conflito e baixas energias.

Clovis insinuava para Ramon que Lucinda o desejava e na ausência do irmão que ele deveria assediá-la mais intensamente. Lucinda fugia de Ramon e sofria com as investidas do cunhado, pois não desejava nada com ele, e devido ao gênio do marido, qualquer envolvimento fatalmente acabaria em tragédia. Ela se recolhia e orava afastando de si a presença e as influências permissivas dos obsessores que sentia pela casa. Por outro lado Clovis e Lott, sequiosos de desejo e sexo, impingiam mais e mais ideias sensuais em Ramon, que as acolhia e sentia em seus campos de energia vibração intensa e a mente dominada. Tramava atacar a cunhada assim que se fizesse oportuno, esperava por isso há anos. Ela sempre se esquivava dele, mas ele não pretendia desistir do seu intento.

Ramon sofreu muito quando Lucinda foi morar com o marido em São Paulo. Agora que haviam voltado era a sua oportunidade de se vingar de todos.

Milla que, aos poucos se apegou à moça Lucinda, sentia por ela estima e afeição e estando ao seu lado recolhia bálsamos benéficos e salutares, não apenas porque partilhasse das ideias, dos pensamentos dela, era mais do que isso, havia uma emanação de energia salutar. Sempre que ela entrava em seu campo vibracional sentia isso. Havia uma renovação de vigor e, um novo alento a tomava. Em sua alma surgiam os primeiros brilhos de luz e era ela a pessoa com quem mais sintonizava, pela elevação superior que possuía, pelo poder de modificá-la.

Aos poucos Milla pôde observar que mais alguém convivia eventualmente com eles. Era uma senhora de cabelos brancos e luminosos que ela via e que se assemelhava ao retrato da mulher que ficava pendurado na parede da sala da fazenda. Uma tarde ela surgiu, sorrindo.

Milla perguntou quem era ela.

– Obrigado moça, por estar ajudando a menina Lucinda, sou mãe de Ramon e Carlos.

– Eu não fiz nada por ela.

– Eu sei, mas a presença de quem não deseja mal e não a perturba já é uma ajuda.

– Por que seus filhos não se dão bem?

– Ramon se enamorou por Lucinda muito cedo, os dois eram namorados e em razão da violência e maus-tratos ela se separou dele e viajou para Cuiabá. Nessa época Carlos nada sentia por ela, pois ela era a namorada do seu irmão; e Carlos era noivo, mas eles estavam destinados um ao outro e a vida tratou de uni-los. Eles se encontraram em Cuiabá por uma casualidade. A mãe de Lucinda me solicitou que encaminhasse uns valores a ela em Cuiabá por intermédio de meu filho mais velho Carlos e que, frequentemente, fazia esse trajeto. Os dois se conheceram assim, e se gostaram. Um amor muito forte e verdadeiro desabrochou. Um amor que nunca encontrou ressonância no coração de Ramon, coração que não encontra espaço para amar, pois está ocupado pela soberba e pelas paixões desenfreadas, vícios e sentimentos pobres, de baixo teor vibratório.

– Venho aqui quando me é permitido, para minorar as energias provocadas pelos conflitos entre eles, mas nem sempre sou ouvida e nem sempre posso vir. Estamos trabalhando a fim de convencer Carlos e Lucinda a saírem de novo da fazenda, mas meu marido não admite que eles façam isso, teme morrer e deixar a fazenda entregue a Ramon, que não tem o talento de Carlos para administrar, para lidar com os empregados.

– Senhora, como eu posso ajudar?

– Sim filha, eu ia pedir justamente isso. Nada é por acaso, sua presença aqui é providencial e de suma importância. Sei que não quer mais conviver com as tramoias de Clovis. Um facho de luz começa a iluminar sua alma, isso é sinal de arrependimento, de desejo de mudanças e de que a consciência da divindade começa a tocar o seu espírito, por isso acredito em você e creio que possa nos ajudar na mudança dessa situação.

– Como assim?

– Precisamos que você nos ajude, e que fique aqui ao lado de Lucinda, que a oriente e afaste os dois espíritos que perturbam essa casa. Interfira, influencie, faça o que for preciso para impedir o que está para acontecer. Você receberá as bênções de Jesus e por esse processo de mudança poderá, gradativamente, melhorar suas energias e ganhar novas oportunidades de crescimento, e sair dessa situação em que se encontra. Isto não acontecerá de uma hora para outra, será em longo tempo e pela sua persistência e tenacidade ao bem. Você aceita?

– Sim, mas não sei o que posso fazer e como.

– Você receberá as inspirações no momento adequado, basta se manter o mais possível afastada dos dois. Preciso ir agora.

– Senhora, qual o seu nome?

– Santinha.

Capítulo 29

Álvaro bateu à porta do chalé onde Eloísa habitava na Colônia Espiritual Estrela Azul. Ela veio até a janela e o cumprimentou sorrindo.

– Boas-vindas meu pai, não o esperava tão cedo depois que partiu em missão ao Plano Terrestre.

– Não foi preciso nos deter muito tempo por lá. Estivemos em uma localidade em resgate a alguns irmãos que pelo tempo e pela sincera manifestação de arrependimento precisavam de socorro e resgate.

– Tem notícias de Arturo e Adalberto?

– Algumas, principalmente de Adalberto. Hoje já tenho autorização para repassá-las a você.

– Pai, como ele consegue estar na Terra, estando em Espírito? Como ele sobrevive – se alimenta e se abriga?

Álvaro riu suavemente e explicou. – Você não teve de aprender sozinha muitas coisas depois que desencarnou? Não descobriu que em determinado estágio da evolução não necessitamos de alimentos sólidos, materiais? Que o próprio espírito busca em si alimentos energéticos, energias provenientes dos pensamentos ou da própria natureza espiritual? Que podemos nos alimentar por meio da respiração, pelas narinas e não mais pela boca como na Terra?

— Sim pai, mas, ainda não sei como se faz isso com perfeição, mas que tem isso a ver com as condições de Adalberto?

— Aprendemos de uma ou de outra forma filha, é isto que estou tentando lhe dizer. Você não teve de aprender a seu modo, que não possuindo corpo físico, não temos como interagir com o mundo material? Tocar um objeto e movê-lo, que precisamos nos adequar a uma nova condição de espírito? Pelo menos não mais por meios que nos eram usuais quando com o corpo material.

— Sim, meu pai.

— Acontece que um espírito, ao perder o corpo físico, a princípio continuará sentindo fome, sede, frio e todos os vícios que possuía quando encarnado. Além dos sentidos, uma das maneiras que infelizmente se usa para saciar, em partes, suas necessidades é por meio de um encarnado.

— Que coisa terrível pai, saber que alguém se nutre de outro.

— Filha, quando encarnados fazemos, muitas vezes, a mesma coisa. Quando somos ciumentos, egoístas, quando nos apegamos e nos sentimos donos de alguém, impedindo o outro de crescer, de desabrochar, evoluir, isso também não é uma forma de sugar o outro?

— Trata-se de domínios que alguns espíritos podem adquirir sobre certas pessoas. Como eu disse, infelizmente, são espíritos sem conhecimento das leis de Deus, que procuram dominar, pois os bons não exercem nenhum constrangimento desse tipo. Os ignorantes, pelo contrário, agarram-se aos que conseguem prender. Chegam-se, dominam, identificando-se com a vítima e a conduz como se faz com uma criança. Isso é uma obsessão, ação persistente de um sobre o outro. Pode ser de maneiras muito diversas, desde a simples influência de ordem moral, sem sinais exteriores perceptíveis, até a completa perturbação do organismo e das faculdades mentais advindas da baixa qualidade moral, provocadas pela má conduta do indivíduo na vida cotidiana.

— Ao andarmos de mal com a vida e com as pessoas, estaremos sintonizando nossos pensamentos com os Espíritos inferiores e os atraindo. Causas relativas ao passado, provenientes do processo de evolução a que todos os Espíritos estão sujeitos.

— Nas experiências reencarnatórias, por ignorância ou livre-arbítrio, uma entidade pode cometer faltas graves em prejuízo do próximo. Se a desavença entre eles gerar ódio, o desentendimento poderá perdurar por encarnações a fio, despontando em desafetos, brigas, desejos de vingança e perseguição.

Eloísa permanecia atenta, observando o pai com admiração, assim do jeito que o admirava quando era criança.

E Álvaro prosseguia: — Isso acontece também pelas contaminações obsessivas que geralmente acontecem quando uma pessoa frequenta ou simplesmente passa por ambientes onde predomina a influência de espíritos inferiores. Seitas estranhas, em que o ritualismo e o misticismo se fazem presentes; terreiros primitivos, onde se pratica a baixa magia; praticantes de feitiçarias e mesmo centros espíritas mal orientados são focos onde podem aparecer contaminações obsessivas.

– Espíritos atrasados, ligados ao lugar onde a pessoa frequentou ou visitou, envolvem-se em sua vida mental, prejudicando-a. Ocorrem também situações em que as irradiações magnéticas vindas desses ambientes causam-lhe transtornos fluídicos. A gravidade do caso estará na razão direta da sintonia que os espíritos inferiores estabelecerem com os pacientes.

– Eloísa, Adalberto tem sido acompanhado de amigos inferiores de baixa energia moral, com quem anda envolvido e que devido à sua persistência mental, teimosia em manter certas opiniões preconceituosas e pré-concebidas impedem que possamos ajudá-lo mais efetivamente. Ainda assim Eloísa, Deus está atuando nesse núcleo de modo que essas manifestações que nos parecem um mal sejam apenas um dos instrumentos que, em determinado momento, servirão para fazê-lo ver a verdade das coisas. Como se diz na Terra, Deus escreve certo por linhas tortas. No momento certo tudo será ajustado.

Capítulo 30

Clovis e Lott se tornaram amigos e parceiros de maldades. Clovis sabia que Lott tinha em mente ver Carlos sendo traído por Ramon e Lucinda, e para dessa ação tirarem proveitos maliciosos pelo sexo.

Lucinda gostava de cavalgar e, muitas vezes, saía à tardinha e voltava perto do escurecer, era o tempo que tinha depois de fazer as tarefas caseiras e de esposa e mãe, assim ter um pouco de privacidade. Cavalgar era o lazer que mais apreciava e naquela ocasião em que voltavam de São Paulo podia fazer isso com mais frequência, e havia um lugar que gostava preferencialmente – atravessava uma lagoa e um pequeno trecho de floresta chegando ao alto de uma colina de onde podia admirar o sol se pôr. Naquelas paragens o sol no ocaso era imenso e podia se ver escapando do disco suas chamas vermelho-alaranjadas. A visão enternecia e deixava Lucinda livre das angústias. O sol queimava suas preocupações e a deixava mais leve, voltava energizada, com mais forças e determinação para enfrentar o seu dia a dia.

Naquela tarde depois de muito fumar ervas alucinógenas e ser bombardeado por Clovis e Lott, Ramon de sua janela viu Lucinda pegar a garupa e sair galopando, cabelos soltos e negros, empertigada em um conjunto belo e elegante. Naquele momento ele a desejou como nunca e saiu atrás dela. Nada pensava que não fosse tê-la, nada pensava sobre as consequências, as responsabilidades, a lealdade ao irmão, o respeito à família. Ramon galopou cegamente e louco de paixão, apenas em busca de um objetivo – o de possuí-la.

Lott e Clovis os seguiam, era um conjunto enfermo, danoso, ambos unidos pelas mesmas formas-pensamento e desejos escusos.

Milla observava tudo e sabia dos planos dos três, somente não sabia o que fazer para defender Lucinda. Desejou que alguma coisa acontecesse que viesse em seu socorro.

João entrou na sala e viu Milla sentada com o rosto entre as mãos.

– Moça, o que está acontecendo? Está triste?

– João, você precisa me ajudar, Lucinda está em perigo.

– Como assim?

– Não temos tempo João, os três loucos foram atrás dela na colina. Toque o sino e chame o senhor Carlos.

– Nada disso moça, se o senhor Carlos ou o senhor Assis souberem jogarão Ramon aos jacarés. Eu vou lá e tentarei resolver isso. João partiu galopando em desespero, esperava chegar a tempo, mas sabia que estaria em uma enrascada se interferisse, pois Ramon poderia matá-lo, ele era capaz disso.

Ramon chegou e viu Lucinda sentada e se aproximou. Lucinda ao vê-lo sentiu um arrepio e soube ao olhá-lo o que os seus olhos vidrados queriam. O sorriso pastoso e perverso dele indicava que ela estava em situação de dificuldade. Ela se levantou e se protegeu atrás do cavalo, ele falava desconexo e a perseguia.

–Você me traiu e não a perdoei, mas você será minha, como sempre deveria ter sido e será hoje e agora.

Ele a agarrou e tentou beijá-la, depois a atirou ao chão. Lutaram e a força que ele possuía era maior, por isso a dominou. Ela por um momento se aquietou, o que deu a ele falsa impressão de submissão. Lucinda, então, pegou um pedaço de galho e o acertou na cabeça. Enquanto Ramon se recuperava do golpe, ela montava o seu cavalo e escapava. Ele se levantou e sem enxergar direito montou o cavalo, firmou a visão e a seguiu. João chegou a tempo de vê-los sair.

Lucinda em desespero não conseguiu tomar a direção da sede, pois sabia se o fizesse, no estado em que estava Ramon ele tentaria seduzi-la onde quer que fosse e Carlos o mataria. Aos galopes rumou para a Casa de Pedra e tentou despistá-lo escondendo o cavalo no interior da casa, mas as marcas da ferradura do cavalo davam os sinais de sua chegada, e Ramon as viu. Ele desmontou e procurou Lucinda. Por entre as frestas das paredes a avistou e a agarrou mais uma vez. Na luta ela perdia em força e ele a dominava. Entre os presentes Clovis e Lott se saciavam com a situação e a usufruíam ligados a Ramon que emanava miasmas de desejo e frêmito que dele provinha.

Ramon, porém, não conseguiu concluir seu intento, uma vez que João se atirou sobre ele e, então, começaram a lutar. Uma luta encarniçada e furiosa aos socos e golpes que se sucediam sem trégua, em razão da força dos dois.

Lucinda montou e fugiu, só pensava em sair dali, buscar ajuda. Naquele momento não tinha mais como evitar que Carlos soubesse, não tinha como esconder as marcas, as roupas rasgadas e os ferimentos. Ramon mais raivoso que João, com força multiplicada pelas drogas, pela loucura e pela cólera por ter seu intento interrompido, subjugou João e com uma pedra o atingiu várias vezes na cabeça.

Lott rias às gargalhadas e Clovis lamentou, mas não esboçou gesto algum em favor de João.

Ramon ainda sem noção exata dos seus atos seguiu pela mata a cavalo. A noite avançando e a escuridão tomando as trilhas o desorientavam, e ele mais se embrenhava na floresta a ponto de não saber onde estava.

Lucinda chegou a casa quando já era noite; todos estavam preocupados com o sumiço dos três e já formavam um grupo de busca quando ela chegou.

Ela se atirou aos braços de Carlos e chorou sem conseguir explicar de imediato o que tinha acontecido.

— Fale Lucinda o que aconteceu, fale pelo amor de Deus.

— Foi Ramon, ele me seguiu e me atacou, João me defendeu e eles lutaram na Casa de Pedra. Eu fugi para buscar ajuda.

– Vamos, gritou Assis, antes que a noite se feche por completo; tragam lampiões e lanternas, peguem tochas também. Vamos logo.

Geralda chorava e previa algo muito ruim.

– Tragam os primeiros socorros, gritou alguém.

Quando chegaram, encontraram João muito ferido e agonizante.

– Vamos levá-lo, montem uma maca. Acho que ele está muito mal.

– Souza, vá buscar um médico na cidade, use o jipe. – Ordenou Assis.

– Senhor Assis, temo que já seja tarde demais, ele morreu.

Nunca mais ninguém soube de Ramon, nem o que aconteceu com ele, a não ser Clovis e Lott, que viram quando, no meio do anoitecer, a vida em forma de uma sucuri veio cumprir os seus desígnios, pegando Ramon e o arrastando para o leito escuro de um rio. Lott, associado a ele como uma sanguessuga, o seguiu em espírito.

Clovis, que naquele momento já sabia como se virar sozinho, pois havia aprendido com Lott, descobriu como encontrar Hermes e Romanus. Perdera muito tempo naquela busca e ali naquela fazenda. Não queria mais permanecer ali, tinha uma missão a cumprir, pois era seu intento buscar os dois. Lott indicara uma velha feiticeira que habitava a localidade.

A velha recebeu a visita de Clovis e falou a respeito de Romanus que morrera com o tiro de Milla. Ela disse que ele estava reencarnado em São Paulo, que era um médico que cuidava de problemas mentais e que se dedicava também à pintura. Que Hermes havia morrido sozinho em seu apartamento, mas também reencarnara e que hoje estava casado, e o casamento ia muito mal. Ela sugeriu que se Clovis tivesse paciência e esperasse na Casa de Pedra, em breve poderia ter notícias de Hermes, mas Clovis não queria mais ficar ali, queria encontrar os dois rapidamente.

A Velha Bruxa insistiu: – Se você aguardar terá os dois em breve. Eles estão unidos por laços eternos, laços que não se romperam pela morte, aliás, vocês todos estão ligados por esses laços. Há outro homem que teve vários atritos com Hermes. Um homem que levou uma surra dele e foi jogado na estrada por causa de negócios mal resolvidos, morreu jogado numa vala, sem socorro. Você se lembra disso?

– Sim me lembro, sim, foi o Ataíde. Ele devia dinheiro ao Hermes, estava jurado, mas ainda assim ousou e deu outro golpe nele. Hermes jurou matá-lo. Esse Ataíde vivia de trabalhos avulsos e de pequenos furtos. Devasso e mentiroso. Éramos amigos, mas não pude ajudá-lo, era assunto dos dois, preferi ficar de fora.

– Pois ele está de volta, foi um soldado na época da inquisição, na Espanha, ambicioso e corrupto. Depois voltou como Ataíde, e agora Adalberto. Hoje, em razão dos laços do passado, se aproximou de Hermes. Vivem em constantes atritos. Ele é um homem sem determinação, sem caráter e se seguir a atual linha de convivência, fatalmente, um dos dois em breve vai desencarnar. Eu creio que sei bem quem será. Os sinais que recebo são bem claros quanto a isso. Eu digo a você, se encontrarem um encontrarão o outro. Além do que, Adalberto poderá ser útil a vocês na vingança contra Hermes, pois ainda traz a alma carregada de mágoas e tendo aversão à homossexualidade, podendo ajudá-los também na sua busca por vingança.

— Não quero esperar, diga-me onde encontrar os dois, agora, imediatamente. – Gritou Clovis.

— Acho que devo esse favor a você e a Lott, já que colaboram na destruição daquela família e logo a fazenda será vendida.

— Vocês indiretamente contribuíram para isso. O povo da fazenda me maltratava muito. Expulsaram-me da minha tapera. – Disse a feiticeira. O desrespeito teve um custo. Prometi que os faria sofrer todas as desgraças possíveis, por isso pus Lott na vida de Ramon, o mais fraco e mais vulnerável de todos, o que mais me humilhou e ofendeu. Ele apedrejava minha casa, até ateou fogo ao meu altar e destruiu as minhas imagens. Depredou tudo. Não o desculpei jamais. Se tivesse sido a mim as agressões, talvez o perdoasse, mas foram aos meus santos, à minha devoção. Daquela família apenas Dona Santinha tem o meu respeito. Para compensar as maldades do filho Ramon, ocultamente me arrumou essa casa aqui na vila, pois se não fosse ela nem um teto eu teria. Confie em mim, eu direi quando o velho Ataíde vai desencarnar, e direi a você como encontrá-lo.

— Quanto ao Hermes vocês não precisarão ir ao seu encalço, uma atração de voltar aqui ao local onde tudo aconteceu com vocês o trará de volta. Logo, em breve, sem que ele saiba, inconscientemente. Registros latentes do passado atuando ainda, as forças das leis do retorno agindo silenciosamente, invisivelmente.

— Velha, como pode isso tudo ter acontecido em tão pouco tempo?

— Não foi em pouco tempo, como pensam. Passaram-se muitos anos, sem que se dessem conta.

— Não vimos o tempo passar? Como eles morreram e já estão vivos em outros corpos e como outras pessoas?

— Você e a moça Milla não dormiram?

— Sim, dormimos.

— Sonharam?

— Sim, sonhamos muito.

— Não foram sonhos, tudo foi vivenciado, as dores atrozes, o mundo fantasmagórico, putrefato, imundo, asqueroso, as perseguições, os inimigos vorazes, tudo realmente vivido por vocês. As feridas na carne, as coceiras, os pruridos. A fome e a sede insuportáveis. As incertezas e o medo. Tudo real. Nestes tempos enquanto vocês dois pensavam que dormiam Romanus e Hermes desencanaram e reencarnaram. Difícil para ignorantes como vocês entenderem, não é? — Disse a Velha Bruxa com uma risada aterradora. Agora vá, deixem-me só, já me cansaram. Quando for a hora eu os avisarei onde encontrarão Adalberto.

Capítulo 31

Sotero convidou Arturo e ele, pela primeira vez, visitou uma casa Espírita, em princípio temeroso, sem saber bem o que encontraria.

— Nada tema, não é porque você está numa casa Espírita que deve temer algo sobrenatural. As presenças invisíveis estão em qualquer templo, igreja ou terreiro, o que importa mesmo é a natureza dessas presenças, a qualidade dos seus pensamentos, e isso eu garanto que depende muito mais das nossas sintonias do que do lugar onde estamos. Relaxe e vá como quem vai a uma praça esperar alguém.

— Que imagem estranha Sotero, o que isso tem a ver?

— Não sei. Riu ele.

— Apenas me veio essa ideia à cabeça.

Na Casa Fraternidade os presentes faziam silêncio absoluto, enquanto os médiuns se concentravam e buscavam as melhores vibrações para energizar o ambiente e os seus trabalhos.

Sotero, antigo trabalhador da Casa, sentava-se à cabeceira e de olhos fechados estava em concentração total. A diretora Ermínia abriu os trabalhos falando sobre a mediunidade consciente.

– Caros irmãos, companheiros, médiuns e trabalhadores da seara do bem de ambos os lados da vida, hoje antes da nossa sessão de passes, dentro da nossa programação de palestra, falaremos a respeito da mediunidade em algumas de suas formas segundo as citações retiradas dos livros ***Evolução em Dois Mundos, Nos Domínios da Mediunidade*** e de ***O Livro dos Médiuns***:

> *O dom mediúnico é o despertar dos dons naturais latentes no próprio ser e próprio aos compromissos assumidos na espiritualidade antes do encarne que na sua complexidade vão desde as causas até os efeitos. À medida que o ser evolui e se moraliza, ele adquire maior capacidade psíquica e conseqüentemente aumenta sua percepção espiritual. Muitos irmãos, ainda, caminham atrasados e moralmente incapazes de discernir a capacidade inerente do ser, da Espiritualidade, porém recebem a faculdade mediúnica para que através dela possam se lapidar dos erros cometidos por diversas encarnações, isso é justiça, Justiça de Deus. Ao mesmo tempo fazer com que haja um elo entre o Plano Espiritual e o Plano Físico, isso é comunicação, é a oportunidade de mostrar que existem outras moradas, é presenciado ainda, depois de mais de dois mil anos da vinda de Cristo à Terra que há quem duvide disso. Esta simbiose faz com que haja homogeneidade entre os dois planos, observado o fator primordial que é o grau vibracional*

do médium, ou seja, suas sintonias astral, mental e física.

A mediunidade não é um fenômeno de nossos dias, sempre existiu desde quando existe o homem, pois, através dela é que o Astral Superior pode interferir na evolução do mundo, orientando, guiando, protegendo e dando as inspirações e ensinamentos necessários. Antigamente a mediunidade não era conhecida e generalizada nos seus aspectos práticos, nem por isso deixou de ser admitida, estudada e usada para o bem coletivo. Desde as tribos primitivas onde a mediunidade era somente exercida pelos iniciados, na Grécia, Egito, Índia, Pérsia e Roma onde nas escolas e templos iniciáticos começaram todo um trabalho de elaboração e conscientização dos fatores inseparáveis do ser, proporcionando na era atual, uma conscientização maior da humanidade. Assim gerando várias correntes que direta ou indiretamente contribuem para despertar o movimento de consciência da humanidade.

Há diversidade de dons espirituais, mas a Espiritualidade é a mesma. Há diversidade de ministérios, mas é o mesmo Senhor que a todos administra. Há diversidade de operações para o bem; todavia, é a mesma Lei de Deus que tudo opera em todos. A manifestação espiritual, porém, é distribuída a cada um para o que for útil. Assim é que a um, pelo espírito, é dada a palavra da sabedoria divina e a outro, pelo mesmo espírito, a palavra da ciência humana. A outro é confiado o serviço da fé e a outro o dom de curar. A outro é concedida a produção de fenômenos, a outro a *profecia, a outro a faculdade de discernir os Espíritos, a outro a variedade das línguas e ainda a outro a interpretação dessas mesmas línguas. No entanto, o mesmo poder espiritual realiza todas essas coisas, repartindo os seus recursos particularmente a cada um, como julgue necessário...*

A mediunidade em quaisquer das situações advém de uma conjugação do que o médium é com o que é o espírito comunicante. 'Sempre haverá de ter uma sintonia entre ambos, queridos irmãos'.

A palestra seguiu por uma hora e ao final iniciaram os trabalhos de passes.

Arturo foi chamado e tomou seu lugar diante do médium, recebeu os passes magnéticos, e depois o médium falou com ele.

– Dentro de ti há uma prisão, onde tu mesmo guardas um grito, que aprisionado não permite a evolução da tua vida em regime normal. Há em ti ainda muitas coisas mal resolvidas, precisas ao teu tempo resolver cada uma delas.

– A vida te observa e espera que tenhas atitude e não deixes passar o momento certo. Ela não nos permite que fiquemos longe das soluções por muito tempo, ela vem e nos cobra, ela nos pergunta, nos impele a que busquemos as soluções. Anda no tempo dela, caminha junto e a observa, a cada compasso, faças o que tem de ser feito.

– Quem é você, e por que fala assim como se soubesse o que se passa em meu ser?

– Quem eu sou? Isso pouco fará diferença. O que importa mesmo são as situações que devem ser resolvidas para que você cumpra sua missão, seu programa de vida.

– Por que o senhor não me diz o que significa tudo o que está falando, se quer de fato me ajudar?

– Por que não é claro, transparente? Isso somente me angustia mais. Não sei quem é o senhor. Não sei do que o senhor fala, podem ser muitas coisas, pode ser sobre minha vida pessoal, profissional, sobre minha família. – Por que não me diz o que é? E assim eu possa resolver tudo de uma vez, se é que existem estes problemas.

Arturo se exaltou e o espírito incorporado encerrou a consulta dizendo:

– O motivo da sua exaltação somente deixa antever as causas de suas dores. Com o tempo compreenderá que não podemos esclarecer aquilo que é de sua competência e responsabilidade. Quando adianto alguma coisa que me é dado fazer, é porque assim você poderá saber que a Espiritualidade existe e sabe acerca do que passa em seu coração. Isso ajudará em seu processo de compreensão dos fatos e reforçará sua crença, na vida e na Espiritualidade.

Arturo voltou ao seu lugar e ao término da sessão ele ainda considerava as palavras da entidade, quando Sotero o chamou.

– Podemos ir Arturo?

– Sim podemos.

No carro Arturo seguia calado e Sotero, então, perguntou:

— Senti que você por pouco não se descontrolou na sessão.

— Peço desculpas por tudo, acho que não foi pelo que me foi dito, mas sim pelo que ele sabia a meu respeito, mas ainda assim foi vago. Uma imprecisão propositada talvez; foi isso que me incomodou de fato.

— Arturo, que mérito teria você se tudo fosse revelado? De fato imprecisão não seria a palavra exata, mas propositada sim. Não há imprecisão, tudo é preciso, exato, correto, tudo é como é. Analise e espere.

— Sotero, eu não sei ao certo se quero voltar à Casa de Fraternidade mais uma vez.

— Calma, Arturo, tão pouco você sabe a respeito dela, por que fazer julgamentos por uma única vez?

— Não gostei da maneira de como vi e recebi as coisas.

— Arturo, não faça como os hipócritas, nem como os pseudossábios.

— O que você quer dizer?

— Quero dizer que os dois não se ocupam em analisar, em avaliar, conhecer, descobrir, para só então formar julgamento. Não seja como eles, que apenas criticam e fazem considerações venais sem mesmo conhecer do que falam.

— Arturo, eu cresci em uma comunidade católica e depois meus pais passaram para o Protestantismo. Fui para o norte da Índia e trabalhei como missionário por alguns anos e me interessei, de início, pelo Budismo. Foi apenas mais um entre os muitos movimentos religiosos indianos, com que tive contato e procurei conhecer os fundamentos. Buda aceitou alguns ensinamentos conhecidos pelos religiosos da época, corrigindo determinados aspectos e rejeitando as visões errôneas.

– As verdades expressas nos ensinamentos de Buda são atemporais, ditas jamais em movimento religioso algum, mais antigo, a não ser pelos seres iluminados de eras anteriores à nossa.

– Os ensinamentos sobre carma, renascimento e meditação já eram encontrados nas tradições indianas existentes, mas Buda os apresentou de forma bastante peculiar. Ao contrário dos materialistas, ele não negou que os seres estejam sujeitos aos frutos de suas ações e a sucessivos renascimentos na existência cíclica. Entretanto, ele rejeitou o fatalismo da predestinação, a ideia de que os seres estejam sujeitos ao seu próprio destino e que nada podem fazer para mudá-lo. Buda também não aceitou as visões extremas da crença de que tudo acaba com a morte, nem a crença num absoluto eu imutável criado por um invisível ser todo-poderoso.

– A meditação sobre o amor, a compaixão, a alegria e a equanimidade também é particularmente importante para o budista. Com base nestes fundamentos, o Budismo tornou-se um movimento religioso distinto e, ao longo dos séculos, absorveu elementos positivos das outras tradições asiáticas as quais entrou em contato. De modo geral, ao invés de discriminar as outras religiões, o Budismo promoveu a tolerância e o diálogo com elas.

— Depois, pela proximidade geográfica com alguns países muçulmanos, conheci um pouco o Islã. Caminhei entre os muçulmanos e ouvi suas devoções. Viajei por dez anos por todo o mundo, seguindo a minha jornada de vida e fui formulando minha visão acerca do que entendo do funcionamento da nossa existência. Não sei se certo ou errado, mas os meus entendimentos são meus e que por afinidades me levaram à Doutrina Espírita, pelas inúmeras concordâncias de filosofia, modo de pensar e de ver a vida, como justiça, sem nada, nem ninguém julgar.

— Sotero, eu encontrei alguma paz quando descobri a Doutrina Espírita, principalmente em relação à minha mãe, mas eu não sou uma pessoa de fé, nem posso dizer que sei o que é isso de verdade. Tenho altos e baixos, minha fé não é absoluta. Eu mesmo sou um ser ainda vulnerável, limitado e passível de momentos de fraquezas e desarmonias, sinto isso.

— Muitas vezes me sinto tomado, como se meus pensamentos não fossem meus. Em outras sou tomado de irritabilidade ou prostração, já não sei se sofro de obsessão ou loucura.

— Sou um ser sem força, sem fé, ponho em dúvidas constantemente o que eu leio e estudo.

— Arturo, falando de fé existe um fator primordial, que é nosso raciocínio, esse dom que nos diferencia dos animais e nos torna tão complexos. Sem eles nós seríamos apenas bichos. As relações entre fé e razão sempre fizeram parte do debate filosófico Espírita, com a criação por Allan Kardec do conceito de fé raciocinada (Allan Kardec, **Obras**

Póstumas, Primeira Parte).

– Aparentemente são coisas totalmente contraditórias. Um ponto de vista conceitual estabelece uma contradição aparentemente insuperável, pois a fé pressupõe convicção e a razão pressupõe dúvidas; consequentemente, então, ambos se contradizem. Como crer e duvidar são coisas opostas por definição, o conceito de fé raciocinada seria, por isso, um evidente contrassenso, mas para Kardec, esse conceito tem outro argumento construído para negar essa noção: a "fé cega". Nesse sentido, a fé raciocinada seria assim como a fé construída com fundamentos, a fé fundamentada, mas não como um processo. Ou seja, a fé raciocinada não seria propriamente uma "fé que raciocina" e sim uma fé que já raciocinou antes, para se constituir. Esta interpretação consegue parcialmente satisfazer o quadro lógico de separação entre fé e razão: haveria primeiro o movimento de raciocínio e, somente depois, a fé se formaria. Esse ponto de vista, entretanto, ainda, não é satisfatório, sob o prisma Espírita. *Fé inabalável só é a que pode encarar a razão face a face, em todas as épocas da Humanidade.*

– A fé raciocinada precisaria de uma qualidade que a tornasse inabalável. Seria não apenas aquela que se constituísse por um movimento de decisão da nossa mente, mas, também, a que se mantivesse dentro de uma racionalidade contínua.

– A ideia significa que a crença Espírita é basicamente uma fé que admite dúvida e com ela convive, durante todo o tempo. Trata-se, pois, de uma fé aberta, provida ao diálogo, disposta a modificar as próprias opiniões ou o objeto de sua manifestação como crença, desde que satisfeitas as condições do livre exercício da razão. Em contrapartida, a razão espírita constitui uma dúvida que se baseia na fé, capaz de fazer surgir dúvidas naturais da racionalidade, sem pretensão cética ou cientificista, disposta a admitir a crença e a confiança naquilo que a racionalidade ainda não definiu pela verificação e o conhecimento.

— Arturo, quando usamos a razão supomos que existam dúvidas na vida, em todas as coisas, inclusive na fé. No Espiritismo se fundamenta a razão no princípio de que somos imperfeitos espiritualmente, e passíveis de falhas.

— Se apenas aceitamos o que nos diz as religiões, dogmas e filosofias não avançamos em direção a Deus, o que faz da jornada espiritual a contínua e necessária possibilidade da mudança.

— Nem todos os espíritas na atualidade compreendem o que significa essa dimensão do conceito de fé raciocinada. Quantas vezes imaginam que raciocinar seja o mesmo que racionalizar, ou seja, aceitar apenas o que é identificado pela doutrina, atitude que de modo algum pode ser justificada na proposta de Kardec. Fé raciocinada, portanto, não é o mesmo que fé racionalizada, pois todas as formas de fé podem ser enquadradas neste último tipo. Em Kardec, a fé raciocinada é a fé que permanece em constante contato com a razão, isto é, busca sempre um saber mais amplo, argumenta e se questiona. Para isso, a fé espírita há de ser permanentemente renovada no diálogo com as diversas formas de conhecimento, interagindo com os saberes científico, filosófico, experimental, espiritual. Os espíritas, por isso, não podem abandonar em tempo algum a possibilidade do diálogo, não apenas com os espíritos, pois a partir deles a revelação toma forma de conhecimento em vários segmentos humanos, especialmente o filosófico e o científico.

— A fé espírita há de ser uma fé em constante atualização, uma fé sempre renovada, sempre reconstruída, ou recairá Arturo, no velho tipo de fé: a fé cega, a que diz ver, mas não quer mudar nada, nem evoluir, nem avançar. Por isso Arturo, eu peço que trabalhe seus conflitos sempre com esta perspectiva, não quero que você se afaste da Casa de Fraternidade, em algum momento explicarei o porquê. Pode fazer isso por mim?

— Sim Sotero, eu posso sim.

— Quanto a questões psíquicas, não se preocupe, você é saudável mentalmente falando, eu garanto isso. Passou sim por inúmeras dificuldades e você precisa de tempo para superar. Quanto às obsessões saiba que é por isso que te peço que continue a frequentar a Casa de Fraternidade.

Arturo chegou a casa e encontrou a tia sentada na sala lendo a Bíblia, sentou-se ao seu lado e a beijou.

— Tia, deve se sentir muito só, não é mesmo?

— Não meu querido, tem muitas coisas boas na minha vida que você nem faz ideia, talvez por eu não exigir demais nem viver em grandes expectativas que você não perceba que sou feliz ao meu modo.

— Conte-me tia, não creio que as percebo. Por que não tem um namorado, alguém com quem dividir a vida?

– Um namorado nunca foi minha prioridade, aliás, os namorados que tive não me recomendam a tê-los novamente. Tenho você de quem cuido e amo, tenho Jesus e as minhas amigas de comunidade católica. Por que eu deveria ter mais alguma coisa, se assim sou feliz? Saímos, viajamos, nos reunimos socialmente, dançamos e fazemos muitas coisas saudáveis.

– Tia, não sente falta de um marido e de sexo?

– Arturo, não gosto que fale assim.

– Tia, eu não sou mais o menininho que você carregava no colo e sei tanto quanto você sobre essas coisas. Disse ele rindo e fazendo cócegas nela.

– Pare Arturo, pare, por favor.

– Está bem, mas só se responder ao que perguntei.

– Arturo querido, eu já estou com sessenta e quatro anos, não tenho pretensões de ter um homem que me queira apenas por questão sexual. Não que eu não goste e não sinta, às vezes, a falta, mas nessa fase da vida os valores se modificam. Eu quero amizade, parceria, companheirismo, amor sem pressa, sem ânsia, em paz e em tranquilidade.

– Entendi tia, acho que hoje aprendi que existem muitas formas de amor. Vou deitar estou cansado.

– Você ainda vai à Casa Espírita?

– Fui hoje tia, mas não sei se deveria ir mais.

– Se quiser pode me fazer companhia nas missas de quarta e domingo.

— Está bem tia, vou pensar.

— Arturo, diga-me: — Por que você não tem namorada?

— Faltou-me a oportunidade de encontrar alguém com quem eu tivesse afinidades.

Arturo saiu e Esmeralda ficou pensativa.

— Pena que ainda não tenha conseguido levar meu sobrinho à Igreja, acho que muitas coisas mudariam na vida dele. Essa tristeza, esse isolamento, uma vida social quase por obrigação, por compromissos do seu trabalho. Não sei o que fazer. Coitado, também com a vida que teve. Uma mãe irresponsável e um pai ausente. Sorte dele que teve a minha mãe e a mim ao seu lado.

— Rangel eu não sei bem por onde anda e o que faz, mas pouco se pode considerar como pai. De verdade nunca o vi como tal, mas bem que poderia ter assumido de fato a posição que era de Adalberto. Pobre Arturo teve dois pais e não teve nenhum. Que sina desse menino. Por isso não me esforço para levar notícias dele a Rangel. Se ele não me liga não serei eu que vou ligar.

Esmeralda preparou um café ainda pensando em um dia contar a Arturo a respeito de seu verdadeiro pai, contudo, ela não teve tempo para isso.

Capítulo 32

Quando Rangel resolveu comprar algumas terras, inicialmente pensou em algum lugar próximo a São Paulo, mas por indicação de um amigo resolveu conhecer uma fazenda em Mato Grosso que estava desocupada e por um preço bem abaixo do valor de mercado. O dono queria apenas passar as terras e logo Rangel soube que a família havia sofrido um rompimento traumático em razão da morte de um dos membros e de um empregado.

Ao chegar à fazenda um dos poucos empregados que ainda estava no local apresentou as terras. Depois de visitar a localidade, Rangel foi convidado a pernoitar e terminar a visita no dia seguinte. Aceitou.

– Senhorzinho vai querer uma galinhada para o jantar? O senhor gosta?

– Sim Zefa, gosto sim.

– Mas se o Senhorzinho preferir eu posso preparar outra coisa.

– Não Zefa, eu quero apenas jantar e descansar, o que você me servir estará ótimo.

Zefa sorriu.

— Você mora aqui desde quando?

— Desde muito tempo. Eu era mocinha em São Paulo e o Sinhozinho Carlos me convidou para morar aqui. O Senhorzinho Carlos estava já idoso e com netos, depois que ele morreu a fazenda caiu muito, a mulher dele não vinha aqui por nada. Nunca. Tinha más lembranças e medos. Sabe Seu Moço aqui eu me casei e tive meu filho que perdi, também perdi meu marido, agora sou eu e mais meia dúzia de empregados.

— Como seu filho morreu Zefa?

— Os olhos da mulher se encheram de lágrimas e por alguns minutos ela permaneceu calada. Foi Augusto, o capataz quem explicou.

— O rapaz morreu de forma estranha seu Rangel, uma doença rápida e fulminante, dizem que foi malefício da Velha Bruxa. Ninguém sabe ao certo a idade dela, dizem que ela não morre, e que vive há muitos e muitos anos por essa região, que odeia a todos desta fazenda.

Zefa saiu com uma panela, foi até o terreiro e Augusto falou.

— Espero que o Senhor não tenha medo de fantasmas.

— Por que Augusto?

— Tem outra coisa que não contei ainda, a fazenda é mal-assombrada. Por aqui vaga um rapaz, que morreu na época dos antigos donos, Dona Santinha e Seu Assis. O rapaz João morreu de morte matada pelo filho deles, e ele ainda vaga pelas cercanias. Chama-se João e era filho de uma antiga empregada da fazenda, a Geralda.

— Não, não tenho medo de fantasmas, nem mesmo acredito neles. Lamento por tudo o que aconteceu aqui, mas na minha vida também aconteceram fatos que muito lamento.

— Dizem que outros fantasmas também vagam por aqui.

Zefa voltou e ouviu as últimas palavras de Augusto.

— O fantasma do João não é do mal, se eu fosse o senhor eu não temeria não Senhor Rangel. Dizem que o João era um bom moço, e que jamais faria mal a alguém. Ele morreu tentando defender Sinhazinha de um monstro. Se vive por aqui, ainda, é porque tem algo a cumprir, alguma missão a realizar.

— Desculpe Zefa, mas não falava de João, mas sim dos outros que já foram vistos.

— Bom Augusto, se você me queria longe da fazenda me contando esses casos, seu plano não deu certo, eu vou comprá-la sim e espero que vocês aceitem continuar trabalhando aqui.

— Senhor Rangel, eu mesmo não queria ir embora, eu nem tenho pra onde ir, não tenho mais família. — Falou Zefa.

Capítulo 33

Sotero sentia as energias emanadas por Adalberto, Clovis e Milla. Ele era sensitivo e há muito sabia pelas notícias que os dois últimos vinham em sua perseguição desde que desencarnara. Sabia que havia um terceiro que não identificara e que tinha finalidades atreladas aos dois. Apesar disso, Sotero mantinha a serenidade. Em uma noite sentiu a presença de Adalberto no seu quarto, sentado ao lado da cama em uma cadeira de braços acolchoados. Adalberto se perguntava o que fazia ali, quando tantas coisas boas aconteciam pelas ruas, fervilhantes de entretenimento, de luzes, diversões, prazeres e bares. As ruas eram uma festa, de todos os tipos de diversões. Podia se ver espíritos em milhares, alguns obsessores ou vários associados a um ser encarnado, cada qual em busca de prazeres distintos, desejos e vícios. As boates, mulheres, drogas, álcool e fumo e ele ali tentando entrar nos campos energéticos de Sotero, perdendo tudo isso.

Sotero deitado fingia dormir, Adalberto tentava ligar sua mente estendendo os seus tentáculos aos centros de forças de Sotero, mas tinha dificuldade. Cansado das tentativas frustradas, adormeceu. Sonhou. Caminhava por uma estrada quando viu um ermitão vestindo um roupão marrom amarrado por uma corda à cintura com um cajado maior do que ele, e o seguia calmo e sem pressa. Adalberto acelerava os passos para se afastar do monge, mas ele, com a cabeça encoberta por um capuz estava sempre a mesma distância dele desde o início da caminhada. Adalberto corria e o monge parecia flutuar e permanecia a poucos passos dele. Cansado de fugir do monge ele caiu e logo se viu sobre uma cadeira de braços almofadados, o monge se aproximou e suspendeu o capuz.

— Você, Sotero?

— Sim, eu sim e sei quem é você. Adalberto.

— Você me persegue. Por que seu pederasta? – Gritou Adalberto.

— Eu pederasta? Você atirando pedras Adalberto? Logo você que tem tantas dívidas com a vida. Que matou, estuprou e causou seguidos males a você e a todos à sua volta. Você atira pedras Adalberto? No que você é melhor do que eu?

— Eu sou tudo isso, mas não sou homossexual. Sou homem, macho, gosto de mulheres.

— Que bom seria se soubéssemos respeitá-las e amá-las. Sou um homem que algum tempo precisou de outros, mas agora me deixo descalço, dispo-me de tudo e livre posso buscar caminhos e respostas. Minha vida Adalberto é limpa, honesta, ética, e a sua? Você vive um momento difícil e cada dia mais se denigre e se afunda na lama do mal, agora associado a dois que o incentivam, mas que após o usarem o deixarão ao léu.

– Não tente me jogar contra meus amigos.

– Amigos? Quem são seus amigos de fato? Quando você teve amigos? Nem em vida nem agora. Está na hora de rever seus conceitos, deixar de lado seu machismo e tomar caminhos melhores que o transformarão em alguém de verdade. O sexo sem regras o está destruindo, assim também as drogas, a resistência às mudanças e a persistência no mal começam a transformar a sua estrutura molecular. Veja seus olhos, inchados e insuflados, injetados. Veja sua pele começando a escamar e a coloração roxo-esverdeada. Esse ferimento na cabeça infestado de insetos e bichos. Em pouco tempo você será uma coisa monstruosa e disforme, está se destruindo e transformando sua trajetória em algo que poderá levar uma eternidade para se ajustar de novo.

– Você tenta me assustar com esse palavreado e esse falatório, mas eu tenho as minhas defesas.

– Que defesas são essas? Se a cada momento a operação de transformação acontece em você. Olhe-se. Mire-se ali no espelho.

Adalberto olhou. Emitiu um grito, e se viu rapidamente transportado em meio a nuvens espessas e escuras, malcheirosas, empurrado por um vendaval até os pés de Clovis e Milla, sufocado e sem fala.

Quando retornou a si, falava sem parar e dizia que não mais seguiria Sotero.

– Aquele homem tem pacto com o Diabo, ele me fez parecer um monstro. Ele me encheu de escamas, vermes e feridas.

– Você está normal Adalberto, mas explique como veio parar aqui, assim?

– Eu estava vigiando o Sotero e adormeci, quando o vi em sonho vestido de monge e ele me disse que eu estava condenado a me tornar um ser monstruoso. Eu me vi, então, com feridas de onde brotavam vermes e minha pele estava enrugada e fétida.

– Foi só um sonho Adalberto, você se sugestionou com alguma coisa? – Falou Milla.

– Por isso não quero mais dormir. – Disse Clovis. Adalberto, nem tudo são más notícias. O Rangel apareceu aqui, do nada, comprou a fazenda da Casa de Pedra, exatamente como me disse a Velha Bruxa. Agora temos os dois sob nossa mira, você vai voltar e atacar os centros nervosos do Sotero.

– Eu não volto mais lá. Não volto.

– Mas não estrague nossos planos, não agora, quando tudo acontece de bom.

– Clovis, eu não volto mais a assediar aquele homem, ele me arrepia.

– Está certo então. Vai você Milla.

Milla passou a acompanhar Sotero, mas não se sentia à vontade para executar as ordens de Clovis, mesmo sabendo ser ele o homem que a havia traído. O velho Romanus, o velho comparsa de vidas passadas, o homem que um dia ela amou. De início ela apenas observava tudo em volta dele, o apartamento grande demais para um homem só, as rotinas e gostos. Pensava por que ele decidira estar só. Durante o tempo em que esteve ali com ele, nunca o vira com ninguém que pudesse dizer que tivesse uma relação amorosa. Durante o dia ele recebia alguns alunos. Lia, pintava e assistia a programas sobre artes e músicas. Tinha uma vida pacata e culta, amava as artes e vivia em meio a elas.

Um dia ele meditava e Milla, então, viu seu corpo ganhar luz e emanar um círculo colorido que se estendia à medida que mais ele se concentrava. Ela, intrigada, apenas se extasiava, até que o viu sair do corpo físico e pairar sobre ele. O corpo físico e o espiritual estavam ligados por um fio brilhante e isso durou apenas poucos minutos, depois voltaram a se unir e Milla mesmo assombrada gostou de estar ali, sabia que Romanus ou Sotero, como era chamado nessa encarnação, não era uma pessoa má. Sentia que ele tinha uma vida útil, proveitosa, e diferente da anterior, apenas se questionava como teria acontecido aquela mudança de comportamento.

– O que teria acontecido para que ele fosse esse homem diferente? Sentiu que a sua própria vida, sim, estava sendo mal conduzida e, então, lágrimas desceram por suas faces.

À noite ele, depois de terminar a última aula, foi dormir e Milla ficou sentada ao seu lado. A velha chama da paixão foi tomando seu coração e ela decidiu deitar-se ao lado dele. Colocou os braços sobre o seu corpo. Sentiu-se feliz assim e adormeceu. Sonhou que estava presa em um local. Ela gritava e as grades a impediam de sair. Homens de branco e com enormes seringas a espetavam e a faziam engolir grande quantidade de comprimidos. Caía e rolava presa em camisas de força, depois outro homem vinha com aparelhos e fios emitindo descargas elétricas. A luz azul iluminava o quarto e ela se debatia e se arrastava para fugir. Um homem atravessou a porta e com um gesto de mão afastou o enfermeiro e se ajoelhou sobre ela, e desfez os nós da roupa que a prendiam. Ele a colocou nos braços e caminhou pelos corredores escuros em busca de um portal de luz. Depois de atravessá-lo, chegaram a um jardim com muitos tipos de flores e pássaros. Pequeno lago e cascatas emanavam sons e cores que se traduziam em bálsamo e alegria. O homem era Sotero que apresentou Milla a três outras pessoas, duas mulheres e um homem: Adalgisa, Santinha e Álvaro.

– Você gosta daqui? Perguntou Santinha.

– Sim aqui é o Paraíso Dona Santinha? É aqui que a Senhora vive?

– Não chega a ser o Paraíso, mas para quem vem de uma existência como a sua pode ser sim. – Quer ficar conosco?

– Sim quero. É tudo muito vivo e lindo, onde estou?

– Depois falamos disso. Nós temos uma surpresa. Você gosta de música?

– Sim, gosto muito.

– Então ouça.

Um violino passou a emitir o seu som mágico, que encantava e enternecia. A suavidade e a sonoridade calaram a todos e tudo. Por um momento o som que se aproximava contrastou-se ao som abafado da voz de Milla que disse comovida: – Pai.

Clovis buscou Adalberto e foram para a fazenda. Queria ver gente e encontrar João, não sabia por que, mas sentia alguma consideração por ele e queria aprender algumas coisas. Quando João morreu, desapareceu por certo tempo, e Clovis sentiu realmente sua falta. Até que um dia, inesperadamente, ele reapareceu. Estava um pouco diferente, mas conservava o mesmo sorriso e a mesma alegria. João deu um susto em Clovis e brincou com a nova situação.

– Olha seu Clovis, agora somos todos espíritos.

Aquela forma de João brincar com sua aparente desgraça surpreendia a todos e sua maneira descontraída e feliz igualmente cativava.

– João, cadê você, por que some e permanece por tanto tempo longe? – Quero te ver. – Gritou Clovis. – Apareça João.

– Vixe homem, por que grita assim? Parece desembestado.

– Não me assuste assim João. – Por que você sempre aparece assim por detrás? Acha engraçado assustar os outros?

– Olha Seu Clovis, não vou dizer que não gosto de ver sua cara assustada. João deu uma boa gargalhada.

– Está certo João, não vou me zangar com você, mas me diga: – Onde você anda quando não está aqui?

— Sabe Seu Clovis, eu ando pelos céus. Na casa de Deus tem muitas moradas, e eu tenho muitas missões para cumprir ainda.

— Mas, que missões são essas?

— Ajudar, apenas ajudar.

— Você pode explicar o que se passa com esse meu amigo, o Adalberto?

— Conte a ele Adalberto, o que aconteceu na casa do Sotero.

Adalberto narrou tudo o que havia sucedido. Ao final, mais uma vez João soltou uma sonora gargalhada e disse:

— Sabe seu Clovis, esse Seu Sotero fez poucas e boas no passado.

Contudo, ele está diferente hoje. É outro ser que evoluiu, aprendeu com os erros do passado.

— Vocês não mudam, continuam os mesmos. Ele é igualzinho a mim. – Disse João ainda rindo.

— Mas do que você tanto ri rapaz?

— Rio porque vejo que esse seu amigo quase foi pego pelo Seu Sotero e vejo que mais alguém está prestes a sucumbir às suas ações do bem.

— Milla?

— Sim Seu Clovis, sim a Senhorinha Milla a essa hora está nos braços do pai e encaminhada pelo Seu Sotero à Colônia Estrela azul. Acho que nunca mais, ou tão cedo vocês a verão.

– Não pode ser Milla. Ela não me deixaria, ela não faria isso.

– Pois fez sim Senhor, e não foi assim do nada, a minha madrinha Santinha já vinha trabalhando com ela há anos. Foi por causa dela que eu fiquei, mas eu estou feliz, pois ajudei a salvar duas pessoinhas boas e que logo meu Pai Maior colocará em minhas contas. Assim mesmo escrito: Dois créditos para João. E ele ria feliz.

– Infeliz, você morre e ri, esqueceu que morreu e ainda mais daquela maneira?

– As maneiras pelas quais morremos não são importantes Seu Clovis. Nem mesmo senti dor. Sabia que estava sendo usado por uma causa boa e justa.

– Quem sabe o que eu fiz no passado àqueles dois? Ao Seu Ramon e à Dona Lucinda. Deus é justo e não me colocaria naquela situação se não fosse necessário. Foi um teste. Eu poderia ter fugido, me esquivado, me acovardado e seguido com meus deméritos ou agido e ajudado.

– Eu não disse que aquele homem tem poderes? Por isso não quero mais voltar a assediá-lo. – Falou Adalberto.

– Olha Seu Moço, se eu fosse você sairia dessa enrascada que cada vez mais te consome, a cada dia mais e mais débitos vão se acrescentando ao seu caderninho. Se saírem por livre e espontânea vontade, por sentimentos terão uma vida melhor e menos severa, mas vocês só pensam em fazer mal, e pior, o mal pelo mal.

– Como assim pretinho?

— Seu Clovis, eu sou pretinho sim, e nem por isso me acanhei pela minha cor, a alvura não está na pele. Vocês são brancos, mas só vejo vocês falarem em vinganças e dar troco.

— Vão viver assim por quanto tempo? Vocês acham que podem fazer essas estripulias eternamente sem tomar uma boa de uma lição? Não é assim não, para cada coisa que fizerem receberão outra em troca, talvez não logo, mas pode acreditar seu Moço, cada centavo vai ficar registrado nas suas contas.

Adalberto, ensimesmado com o que vivera, recebia de João, naquele momento, mais uma dose de apreensão por meio de palavras simples, mas firmes.

Capítulo 34

Rangel quando acordou sentiu júbilo intenso por decidir comprar a fazenda. Não sabia por que, mas sentia que ela traria um mundo de coisas a aprender e que seria o local referencial de muitos acontecimentos importantes.

Depois do café de Zefa, ele foi ao terreiro, pegou um dos cavalos e saiu a galopar sem rumo. Estava satisfeito com a concretização do negócio. Galopava pelas terras que agora eram suas.

Clovis acompanhou o seu galopar.

— É você Hermes, eu sei que é você, safado miserável, que junto com Romanus estragou a minha vida. – Falou Clovis, observando Rangel de longe.

— Seu Clovis, quem estragou a sua vida foi o senhor mesmo, – falou João aparecendo de surpresa.

— Seu atrevido, mas, quanto abuso! Não sei como lhe permito isso.

— Eu sou o que o Senhor quer ouvir e não sabe. Se quiser me chame de sua consciência e não de João. – Disse ele rindo como sempre.

— Mas é o Hermes sim, bem que a velha feiticeira disse que bastava eu esperar que ele viria a mim.

— Mas esse é o Rangel, não Hermes. – Disse Adalberto. – Mas seja lá quem for temos muitas contas a acertar. Pobre dele em nossas mãos.

— Pobre de vocês digo eu. Pobres infelizes. Pai perdoa, eles não sabem o que dizem. – Falou João ajoelhando.

— Esse homem é um pederasta, um afeminado e assassino. – Falou Clovis.

— Esse homem é um homem que busca corrigir suas más tendências. – Rebateu João.

— Não julgue ninguém para que você não seja julgado. Será que vocês são flores de candura e perfeição? Fale com toda sinceridade? Não se julga ninguém. Que atire a primeira pedra aquele que não estiver em pecado, e muito menos sem sabermos o passado e as causas que levaram cada um a ser o que é.

— Rangel foi homossexual em encarnação passada, e nessa foi casado. Sotero também sublimou sua sexualidade em prol das artes e do trabalho com os doentes psiquiátricos.

— Mas ele passou para o meu filho a mesma doença dele. – Disse Adalberto.

— Um filho que você desprezou e a quem ele deu acolhimento e um teto, deu um nome, educação. Carinho talvez não, mas foi mais pai do que você.

Adalberto, diante da força dos argumentos, calou-se por instante. Depois rebateu e voltou ao ataque falando da condição sexual do filho Arturo.

João transfigurado, envolto em luz, tomou a palavra e disse:

— Deus impõe a encarnação para nos fazer chegar à perfeição. Para uns parece expiação, para outros uma missão, uma oportunidade, mas para alcançamos essa perfeição nós temos de sofrer todas as vicissitudes da existência corporal, nisto é que está a força e o poder da expiação.

— Ainda outras finalidades trazem a encarnação: a de pôr o Espírito em situação de suportar a parte que lhe tocar na obra da Criação. Os Espíritos usam instrumentos diversos, de acordo com o mundo em que habitam, se harmonizando e se ajustando com a matéria essencial que constituiu esse mundo, a fim de cumprir naquelas circunstâncias os desígnios de Deus. A ação dos seres é necessária à marcha do Universo. Deus, porém, na sua sabedoria quis, nessa mesma ação, que eles encontrassem um meio de avançar e de se aproximar Dele, assim por uma bela lei tudo se encadeia, tudo é solidário na Natureza. Aquele a quem condenamos é nossa parte e somos nós também parte dele, pois somos parte de um mesmo Deus, de um Deus único. Logo, perante este cenário não será em uma ou em duas encarnações que se dirá ser essa ou aquela a condição de alguém. Não terá escolhido este ou aquele espírito, este modo de ser para por meio dele poder sanar abusos de um passado? Não teriam sido eles os que também criticavam com repugnância e violência os fatos que hoje vivenciam? Não seriam eles os que maltratavam, violentavam e desrespeitavam as mulheres? Não entendeis, então que o sexo depende da disposição de dois? Onde há simpatia e afeição, baseados na concordância dos sentimentos, há amor.

— Se os espíritos, no caso dos homossexuais, são seres que estando em sintonia de sentimentos e vontades, não pode haver amor entre eles? Não estão eles em concordância? Apesar de muitas vezes estarem em desarmonia com os corpos que trouxeram, eles estão encarnados e sujeitos à evolução. Ao espírito cabe cumprir a progressão evolutiva em tudo – em cada sexo, em cada posição social, em cada atividade escolhida para lhes proporcionar provações e deveres especiais e, com isso ensejo de ganharem experiência. Aquele que encarnasse somente na condição de homem saberia tão somente o que sabem os homens.

— Após o que disse Senhor Adalberto, onde está escrito que se pode condenar ou julgar alguém por essa ou aquela condição?

— A escolha é livre e o arbítrio também, pois então que cada um cumpra o que foi escolhido, mesmo que isso atrase seu caminho. Saibam que Deus ao fim estará sempre a esperar por nós.

— Vocês têm moral maior do que eles para julgar? Estes irmãos também têm direito à sua livre escolha, às suas opções de evolução. O importante é sim os seus valores de amor e respeito pelo próximo, o bem que produzirem perante seus semelhantes, e a cota de contribuição em favor do progresso pessoal e o de seus semelhantes, do mundo e do Universo.

— O que eu pergunto é: afeta a vocês estes irmãos amarem outros do mesmo sexo? Entendam que o importante é que eles, em sua marcha, assim também nós nos façamos espíritos moralizados, éticos, pacíficos, libertos do egoísmo e do orgulho que destroem as relações e a sociedade. Que nós nos preocupemos mais conosco, com a nossa evolução, respeitando os valores do outro, deixando ao outro o que somente a ele compete.

— Aquele que abandona o filho e recusa a esposa que a Providência Divina lhe pôs no caminho é melhor que um homem que ama o outro do mesmo sexo?

— Um homem que gera filhos e que usa a violência, que ofende as pessoas, a Humanidade em que ele é melhor do que os homossexuais? O que importa é o amor que une os seres.

— As pessoas não são boas ou más porque são homossexuais ou heterossexuais, católicas, espíritas ou evangélicas. Deus não disse: "Separarei de ti aquele que sendo homossexual seja de ti diferente". Deus não disse: "Construam igrejas e religiões e em meu nome e façam ser julgados os que de ti sejam desiguais e te causem antipatia".

Rangel apeou do cavalo e entrou na casa de pedra, se achegou sem ver o grupo, sem saber que estava sendo alvo de atenção, de julgamento, de exemplo probo e contrariamente de ódio.

Clovis, mesmo surpreso e admirado pelos acontecimentos narrados por João, não se deu por vencido, pois estava decidido quanto às suas intenções: atingir Sotero e Rangel. Ele só não sabia o quanto seria difícil cumprir seus intentos. Parecia que os dois dispunham de algum tipo de proteção, pois sempre que tentava avançar em seu plano de vingança algo em favor deles o impedia. Pensando assim Clovis decidiu que Adalberto ficaria na fazenda para dificultar a vida de Rangel de todas as maneiras possíveis e ele, por sua vez, buscaria Arturo, que era o ponto mais frágil e por isso mais fácil de afetar. De acordo com o raciocínio de Clóvis, ao atingir Arturo consequentemente alcançaria tanto Rangel quanto Sotero de uma única vez. Sorriu malicioso por ser tão esperto e sagaz. E embora aliados, ele nada disse a Adalberto acerca desse seu intento.

Capítulo 35

Anita, indisposta, sentou-se na varanda do apartamento e procurou rever sua vida, fez uma retrospectiva e concluiu que a vivia de forma incompleta, muito ativa, mas em certos aspectos insípida e frustrante. As amigas do hospital caçoavam dela por não ter uma vida mais socializada, participativa nos encontros e eventos promovidos. Estranhavam o fato de ela sempre ter uma desculpa para fugir ao convívio social, também diziam que ela estava seriamente ameaçada de se tornar "titia" e, depois de certo tempo, isso começou a incomodá-la de modo a se questionar.

Não se achava uma mulher feia, pelo contrário, recebia muitos convites e galanteios dos rapazes, então por que nunca se sentiu atraída por alguém, ou na obrigação de ter um relacionamento afetivo? Por que jamais em sua cabeça passou a ideia de ter um namorado, de amar, de se casar? Ela mesma não sabia a resposta.

Anita, intrigada consigo própria, observava a cidade do alto do seu prédio. Foi à cozinha e pegou um sanduiche, sentou-se na varanda e folheou uma revista que ganhara no hospital. Abriu ao acaso, o texto falava de como o espírito encarnado concentra energias eternas em nível superior da sua estrutura, energias essas que se distribuem pelos sistemas mental, intelectual e psíquico, repercutindo no corpo humano nas nossas incessantes encarnações. São essas energias caracterizadas como nossos egos ou nossas personalidades. Nossas personalidades são características do que nós fomos em encarnação passada ou no conjunto de encarnações, e que as características mentais, superiores e inferiores não se alterarão na maioria dos casos, esteja o Espírito vestindo roupagem física masculina ou feminina, as virtudes ou defeitos não sofrem variações em função do sexo a que pertença o ser encarnado.

A energia que interfere de modo significativo na nossa existência é a da força sexual quando o Espírito vem encarnado com o sexo oposto ao da última encarnação.

Anita parou a leitura e elaborou o que tinha lido, questionou mentalmente alguns pontos, pois se tratava de algo novo e de certa forma surpreendente, nunca imaginara a vida sob essa ótica, mas tudo fazia sentido, respirou e seguiu lendo o texto.

Quando no limite da evolução terrena o Espírito encontra o completo domínio das tendências energéticas sexuais, sublima essa força em amor elevado ou fraterno, orientada para a ajuda, redirecionada para obras criativas e, invariavelmente, voltada em benefícios ao próximo, isso provoca a aceleração de suas missões e a saída da roda das encarnações. São espíritos que deram suas existências em prol do amor maior, universal: Irmã Dulce, Madre Teresa, Chico Xavier.

Dizia ainda o texto que, essencialmente, o sexo define as qualidades acumuladas pelo indivíduo, no campo mental e comportamental, assim homens e mulheres se demoram séculos e séculos no campo evolutivo próprio em que situam suas tendências, masculinas ou femininas. Que o Espírito que se detenha por considerável tempo de experiências em um dos sexos tenha de vir em outro. Exemplo: se for homem por diversas encarnações o espírito, sua psique, seus registros perispirituais estarão impregnados do modo masculino de ser, e vice-versa. Sendo assim, uma situação que se impõe não é definitiva nem absoluta para uma referência de situações de homossexualidade, pois o Espírito tem o arbítrio, a força e a capacidade de transmutar qualquer condição inerente a si. Possuidor da vontade, ele tem ascendência sobre a carne e sobre ela o domínio e o poder de decisão.

Todos os espíritos veem à Terra ou a outros mundos com uma programação de vida a cumprir e desempenhos definidos, mas, quando submetidos pelas condições citadas de repetidas encarnações em um dos sexos, e estando envolvidos ainda pelas circunstâncias em que se apresentam diante de si, podem sucumbir nas suas atribuições, tomando rumos que não foram os propostos e combinados, não aceitando uma condição de homem ao se verem em um corpo feminino, ou vice-versa. Pelo livre-arbítrio podemos decidir, optar pelo que sugere nossos registros impregnados na alma, usando os desejos de força sexual para uma ou outra opção e, inadvertidamente, muitas vezes, descumprindo os papéis e as missões a que nos propusemos. De forma lógica isso advém em atraso no avanço evolutivo; enfim, a decisão sempre é do Espírito.

Anita, perante o conteúdo lido, mais uma vez parou para refletir, pois tudo havia mexido com ela; via-se, sem saber bem o porquê, em um sentimento de aceitação das condições explicitadas, não no sentido literal do texto, mas no seu modo de se sentir como ser. Agora queria saber mais a respeito, estava absolutamente envolvida pelo que havia lido e ansiosa para prosseguir.

Há casos que inversões de encarnações ocorrem quando as opções de encarnar inversamente advêm de fatores naturais, quando por algum motivo é necessário que homens venham como filhas, mãe ou irmãs, ou inversamente mulheres, e depois da encarnação aconteça a polarização, ou então o Espírito renasça compulsoriamente em campo sexual oposto àquele em que esteja, devido a abusos, excessos e desregramentos. Na maioria dos casos é pendência expiatória. Pessoas que tiranizaram o sexo oposto. Homens que prevalecendo de sua superioridade física, econômica abusaram e sonegaram direitos à mulher, passando à posição de devedores perante a Lei da Vida, porém, trazendo matrizes psíquicas da masculinidade estarão extremamente desconfortáveis em um corpo feminino.

Considerando que esses Espíritos se encontram em provação para o desenvolvimento de resistências à má inclinação ou em expiação de resgate de faltas passadas, seu mau procedimento agrava mais o seu carma. Quantas vezes definimos vir na condição de homens ou mulheres, e por motivos diversos modificamos o combinado. Não estaremos causando a Deus nenhuma desaprovação, apenas estaremos causando dificuldades a nós próprios.

Atrasos, escapes, manipulações são artifícios dos que não estão decididos ainda. Em outros poderão ser uma busca de felicidade, talvez em muitas vezes apenas uma ilusão, se esse for o motivo e se trouxer ao coração felicidade que siga, mas se trouxer aflições e culpa não se engane então.[5]

Anita, incomodada, voltou a reler o texto dessa vez mais atenta, contudo perturbada ainda. Foi para o quarto e tentou dormir, não conseguiu, pegou o telefone e ligou para Sara.

– Boa noite Sara, incomodo?

– Não, eu estava estudando alemão, minha empresa tem muitos negócios comerciais com laboratórios e indústrias alemãs, sou eu o principal contato, então busco me aperfeiçoar sempre, mas você não me incomoda nunca.

– Obrigada, só isso já me deixou mais alegre.

– Estava triste por quê?

– Algumas coisas, uma noite mal inspirada, algumas amigas caçoaram hoje de mim porque falo muito a seu respeito. Normalmente sempre levo na esportiva, mas hoje, de algum modo isso me feriu.

– Você é muito sensível e incomodada com a opinião alheia, eu não.

---

[5] Divaldo Franco e Chico Xavier, médiuns dedicados, com larga experiência no trato do Espiritismo, consideram que a opção do Espírito pela homossexualidade, algumas vezes, pode ser para ele um gerador de conflitos e angústias.

– É, tenho pensado muito a respeito de tudo, e acho que a vida sob a tutela de minha mãe é o que mais pesa. Ela não sabe respeitar o meu espaço e as minhas opiniões, me trata como se ainda fosse uma criança. Acho que essa situação me deixa sempre na defensiva e sem forças para tomar atitudes contra ela e isso se reflete em todas as circunstâncias de minha vida.

– Eu já tinha percebido isso, mas não quis dar opinião, porque nesses casos de mães e filhos sempre há mais do que nós vemos.

– Como assim?

– Creio como Espírita que são relações anteriores, de vidas passadas.

– Que coincidência Sara. Agora a pouco li um texto sobre sexualidade, era um texto espírita, embora o meu pai tenha me ensinado a respeito de Espiritismo, eu tenho medo de lidar com essas coisas, não me sinto à vontade. Às vezes tenho desejo de conhecer mais.

– Quer conversar sobre isso?

– Quero. Minha mãe agora só vive na casa de minha tia. Hoje mesmo vai dormir lá.

– Venha dormir aqui então. Eu te espero.

Anita estava cansada da vida que levava. Queria se realizar como um indivíduo singular, enfrentar e aceitar a liberdade sozinha, conhecer o mundo por si, enfrentar a vida e se sentir autoconfiante. Sempre tutorada pela mãe ela queria, como condições de existência, estar com outros sem cobranças, amando-se e amando de uma forma suave, sem peso, respeitando as diferenças, assim formando um laço de harmonia plena e de beleza.

Embora amasse a mãe, ela nunca respeitara suas posições, seu espaço, sua privacidade. Depois da morte de seu pai, a sua mãe piorou com relação ao controle e interferências. E sempre a importunou com a tentativa de lhe arrumar um bom casamento. A insistência em selar um compromisso dela com o primo Alencar a estava desgastando, porém não tinha coragem de assumir uma saída de casa. Temia pela saúde de Dona Albertina, e deixá-la idosa à sua sorte não seria leal. Sentia-se, também, insegura por ter de viver só, mas desejava que algo de milagroso ocorresse e que fizesse as coisas acontecerem para ela.

Bernardo, seu pai, era metalúrgico e morreu aos quarenta anos, quando Anita ainda era uma menina, mas as lembranças preenchiam sua vida pela força do carinho, da amizade e da cumplicidade que ele lhe dedicara. Do homem sem letras, sem grandes estudos surgiram os mais belos momentos de que Anita tinha lembranças. Ele esquecia as horas de atividade cansativa e desgastante quando chegava a casa. O sorriso o precedia, o abraço era longo e carregado sempre de emoção. Aos finais de semana sempre pegava o seu carrinho antigo e bem preservado e passeavam pelos arredores da cidade, em lugares atrativos, de cultura, tomavam sol, corriam, jogavam. Eles iam aos parques, às praças, aos museus. Ele tinha sensibilidade apurada para a cultura e pelos grandes artistas. Admirava vivamente as pinturas, as obras modernas ou antigas. Os seus olhos brilhavam e avaliava a estética, cada detalhe, cada lance de cor. Viviam felizes e a vida era rosa e azul. Ele zelava pela família, pela casa, e sempre deixava claro sua opção pelos estudos e motivações da filha. Muitas vezes assustava Albertina com as predições de futuro, com as recomendações quanto à guarda e à manutenção dos estudos de Anita.

– Albertina, minha mulher, eu, às vezes, acho que não viverei o suficiente para ver minha filha formada, mas se eu me for antes de ti cuide de Anita, zele para que ela tenha todas as necessidades de estudo cumpridas, para isso estou juntando, desde o nascimento dela, essa poupança, para ser destinada exclusivamente a esse propósito.

Albertina intimamente sentia um tanto de ciúmes devido aos excessos de zelo de Bernardo para com a filha, observava distante o carinho e o apego dos dois. Às vezes se sentia excluída daquela relação única. Quando ele morreu a vida ganhou novas direções, Anita sentiu a falta intensa do pai, a proporção aumentada em razão da diferença no tratamento dispensado pela mãe. A relação fria e distante, os cuidados obrigatórios sem as demonstrações de amor. Os anos carregados pelas lembranças do pai calaram em sua alma deixando um gosto amargo de saudade, um grito preso em sua garganta. Assim as duas conviveram por todos esses anos sem um laço estreito de ternura.

Sara, diferente de Anita, sempre foi independente e livre, não buscava conceber um relacionamento amoroso com alguém, mas naturalmente sentiu por Anita o surgimento de laços energéticos que conectavam os corpos físicos e os sutis, como se elas se conhecessem há muito tempo. Eram falantes, não tinham mistérios nem segredos entre si, gostavam e queriam estar perto uma da outra, estabelecer uma convivência cada vez mais próxima, mais firme, um relacionamento estável e sincero. Entre elas, primeiramente, estava o desejo da companhia, a intenção de se completarem como pessoas, a interação entre duas almas afinadas, a sintonia fina, a sensibilidade de um querer sem anseios sexuais.

Capítulo 36

Sotero sabia que aquele era um momento crucial na vida de Arturo; ele passava por indecisões e dúvidas existenciais, precisava trazê-lo a si e fazê-lo ganhar autoconfiança, precisava que ele se tornasse forte e resistente aos embates que a vida ainda predestinava a ele. Sofrera muitas vicissitudes e Sotero queria que ele as usasse como elemento de crescimento e não de dificuldades e atrasos, queria utilizar-se daquela energia como fonte de evolução para ele. Sabia que esse processo se constituía de várias frentes, com as técnicas e dinâmicas médicas e energéticas; com tomada de consciência da vida, dos caminhos espirituais, da abertura das portas da existência, das leis de vivência e experimentações cármicas. Tinha em mente passar todo esse aprendizado para um momento especial que fatalmente aconteceria entre Arturo e Rangel, e que inexoravelmente avançava a cada dia. Por isso era tão importante o tempo, as horas pareciam ser inimigas e traziam um peso dramático à situação, mas Sotero, vivido e experiente, sabia fazê-las suas parceiras nesse panorama. Sabia ele que para tudo há seu tempo e hora, e que tudo o que estava acontecendo era cenário apropriado para o capítulo final de muitas vidas envolvidas; assim ele ligou para Arturo.

— Arturo, precisamos conversar, tenho algumas coisas importantes a tratar com você, algumas orientações pessoais a comentar. Tenho em minhas reflexões e estudos apurado algumas anotações, sei que alguns momentos extra-ordinários acontecerão, e queria que você estivesse pronto para recebê-los, para lidar com eles, mais bem preparado.

Arturo foi ter com Sotero.

— O que poderia ser tão importante a ponto de você me trazer aqui assim fora de nosso horário de estudo?

— Tudo está interligado, o fato de estarmos aqui agora não é gratuito, o fato de termos nos unido em situa-ção professor, aluno, amigos não é desconexo. Para tudo há um motivo. Venho recebendo, pela Casa de Fraternidade e pelas minhas meditações, informações e registros passados que dão conta de que tivemos alguns laços de convívio, não diretos, mas por extensão. Sei que tive alguma amizade ou parentesco com seu pai, e que você, para amadurecer e se fortalecer, deverá se colocar frente a frente com ele. Tomar pulso de uma situação que vem incomodando a ambos, que não pode ser deixada de lado. Outra situação de vida com a qual terá de lidar mais profundamente é sua relação com Fausto.

— O que tenho de ajustar em minha relação com Fausto se estamos bem e felizes?

— Uma opção de vida nessa ordem traz compro-missos mais fortes e uma postura mais carregada de relativa angústia, é preciso preparo para as cobranças e defesas pelas escolhas.

Arturo não esperou Sotero prosseguir.

— Estou cansado desse assunto – discriminação, sub-terfúgios, machismos, intolerâncias. A sociedade apresenta como padrão de sexualidade instituída a heterossexualidade, definindo como norma sexual adequada, determinando o homem como conceito patriarcal, estabelecendo uma acep-ção dos papéis de gênero, legitimando uma divisão social, de trabalho, em que as minorias são rechaçadas, humilha-das, escrachadas, porque provocam mudanças nesse cenário. Porque suas conquistas nem sempre são bem-vindas, pois desencadeiam alterações significativas nos papéis modelos, mexem com o *status-quo*, questionam, perturbam.

— Isso também é intolerância Arturo, e nós não po-demos combater intolerância com intolerância. Ser oposto à heterossexualidade seria o mesmo que ser preconceituoso. Primeiramente, generalizar que todos os heterossexuais são discriminadores e intolerantes é tão errado quanto genera-lizar qualquer outra coisa, uma vez que estamos usando as mesmas armas que condenamos e que nos ferem. Isso tam-bém é uma forma de preconceito. Se nós queremos exigir igualdade e respeito que comecemos a mudar nossos pen-samentos. Muitos heterossexuais, mesmo estando neste sis-tema patriarcal monogâmico falido, como você define, são bem-sucedidos familiarmente, igualmente alguns homosse-xuais também o são, pois moralidade não é fruto de gênero.

— Desculpe Sotero, mas a indignação com as inter-ferências em minha vida é difícil, principalmente na questão sexual; por que tanto preconceito, tanta vigilância e monito-ramento pesado? Ser homossexual é antinatural, Sotero? Se mesmo no mundo animal existe a homossexualidade.

— Arturo, não use esse argumento para justificar a sua opção de vida, os animais são os animais, você não é um animal irracional que apresenta somente instintos. Você tem a razão. É um ser humano pensante e com arbítrio para decidir o que quer ser e se assumir. Veja você que mesmo agora estamos aqui discutindo sobre isso. Não é mesmo? Somos assumidos. É dessa dificuldade que estou falando. Desse autocontrole diante da exposição.

— Se você se exalta diante de mim, o que não fará diante do mundo? Vamos gradualmente prepará-lo, primeiro para assumir sua opção sexual, naturalmente, sem preocupações com as possíveis implicações que essa escolha possa trazer. Depois para outro momento: o de aceitar o seu pai. Temos uma mostra importantíssima daqui a um mês e meio; por que não o convida? Seria um primeiro contato depois que ele se afastou para o Mato Grosso.

— Não sei se eu quero isso Sotero. Estou bem assim como estou. Isso mexeria muito comigo e eu teria de responder sobre minha vida e teria de mentir a respeito de algumas coisas.

— Sobre sua opção sexual, por exemplo?

— Sim, Sotero. — Disse Arturo irritadiço. — Eu teria de dizer por que não tenho uma namorada. Quando vou pensar em ter uma família constituída?

— E por que precisa mentir para o seu pai?

— Por que Sotero? Ora porque meu pai é um homem machista que sofria de ciúmes por minha mãe, que tinha atitudes grosseiras e usava violência. Que não soube lidar comigo quando eu era um menino, um adolescente.

— Por que você acha que deveria saber agora?

Sotero sentiu um arrepio e uma presença de energia próxima influenciando o estado irritadiço de Arturo.

— Você está fazendo julgamentos e sem disposição para lidar com a situação. Por que não você a ensiná-lo a amar? Por que não você a tomar a iniciativa?

— Foi ele quem se afastou de mim.

— Se você pretende mesmo se afastar dele que seja de verdade e de fato. Para sempre. Retirando cada partícula de amor e desejo de tê-lo em seu coração e em sua mente, isto é, se puder, mas se isso não for possível que você, então, invista de fato e de verdade tudo o que tem de amor em si nessa busca, nessa recuperação. Não trate isso como uma coisa menor, sem importância em sua vida, pois se não o fizer ela irá aos poucos criando raízes e tomando forma, e quando se der conta estará sendo maior que você. Não brinque com isso, nem menospreze sentimentos. Depois, talvez, não tenha outra oportunidade concreta tão cedo. Você sabe que em dois meses estaremos embarcando para Milão, serão três meses de viagens e exposições.

— Eu sei e Fausto como irá conosco?

— Ele não irá, ou melhor, somente irá por duas semanas, nas férias da faculdade. A opção dele é o marketing agora. As telas dele, as que temos, nós levaremos e isso servirá como ajuda financeira aos seus estudos, mas definitivamente não o vejo como um artista da pintura daqui para frente.

— Está certo Sotero, vou pensar com cuidado a respeito de tudo o que me disse.

Sotero sentou-se sobre as almofadas e cerrou os olhos, pediu ajuda e proteção espiritual a seus guias e mentores, sabia que seria uma dura caminhada para os acertos entre Rangel e Arturo e, em última análise, acertos seus também com dívidas do passado, de encarnações anteriores.

Sotero era um homem sereno, tranquilo e em busca de crescimento espiritual, aceitava sua condição de homossexual, como uma condição do ser, de algo momentâneo, concebido por suas opções e escolhas. Aceitava assim não por ser ou não homossexual, entenderia as questões do sexo da mesma maneira se fosse hetero.

Vinha gradativamente orientando sua vida na troca dos prazeres físicos, do amor sexual, pelo amor fraternal. Sabia que o patamar superior do amor não era o Eros e que à medida que se libertava do amor materializado chegava mais perto de Deus.

Para muitos essa dualidade entre amor fraternal e carnal constitui-se em aspecto dramático, mas não para Sotero, pois ele consentia que isso acontecesse naturalmente, embora entendesse que sendo humano encarnado estaria sujeito aos ímpetos vitais da libido e do sexo, marcado pelo sentido do interesse, passível por tanto de desejos, mas não trazia em si conflitos, apenas se aceitava. Vinha encontrando nessa troca mais alegrias. Doar-se aos outros trazia mais regozijos, bem-estar, e não se arrependia, pois o prazer encontrado nestas experiências era de mais intensidade, qualidade e pureza, não causava apreensões, não deixava tensões, nem nódoas.

Ele não exigia nada da vida, vivia e a observava, dizia constantemente: Se quer conhecer Deus observe a vida, e assim o fazia. Lembrou-se dos ditos de André Luiz – se o conhecimento auxilia por fora, só o amor socorre por dentro, pois só os que amam conseguem atingir as causas profundas. Precisava de sua força interior e da sua intervenção no íntimo, para modificar atitudes mentais em definitivo, mas sempre pedia a ajuda dos amigos espirituais. Pedia força e discernimento, proteção para as armadilhas invisíveis, percepção para aprender com a vida. A cada dia e a cada fato, observava a justiça divina atuando, em forma de tempo, de natureza, de convívio nos pequenos e nos grandes episódios.

A figura de Arturo veio à sua mente, sabia que tinha nele uma oportunidade de avançar, também sabia das dificuldades que se impunham. Assumir sua sexualidade, em termos de qualidade de vida, seria fundamental para a sua saúde mental. Em termos sociais, ainda seria difícil, sentia as alternâncias pessoais dele de se aceitar, se deslocar da passividade à agressividade, deixando claro o quanto ainda haveria de ajustes. No conceito espiritual, ele precisaria compreender ser a homossexualidade uma opção, uma escolha.

Compreender a vida como uma sequência infinita de idas e vindas. Compreender o livre-arbítrio e a colheita dos nossos atos por responsabilidade e consequência.

Dias depois Sotero iniciou os preparativos para a excursão pela Europa, com foco nos trabalhos de seus dois alunos mais brilhantes, Arturo e Fausto. A viagem se iniciou e Arturo não convidou Rangel.

O ponto de partida na Europa foi Milão, em uma das galerias mais conceituadas do Velho Continente. A inauguração dava início ao sucesso que levaria Arturo a ser considerado um dos expoentes da pintura moderna. O brilho e o luxo aristocrático da galeria contrastavam com o ar entristecido de Arturo, o que foi notado por Sotero.

– Hoje é o seu dia Arturo, a vida nos põe oportunidades únicas, não vá estragar o dia do lançamento de Arturo Vidal no mundo dos grandes artistas. Aqui nas terras da Velha Europa viveram os artistas mais consagrados do mundo em todos os tempos experimentando momentos especiais e exclusivos, outros, entretanto, sofreram discriminações, recusas e angústias diversas na luta para mostrar seus talentos. Quantos se sentiram divididos e testados a prosseguir ou a desistir, entre a luz e as sombras.

– Quaisquer que sejam os motivos de sua tristeza esqueça-os por algumas horas. Concentre-se nesta ocasião de tamanha importância. É o seu futuro, o seu momento. O que quer seja a causa de sua melancolia não poderá ser resolvida agora, não é mesmo Arturo?

– Sim Sotero, tem razão, não poderei, vou fazer como você disse. Preciso modificar minha maneira de ser, às vezes, me sinto frágil diante da vida e das vicissitudes pelas quais passei.

– Não reclame da vida, ela tem sido pródiga e compensatória com você. Quantas pessoas tiveram as oportunidades que você está tendo? Ser maior ou menor cabe a você, não pode dizer que não teve chances. Se você sofreu momentos difíceis, tem tido outros de pura felicidade. Somos assim, eu sei, porque não observamos mais atentamente o nosso caminhar. A maioria de nós não presta atenção naquilo que recebe diariamente. Constantemente ora e pede mais, mas o simples dom da vida já é uma dádiva. Não empane o brilho dessa noite com sentimentos menores.

– Desculpe Sotero, você está certo, foram lembranças que me vieram – minha mãe, a situação com o meu pai e a ausência de Fausto, eu acho que ele poderia ter vindo.

– Não podemos discutir isso agora. O tempo desse assunto foi antes, no Brasil. Ele não quer ser um artista como você, quer ser outro tipo de artista. É o último período dele na faculdade, não seria justo que eu forçasse uma situação que não representa a sua prioridade, temos de respeitá-lo.

– A respeito de que falam mestre e pupilo?

– Olá Nestor, há muito que não o via, mas a vontade de vê-lo e as oportunidades se fizeram, hoje mataremos as saudades.

– Verdade meu caro Sotero, um amigo como você é um presente.

– Não julguei que você viesse quando mandei o convite.

– Como você disse, foi a oportunidade.

– Era sobre oportunidades que conversávamos, eu e Arturo, o meu mais brilhante aluno e logo, logo um artista de ponta.

– Prazer rapaz. Vejo que deve ser uma sumidade para receber elogios tão eloquentes de um mestre do porte de Sotero.

– Os elogios dele não contam, os amigos exageram nossas qualidades. Logo o Senhor poderá avaliar se tenho todo o talento que diz Sotero, mas o salão está sendo aberto, quero que o Senhor entre junto conosco, então.

– Não se me chamar de Senhor.

– Está certo Nestor.

– Nestor é o papa das comunicações visuais e mídias eletrônicas, diretor de uma das maiores agências de propaganda e marketing aqui na Itália e de outra no Brasil.

– Belo trabalho esse, também é seu Arturo? – Disse Nestor diante de um imenso quadro abstrato.

– Não, esse é de Fausto Grave meu melhor amigo.

– E onde ele está? Quero conhecê-lo também.

– Ele não veio, está no Brasil.

– Por que não veio, então?

– Ele não está seguro que deseja ser um artista nesse ramo das artes, ele faz faculdade de Comunicações e pretende ser um grande publicitário.

– Veja só, e falando em oportunidades. – Disse Nestor. Quero este quadro em minha sala. Belo, belo. – Disse entusiasmado.

– Quando voltarmos ao Brasil receberá o seu quadro, até lá terá de esperar. – Disse rindo Sotero.

– Por certo, vamos efetivar essa compra. Oriente-me, como faço.

– Venha, vou apresentá-lo ao curador Giuseppe.

Sotero saiu acompanhado de Nestor, e Arturo ficou pensando sobre as oportunidades. Ao seu lado Clovis sorria zombeteiro.

Capítulo 37

*R*angel conheceu Zélia, uma mulher de meia-idade, que vivia de trabalhos espiritualistas e que passava pela região em busca de uma locação para construir uma casa de estudos e caridade.

Ela parou para pedir informações e o capataz a atendeu. Rangel ficou de longe a admirá-la. Foi um encantamento, uma sensação que a conhecia, algo inexplicável como se a esperasse há tempos. Aproximou-se dela então.

— Bem-vinda, eu a ouvi falando com Raimundo, está à procura de uma fazenda?

— Não sei se de uma fazenda, algo menor talvez me atenda.

— Você já tem algo em vista?

— Sim. Vim com a intenção de ver o Sítio Amanhecer, mas me perdi.

— É se perdeu mesmo. O Sítio Amanhecer fica exatamente no sentido contrário. Creio que foi no entroncamento que pegou o rumo errado.

— Creio que sim, mas a vida, às vezes, nos induz a caminhos aparentemente errados.

— Eu posso conduzi-la ao Sítio Amanhecer?

— Claro, se for do seu gosto.

— Certo. Você sabe montar?

— Sim, sei.

— Deixemos o seu carro e vamos a cavalo, já poderá experimentar antecipadamente do prazer do lugar. Raimundo, por favor, prepare duas celas.

Raimundo saiu em direção aos estábulos, com um sorriso aprovador.

Ao entardecer voltaram. No caminho sentiram-se bem e felizes na companhia um do outro.

— Qual a sua programação, depois daqui? — Perguntou Rangel.

— Eu volto para o hotel.

— Mas são quase setenta quilômetros daqui. A noite deve pegá-la no meio do caminho. Não seria uma boa opção para quem não conhece bem essas estradas. São os animais, os barrancos, buracos e partes alagadas.

Zélia sorriu. Está querendo que eu pernoite na sua fazenda?

— Não seria uma má opção.

Os dois sorriram, Zélia aceitou.

— Jantaram e foram para a varanda. Sentaram e permaneceram por um tempo em silêncio. O som da noite, no lugar, era cheio de novidades para Zélia.

– O que mais me encanta nestas paragens é a possibilidade de olhar o céu em seu esplendor. Na cidade as luzes ofuscam o céu, que nem lembramos que está lá em cima. Quantas coisas diferentes, estranhas para mim, principalmente os sons, os vaga-lumes, não lembrava que eles existiam.

– Com o tempo você irá descobrindo mais e mais coisas, há sons quase que imperceptíveis.

– Lugar maravilhoso esse seu, uma bela fazenda e vejo o cuidado e o carinho que você dedica a ela.

– Eu a comprei há pouco tempo e ela tem sido minha vida.

– Não acha um pouco pesado falar assim? Afinal, a vida é composta de várias pequenas e outras felicidades.

– Se você soubesse a minha história de vida talvez não dissesse isso.

– Imagino que sim Rangel, falávamos sobre os sons, mas o difícil é ouvir o inaudível. Ouvir o que vai ao coração das pessoas, seus sentimentos mudos, os medos não confessados e as queixas silenciosas.

– Por que não me conta dos seus sons da alma, a sua história? Afinal, temos a noite toda pela frente e não costumo dormir tão cedo quando tenho esse céu carregado de estrelas. – Disse ela olhando o céu, do parapeito da varanda.

Rangel contou sua história.

Ao final ela falou: — Sabe Rangel, minha vida não foi menos atribulada. Vejo que você traz no peito uma grande dor, tão grande que o seu coração mal pode aguentar. Isso está transformando todo o seu corpo, a doença da alma já está instalada, mas pode ser reversível. Por favor, não continue a alimentá-la.

— Por que você vive viajando tanto, está buscando ou fugindo de algo?

— Fujo das tristezas e busco as alegrias. A dor pode sim estar em nossos corações, mas não só, exclusiva e senhora, dona de nós. Perdi um filho muito jovem, carregado pelas drogas, acho que não lhe dei a devida atenção, acho que faltou carinho e apoio, acho que ele lutou sozinho enquanto eu estava investida de meus problemas, de minha carreira e de meu sucesso. Uma família não pode se constituir de membros isolados, em que cada um esteja envolto por seus problemas. Uma família deve dividi-los juntamente, e assim ter mais forças reunidas. Depois então, abandonei tudo. Fui recuperar o tempo perdido, era tarde. O que perdi não voltaria da forma que eu queria. Não podia trazer de volta meu filho. As dores me tomaram — todas as dores possíveis e imagináveis de mãe, de fêmea que perdeu sua cria, de mulher, de ser humano atingido em sua essência maternal.

— Ah, Rangel, foram dias e noites de somente desespero. Surtei. Por que não poderia ter parado e olhado o meu filho com um olhar mais atento? Meu tesouro e que era tudo o que eu deveria ter mantido.

— Por que me enfiar no trabalho para esquecer uma relação matrimonial frustrante, quando poderia manter ainda a minha família de verdade, eu e o meu filho? Fiquei alguns meses em estado de catalepsia, autômata, incapaz de distinguir entre a vida e a morte em vida. Depois um dia sonhei com ele, ele me dizia que eu não cometesse comigo o mesmo erro. Que deveria preservar a vida, que eu deveria mantê-la e realizar outros atos de amor e recuperação de seu carinho, inclusive por mim mesma, que isso sim o traria de volta ao meu coração. Acordei em prantos e fui buscar ajuda profissional. Recuperei minha estima e o amor de meu filho onde quer que ele esteja. Dei mais importância aos acontecimentos da alma e associei as duas coisas. Tenho sim buscado as coisas que o meu filho me aconselhou e distribuído ajuda, amor e carinho por onde passo.

Os olhos de Rangel se inundaram de lágrimas ao se lembrar de Arturo e Eloísa.

Ela se sentou ao lado dele e tomou-lhe as mãos.

– Rangel, eu não sei aonde vou amanhã, nem se chegou a hora e o lugar de encontrar o que busco, mas há algo precioso aqui, sei que descobri. Alguma coisa nesse lugar me atrai. Sinto forte energia e presenças amigas, boas, que ajudarão você em seu processo de crescimento.

– Por que não fica?

Zélia sorriu e apertou forte a mão de Rangel.

Adalberto observava os dois conversando quando Zélia falou a Rangel:

– Os bens de Deus são infinitos e sua vontade se manifesta de diversas formas Rangel, mesmo diante do mal a vida trabalha incessante e sábia. Nas nossas vidas os fatos se sucedem sem que observemos atentamente Deus atuando. Se quisermos ver Deus olhemos a vida. Veja a beleza desse dia, a natureza representada por Deus. Magnífico tudo isso, a luz, o calor, a brisa, tudo vivo.

– Eu sei Zélia, mas ainda em meu coração algo de obscuro não me permite ser plenamente feliz, é como se eu estivesse sendo observado pelo mal. Adalberto se mexeu incomodado.

– Não há mal que permaneça eterno. Deus permite que o mal atue e seja usado apenas na função de aprendizado, e o bem que o finalize e mostre o seu valor.

Adalberto, embora fosse mau era muito inteligente, que embora fosse perverso era muito perspicaz, percebeu o bem agindo sobre ele de forma indireta. A sua presença entre pessoas do bem permitia que interagisse com outros seres e presenciasse pensamentos diferentes aos dele.

Ele que fora criado sem limites; não fora educado para agir dentro dos limites da ética, do senso e da bondade. Ele era filho de pai desconhecido e a mãe morrera quando ele ainda era menino, os pais adotivos, entendendo que ele havia perdido algo de valioso decidiram que ele teria tudo para compensar essa perda, mas eles não eram ricos, viviam modestamente, mas se esforçavam de forma até exagerada na maneira de lhe dar satisfações e conforto. Superavam em atenções a ele, e cuidados, em cobri-lo de roupas, bens, equipamentos que pagavam com dificuldades, mas sem, entretanto lhe dar cultura, estudos, educação moral e lhe ensinar o respeito ao próximo.

Ele, esperto e percebendo a fraqueza dos pais, dela se aproveitou e usufruiu sem consideração nem respeito pelo esforço e dedicação extremados deles em busca de sua pseudofelicidade. Assim, Adalberto construiu uma personalidade egoísta, manipuladora, materialista, voltada somente para o exercício do ter. Mas, ao ver Zélia e Rangel se emocionando ao falar de filhos, não pôde deixar de também ser tocado pela emoção. Pela primeira vez em sua existência de vivo e de morto sentiu em sua face um sentimento transformado em lágrimas. Incomodado saiu dali às pressas, e foi para a Casa de Pedras, onde deitou e ficou observando as estrelas.

Capítulo 38

Quando a exposição chegou a Roma, Fausto foi ter com os amigos. Ficou apenas cinco dias e não os quinze que havia acertado com Sotero. Arturo não gostou e preocupado passou a imaginar coisas.

Clovis, interligado ao corpo energético de Arturo, mandava mensagens pelo pensamento, provocando em Arturo a desconfiança e a prevenção. Já não havia a naturalidade na relação de ambos. Fausto ansiava por iniciar os trabalhos na área profissional e por isso não se dava conta da desatenção com Arturo, e este introspectivo não achava um momento adequado para falar sobre o assunto, temendo desagradar o companheiro de tantos anos, porém o tempo tramava contra a relação.

Fausto voltou ao Brasil e foi à empresa de Nestor para acompanhar a entrega do quadro.

– Muito prazer meu jovem, esperei ansioso pela entrega dessa obra magnífica e por me dar o prazer de também conhecer o seu autor.

– O prazer é meu, senhor Nestor.

— Você tem o mesmo defeito de seu amigo Arturo.

— E qual é esse defeito senhor?

— Chamar-me de senhor.

— Apesar dos cabelos grisalhos, não sou tão velho assim, tenho quarenta e seis anos e ainda corro todas as maratonas que acontecem na cidade.

— Parabéns, eu nem mesmo ando no calçadão.

— Nunca é tarde, posso ajudá-lo se aceitar.

— Vou pensar, porém hoje estou aqui apenas para deixar a pintura e receber o restante do pagamento. – Disse sorrindo.

— Vou fazer o cheque agora mesmo. Oh, desculpe, acho que o pagamento infelizmente não será hoje, esqueci a carteira, todos os documentos e cheques na pasta sobre a mesa quando sai pela manhã. A correria da vida que levo tem me deixado assim, mas mando o cheque pelo portador na escola do Sotero, amanhã pela manhã.

— Está certo Nestor.

— Obrigado pela retirada do "senhor" e tome aqui o meu cartão, vale para as corridas e para qualquer coisa que precisar.

— Obrigado, prazer conhecê-lo.

— Nestor mandou instalar o quadro de Fausto na sala e ao término sentou-se e ficou contemplando a tela por longo tempo.

Semanas depois Sotero ligou para Nestor solicitando-lhe que concedesse a Fausto a oportunidade de disputar a vaga disponível na empresa onde ele era um dos sócios. Nestor marcou uma data. Na entrevista a boa impressão já deixada por Fausto quando esteve com ele marcou também a Gerente de Recursos Humanos, mas a palavra final sobre a admissão ficou com Nestor. Fausto foi aceito, iniciando na empresa. Fausto foi gradativamente ganhando espaço e funções mais elevadas e de destaque. Era um homem bem apessoado, era simpático, bem-humorado, competente e dedicado e assim conquistou a todos.

A Diretoria toda parabenizava Nestor pela contratação, mas logo aquela situação mudaria. Fausto, por ser amigo de todos e pela expansão de sua vida profissional, deixou-se iludir pelo brilho e as luzes que os holofotes do sucesso lançavam. A competência e o sucesso não significavam experiência e maturidade profissional. Fausto participava de todos os eventos e ocasiões que pudessem popularizar sua presença, queria conquistar mais e mais atenção. Isso atraiu também ciúmes e em pouco tempo havia inimigos e divisão quanto ao seu desempenho. Os olhares observadores e o ruído ganhavam os corredores, e a amizade e a frequente proximidade entre ele e Nestor traziam rumores.

Nestor era homem quarentão, sabido pelo comportamento extravagante e libertino, famoso pelos romances rápidos e de manchetes na imprensa, conhecido ainda por alguns boatos de não fazer distinção entre ter casos hetero ou homossexuais. Primogênito de uma família rica, o cargo de direção na empresa era mais uma fachada, uma posição em que ele pudesse estar ocupado e ao mesmo tempo não causasse danos maiores aos interesses da família, mas Nestor tinha alguma competência e eventualmente surpreendia aos demais diretores com pensamentos brilhantes, ideias e sugestões importantes para o andamento dos negócios. Nestor parecia se divertir com essa situação, era como brincar de gato e rato, ele não fazia questão de se impor constantemente pela presença e ter responsabilidades exacerbadas, porém se sentia realizado quando sua presença era notada pelo brilhantismo e vivacidade, quando ganhavam clientes e contas de grandes empresas em razão de sua competência.

Fausto se impressionara com a forma que Nestor vivia e encarava a vida. Nestor nem sempre estava na empresa, gostava de representá-la em eventos externos que o levassem ao mundo, pelas viagens e ambiente social de destaque. Os dois muito se afinaram. Nestor passou a levá-lo em algumas viagens e a dar-lhe oportunidades de alçar mais rapidamente colocações na escala hierárquica da Empresa. Passaram a andar juntos, e sempre que podiam estavam próximos. Nestor dava dicas a Fausto e o apoiava, e por esses fatos trouxeram despeito ao ambiente.

– Fausto, você sabe que encomendei outra obra a Sotero, mas não uma sua, desta vez uma de Arturo.

– Ah! Que coisa boa. Arturo é um grande artista e fico feliz em ver que também gosta dos trabalhos dele.

– Quanto entusiasmo! Vocês se conhecem desde quando?

Fausto contou a Nestor a história sobre o encontro

dos dois na clínica quando meninos, da amizade, e dos estudos com Sotero.

— Fausto, eu tive pequenos problemas quando menino também. Minha mãe me pôs em estudos com Sotero para que eu tivesse meus talentos e as minhas travessuras em rabiscar as paredes da casa, transformadas em arte pura. Isso não foi possível, mas ganhei um amigo e admiro Sotero há muito. Acho que por pouco não nos esbarramos em alguma das minhas visitas ao mestre. Soube da história de vocês sim, alguém me contou. Vi o Arturo uma vez e senti nele algo diferente, eu tenho um faro para detectar uma chama colorida quando a vejo. Senti nele um jeito e comportamento que me fizeram considerá-lo díspar, digamos diferente, se é que me entende.

— Entendo o que quer dizer, mas prefiro que deixemos esse assunto de lado, de fora da nossa amizade.

— Por que se ofendeu? Isso o deixou nervoso? Você somente me contou a história de suas vidas até à Escola de Sotero. Vocês têm um caso?

— Nestor, por favor, eu quero pedir para que deixe esse assunto fora das nossas conversas, por respeito à minha vida particular.

— Está bem amigo, seja como você quer, então.

Capítulo 39

Arturo fazia sucesso, também, e a sua carreira seguia em alta, ganhava boas críticas e muito dinheiro, mas a sua alma ainda era presa fácil das incertezas e tristezas e, eventualmente, se deixava levar pelos pensamentos negativos insuflados por Clovis. Valia-se das orações e da leitura para acalmar seus momentos de dúvidas, outras vezes buscava em Sotero entendimento para superar as dificuldades.

– Sotero, eu não estou em paz, mesmo com o sucesso e fama, não estou feliz. Diga-me por quê?

– Diga-me você Arturo, eu nunca disse que uma carreira sólida fosse a base para a felicidade. A paz e a felicidade precisam estar dentro de nós e não fora. Quando encontramos o ponto perfeito do ajuste entre o ser e o ter, naturalmente temos tranquilidade.

– São as questões com meu pai que não me saem da cabeça, e também Fausto modificado e aos poucos se afastando de mim, cada dia mais diferente.

– Você conversou com ele a esse respeito?

– Sim muitas vezes, muitas, porém ele evita o enfrentamento, está reticente e, às vezes, distante, nem se dá conta do que conversamos.

— Fausto é diferente de você, parece que se deslumbrou com o sucesso. Vocês praticamente não tiveram amigos, relações sociais com outras pessoas, a vida de vocês se resumiu a dois. Isso não foi saudável e acredito que agora ele esteja tentando aproveitar um tempo não vivido.

— E o que isso significa Sotero?

— Significa duas coisas, a primeira que ele poderá estar passando apenas por um momento e logo se dará conta de que a novidade acabou.

— E a outra?

— Bom, a outra só o tempo poderá dizer, ou seja, que isso não passe.

— Sotero, isso seria possível? Acredita que Fausto fizesse isso comigo?

— A natureza humana é imprevisível, somente com a evolução espiritual nos tornamos estáveis.

— Ando meio deprimido, sem vontade de pintar, de trabalhar, não tenho ânimo para nada, às vezes, minha vontade é de nem sair da cama, e outras vezes de nem acordar, de morrer dormindo, acabar de uma vez por todas com minha vida infeliz, sujeito a reviravoltas e sofrimentos.

— Querido amigo, você não é mais meu aluno, agora é um homem e tem de assumir suas posições sem esse desânimo e fraquezas. Você sabe que tem uma base de conhecimento espiritual, e isso não é compatível com esse saber, você tem deixado brechas perigosas e dá chances a entradas de obsessores em sua vida. Não faça isso, não dê o domínio da sua vida a outros, alguns espíritos podem adquirir sobre outras pessoas esse domínio de fato, são sempre os espíritos inferiores que procuram nos dominar, os bons não comentem esse tipo de ato. Os espíritos menos esclarecidos, persistentes no mal, pelo contrário, agarram-se aos que conseguem prender. Se eles chegam a dominar alguém, identificando-se com o espírito da vítima, a conduz como se faz com crianças, persistindo nesta ação, muitas vezes por culpa da nossa invigilância.

– Sotero, eu não quero mais esse sofrimento. Como faço para sair dessa situação?

– Vou ajudá-lo sim, mas quero que você primeiro modifique a sua forma de agir e de ver a vida.

Sotero tratava Arturo com medicamentos leves e o convenceu a ir mais uma vez ao Centro Espírita. Arturo precisava receber os passes energéticos e calmantes, precisava ganhar confiança e crer nos conhecimentos que adquirira. Acreditar de fato que não era uma simples leitura, mas uma base com poder de modificar os seus princípios de vida e transformá-lo em alguém mais seguro, de centrá-lo em buscar a paz e a felicidade que tanto almejava.

Na Casa de Fraternidade Arturo foi recebido com alegria pelos médiuns e se sentiu mais reconfortado pela acolhida, não sabia por que resistiu em voltar, mas agora estava bem, sentia serenidade e bem-estar que envolvia não somente a Casa, mas tudo e a todos ali presentes. Sotero colocou lindas rosas brancas na jarra sobre a mesa e o salão resplandecia outros tipos de flores; o magnetismo do lugar era quase palpável e todos silenciaram para mais um dia de sessão.

Os trabalhos foram iniciados e chegando a hora das consultas Arturo foi chamado pelo médium incorporado.

– Bem-vindo, que a paz do Senhor Jesus preencha as sombras que pairam sobre você, que seja nesta ou em outra casa de amor que você se encontre e atravesse essa sua jornada com mais segurança, amor e paz.

– Obrigado Senhor. Eu estava vivendo um momento muito difícil até pôr os pés aqui nesta Casa.

– Eu sei das suas dificuldades e sei que em você há uma força muito grande ainda não descoberta e que ao chegar o momento certo fará com que você seja um filho abençoado e feliz.

– Mas Senhor, eu sou tão inseguro e quantas vezes me sinto deprimido, a minha fé é pouca e insuficiente para que eu mesmo me ajude a melhorar.

– A fé é importante, assim também o conhecimento. A fé nós dá a força necessária para caminharmos, a fim de prosseguirmos sem grandes percalços, sem grandes tropeços, mas o conhecimento nos diz aonde ir, e como ir. Não se lamente pelo momento de agora, tudo é como deve ser, tudo está onde deve estar; essa ordem é provocada pelos pensamentos e atos de todos nós, por isso façamos com que as coisas mudem, melhorem, e nós sejamos diferentes, melhores do que fomos ontem, agindo e pensando diferente daquele que somos quando estamos mal.

– Tenho saudades da minha mãe. Quando ela morreu eu quis gritar e minha voz não saiu, ainda trago esse grito aprisionado aqui no peito, que me abafa, que me deixa sempre em estado de tensão, não tenho uma vida natural, não sou um homem livre, vivo assim aprisionado em minhas próprias dificuldades.

— A nossa amada irmã Eloísa ainda não tem permissão para estar aqui, mas manda um recado de saudades e amor a você. Diz que em momento algum deixou de se lembrar de você e o seu amor é o mesmo, que você tenha muita força e muita fé que tudo irá mudar.

Arturo se ajoelhou aos prantos, pedindo para falar com ela. O médium disse que não seria possível, e que ele se acalmasse a fim de não criar desarmonia naquele momento tão especial. Que ele viesse outras vezes à Casa de Fraternidade, pois em algum momento poderia receber o presente que tanto desejava.

Capítulo 40

Zélia e Rangel, uma vez apaixonados, decidiram que ela moraria com ele na fazenda, e Rangel disponibilizou um espaço destinado aos trabalhos dela de estudos da mediunidade. O local, devidamente montado e em pleno funcionamento, regularmente promovia reuniões de estudo que proporcionava aos participantes uma relação entre os seus conhecimentos e certo contato com a vida do outro lado da vida.

Rangel não estava ainda completamente familiarizado como isso funcionava, mas ganhava conhecimentos que o permitiam assessorar ou dividir com Zélia as tarefas dos encontros. Em um ano e meio o enlevo entre eles era perfeito, a sintonia nos gostos e desejos se harmonizava. Eram felizes e completos como casal.

Certo dia Zélia viu por mais de uma vez a imagem de um jovem em seus pensamentos, semelhante ao que já vira outra vez, que chegava à fazenda em prantos. Mesmo com toda a calma e tranquilidade que ela possuía essa cena a perturbou um pouco. Ela, pensativa, foi surpreendida por Rangel que desejou saber o motivo daquela abstração.

– Sabe a visão que tive há algum tempo atrás?

– A do jovem ajoelhado?

– Sim, essa mesmo. Pois eu o vi de novo, agora os motivos das suas lágrimas eram outros e ele estava vindo para cá.

– Será alguma coisa com Arturo? Deus meu. Vou ligar para Esmeralda e saber dele.

Rangel ligou e Esmeralda o tranquilizou, mas deu informações distorcidas e intencionalmente ocultou fatos. Ela jamais havia dito a Rangel que Arturo morava com um amigo. Achava que na condição em que a relação se distanciara Rangel não deveria saber demais da vida do filho, achava que isso em nada ajudaria a reatar a amizade entre ambos.

A equipe dos desencarnados – Álvaro, Adalgisa e Eloísa – chegou à casa de Pedra e se aproximando de Clovis insuflou mensagens edificantes. Eloísa tinha recebido autorização para participar da missão de ajuda ao núcleo da Casa de Pedras, e assim ela e os amigos desencarnados deram passes e falaram ao ouvido de Clovis a respeito da obsessão tal qual um estado constante induzido pela vingança, e contrário à natureza divina. Eloísa salientou que nesses casos de obsessão o perseguidor é sempre dotado de um comportamento moralmente distorcido, e que na busca de alívio para o seu sofrimento faz sofrer aquele que o feriu, tornando-se ambos infelizes. A suposta vítima, ao tentar castigar o outro por seus métodos e forma errada de compreender a vida, causa mais débitos para si, pois acaba envolvendo outros na trama de sua desgraça. Contudo, Deus, em toda Sua misericórdia, concede oportunidades renovadas àquele que se arrepende e possui desejo firme de reparação do erro.

João se achegou e também foi convidado a participar. Falou do embrutecimento dos espíritos que priorizam a prática da vingança, em detrimento dos avanços espirituais, rumo ao bem, à evolução pelo amor, estagnados que estão em ódio extremo, prisioneiros de si, e que na obstinação acabam por fim, nem mesmo, compreendendo o porquê de persistir em determinada situação.

João falou do cansaço, da condição de esgotamento que por vezes os tomava, apesar de persistentes, algumas vezes ansiavam pelo momento do reencontro com uma caminhada menos sofrida, e por isso cada gota de amor a eles dispensada era tão valiosa.

Depois Álvaro, Adalgisa, Eloísa e João sentaram-se e conversaram a respeito de Clovis, também, de Ramon e Adalberto. Eles sabiam que não deviam evitá-los ou deixá-los sem ajuda e compreensão, esclarecimento e luz. Álvaro era o líder da missão, já que isso deveria sempre estar a cargo dos mais experimentados nas esferas espirituais.

— Vamos conversar um pouco, não é João?

— Sim senhor Álvaro, é sempre boa uma conversa com alguém tão generoso e sábio como o Senhor.

— Feliz sou eu por estar com uma alma privilegiada, sua missão é linda e nobre, abriu mão de se manter em esferas mais elevadas para nos ajudar nesta tarefa com ex-companheiros de outras jornadas.

— Vocês meus amigos, sim, estão me dando uma oportunidade única, quero ajudá-los a desfazer tantos equívocos espirituais passados meus e desses irmãos. Para mim sempre é um prazer estar com vocês, mas devemos nos manter sempre atentos pela vigilância constante, pela oração direcionada, pelos nossos atos e pensamentos, dentro da moral, da ética, da caridade, e dos apelos ao nosso Pai Maior.

Álvaro falou: – Alguns espíritos imaginam estar amando, e trabalham obsidiando aquele que é o objeto de sua afeição. A obsessão por pseudoamor ocorre em razão da deformação do que significa amor, pois é muito difícil para quem não conhece os princípios de Deus ser separado de seus entes queridos e principalmente de um grande amor.

– O amor e o ódio estão separados por uma linha imperceptível e tênue, podendo nos levar a crer que um espírito que esteja com ódio do outro utilize apenas um disfarce para ocultar a dor do amor não correspondido, de grande mal-entendido ou até mesmo do medo de ter sua afeição rejeitada.

– Essa obsessão é muito séria, pois aquele que ama não pode imaginar e nem aceitar que esteja atrapalhando seus entes queridos. Julga que está ali para ajudá-los, que eles não podem viver sem sua ajuda. Ações nossas cometidas contra nossos irmãos, ações contrárias à lei divina, de caráter grave ou ainda aquelas por omissão, falta de ações quando necessárias, causam prejuízo ao próximo, acarretam possíveis reações de quem as sofrem, de represália e vinganças de seus desafetos, configurando-se a essa altura em relação obsessiva.

– Vemos muito tudo isso acontecendo por aqui, – falou Álvaro. Obsessões apresentam características muito diversas, desde a simples influência de ordem moral, sem sinais externos aparentes até à completa perturbação do organismo e das faculdades mentais. Vimos o que aconteceu com Ramon. Podemos identificar sinais de obsessão quando o obsidiado apresenta ideias, imagens, pensamentos continuados que sejam impulsos fortes dominando o indivíduo a ponto dele não poder libertar-se sozinho, usando processos conscientes comuns.

— Pena que não pude ajudar Ramon a se desfazer desses obsessores e da sua auto-obsessão, mas temos muito trabalho ainda, vejo avanços e creio que em breve teremos esta missão encerrada com êxitos.

— Que assim seja João, que assim seja, mas não vamos deixar Ramon abandonado, temos uma missão sendo preparada para resgatá-lo.

Capítulo 41

Alencar passou a ser figura constante na casa de tia Albertina, marcando a presença para Anita, que cada vez mais o repudiava e tomava aversão ao cerco promovido por ele e sua mãe. Para Anita o amor era algo que surgia naturalmente e sem fronteiras, absoluto e ao mesmo tempo em que dominava, dava liberdade de sentir e viver uma experiência única, não formal e sem arranjos. Amar era sentir livremente o coração aberto recebendo a semente do amor, que frutificaria, dando bons frutos. Já Alencar pensava que sendo ele essa semente poderia colocá-la no coração de Anita, sendo alimentada gradativamente até florir e frutificar.

Dona Albertina a cada dia mais se sentia incomodada com a presença de Sara, não sabia esconder e a tratava com ironia fina e segregação no ambiente da casa, chegando a ponto da intolerância.

— Se a sua amiga está chegando eu estou saindo.

— Mãe, assim somente me afasta de você. Não percebe que ao repudiar Sara me obriga a ir para a rua ou para a casa dela para nos vermos?

— Acho que está na hora de você se casar, construir uma família e me dar uma neta.

Mal sabia Dona Albertina que as palavras ditas se registram no espaço, e as frases mal formuladas também.

Capítulo 42

João estava feliz, percebia que as ações promovidas pela equipe dos desencarnados dava bons frutos. E ele assistia a tudo muito sorridente, animado com as mudanças que aconteciam na fazenda. A energia emanada era mais pura e melhor. As visitas também não diziam das presenças vivas, mas das espirituais. A venda da fazenda e sua compra por Rangel fora uma decisão acertada para todos. A chegada de Zélia trouxe uma nova energia, o que era para ser de um modo, foi de outro. Zélia ficou morando na fazenda com Rangel, estavam unidos, emanando bem-aventuranças, prosperidade e alegria. Era o bem promovendo suas ações. Deus escreve certo por linhas tortas. – Pensou ele.

– Adalberto, acorde homem, depois que seu Clovis foi embora você somente dorme?

– O que me resta fazer a não ser dormir? Nesse lugar ermo, longe de tudo, somente me divirto, às vezes, na casa das meninas, apesar de ser uma boate caída, de mulheres tristes e feias. Boas mesmo são as boates da cidade grande, da capital, muita bebida e tudo o que de melhor existe para os prazeres de um homem.

— Foram essas coisas que deixaram você assim nesse estado, com essa cabeça arrebentada?

— Ora João, para que me lembrar dessa situação? Por vezes até esqueço quando ouço a Zélia falando naquelas palestras. As palavras dela têm o poder de aliviar as minhas dores.

— Êta mulher danada de inteligente, que fala coisas mesmo interessantes!

— É verdade João, não sei por que de tanta sorte esse Rangel!

— Sorte Adalberto, que sorte? Veja a sua situação, e reflita se você não é merecedor do quinhão que recebe? Homem dedicado aos prazeres mundanos, a toda a sorte de deleites e enganações que prejudicaram os outros. Veja o Ramon que causou quase a destruição da família, agora me diga onde ele anda? Quem sabe se no bucho de alguma cobra grande.

— Que nada João ainda um dia desse eu o vi próximo à Casa Grande, assistia de longe quando Zélia orava. O infeliz até tentou se aproximar, mas o Lott o arrastou acorrentado para longe. Eu que não quis chegar muito perto, havia uma galera da luz reunida.

— Eu sei quem eles são: minha patroa Dona Santinha, Seu Álvaro, Dona Adalgisa e Dona Eloísa.

— Eloísa você disse? A mesma que foi casada com Rangel?

— Sim senhor, ela mesma.

– Mas por que eu não a vi?

– Num sei, mas ela sempre vem aqui quando pode.

– Como sempre vem?

– É sim Adalberto, ela sempre vem. Muitas vezes veio aqui visitar o Seu Rangel, e ajudar na arrumação do lugar.

– Ah! João, por que ela não me procura, por que eu não posso vê-la? Como ela está João?

– Bonita que é só formosura, sempre com flores nos cabelos. Quando ela passa deixa um perfume no ar. Muitas das vezes, o Seu Rangel se surpreende com o perfume dela, mas ele, assim também você, não veem a Dona Eloísa, mas pelo menos ele sente a perfumação, não é mesmo?

– João, quando ela voltar aqui você pede para ela me perdoar?

– Vamos ver, não é Adalberto, afinal você fez muita judiação com a Sinhazinha, mas como diz Dona Zélia, tudo tem o seu tempo certo, não é mesmo?

Eloísa conversava com o seu pai Álvaro, na Colônia Estrela Azul, quando sentiu um repentino mal-estar, uma sensação de que seu filho estava correndo perigo.

Álvaro percebeu a mudança na face de Eloísa e pediu que ela concentrasse o pensamento em Arturo.

Arturo, a despeito dos próprios esforços e dos esforços de Sotero, para mudar a forma de agir e pensar, se mantinha entre altos e baixos, em variações de humor e comportamentos, ao sabor das influências perniciosas de Clovis.

Acordara mal naquele dia – angústia, movimentos corporais pesados, e a cabeça comprimida. Tomou um analgésico, e meia hora depois mais outro. As ações pareciam em desencontro com os comandos mentais. Pensou em trabalhar um novo quadro. Pôs o avental, e dispôs as tintas na palheta. Olhou as tintas coloridas e a tela em branco, ficou parado diante dela, absorto, sem iniciativa. Os olhos pesados, e o corpo robotizado, atemporal, a mente distante e as impressões confusas, imprecisas.

– Quem é este ser conturbado e complicado? – Se perguntou Arturo. Qual o sentido desta vida? E por que vivê-la? Se nada faz sentido. Para que experimentarmos a dor? Qual a razão de uma existência tangida pela marca da dor?

Clovis sorria satisfeito, se sentia orgulhoso dos seus poderes de influenciação.

Arturo tirou o avental e foi para o quarto, se deitou e pegou um vidro de barbitúrico. Tomou um.

Clovis insuflava ordem ao ouvido de Arturo.

– Vamos lá rapaz. Coragem. Tome mais dessas cápsulas, tome todas. Encerre essa vida sem sentidos, sem razão. Nada vale a pena. Morrer é o fim, o absoluto fim, a liberdade, o cessar de todas as dores. Vamos, seja homem, tome os comprimidos.

Arturo jogou o conteúdo do vidro na mão. Ficou estático, olhando os comprimidos. Lembrou-se da mãe Eloísa. Fez uma breve oração pedindo socorro, ajuda para serenar sua alma cheia de inquietudes e incertezas. A prece chegou a Eloisa em forma de intuição, um sentido de alerta de que algo não corria bem com o seu filho.

– Pai, o meu filho corre perigo, eu sinto.

– É filha vá. É a hora certa, precisa. Pode ir. Você sabe bem o que fazer.

Eloísa recebeu autorização para ver o filho e quando chegou ao seu lado sentou-se à beirada da cama de Arturo. Viu Clovis ligado ao filho por fios energéticos por onde sugava suas energias e mandava sugestões.

A intenção era fazer com que Arturo a cada dia se enfraquecesse mais e mais, e por meio de sugestão o fizesse cometer alguma loucura, desatinos, que o levassem a praticar o suicídio. Arturo se mantinha em silêncio, olhar fixado em algum lugar no infinito, além do quarto. Nas mãos um vidro vazio e na outra os comprimidos.

Eles não viram Eloísa, mas ela acariciou os cabelos negros e lisos de Arturo, mandando energias regenerativas enquanto falava palavras confortadoras ao seu ouvido, palavras de encorajamento e preces. Aos poucos, com a intervenção de Eloísa, Arturo pôs as pílulas no vidro e o guardou na gaveta.

Deitou-se e agradeceu o carinho da mãe. Depois Eloísa se fez aparecer para Clovis, que rapidamente se afastou do local.

A prece terá mais força se efetuada sempre com boas intenções e bons sentimentos.

Pela prece o homem atrai o concurso dos Bons Espíritos, que o sustentam em suas boas resoluções e inspiram-lhe bons pensamentos. Ele adquire assim a força moral necessária para vencer as dificuldades e voltar ao caminho reto, quando dele se afastou; e também podem desviar de si os males que atrairia pelas suas próprias faltas.

Um homem, por exemplo, sente a sua saúde arruinada pelos excessos que cometeu e arrasta, até o fim dos seus dias, uma vida de sofrimento. Tem o direito de se queixar se não conseguir a cura? Não, porque poderia encontrar na prece a força para resistir às tentações.

Devemos recuar da ignorância e da perturbação que o mal gera em nós, e em paz teremos um campo propício para que a prece desenvolva sua ação. Se ainda não dispomos dessas condições, vamos tentar, ao menos, transmutar os pensamentos negativos em pensamentos positivos, e então vamos descobrir o benefício dessa prática em nosso favor e dos nossos semelhantes, e naturalmente conseguiremos conexão com a espiritualidade obtendo assim a serenidade, o equilíbrio tão necessários à nossa saúde física, mental e emocional.

Por depender fundamentalmente da sinceridade e da elevação com que é feita devemos encarar a prece como manifestação espontânea e pura da alma e não apenas como repetição formal de termos alinhados convencionalmente, de pedidos intermináveis ou de fórmula mágica para afastar as angústias e os problemas que nos alcançam.

Clovis, assustado com a presença de Eloisa, fugiu para a Casa de Pedra. Foi à fazenda e não gostou dos rumos que tudo estava tomando.

– Que papagaiada é essa aqui? – Gritou com Adalberto.

– Que gritaria é essa, pergunto eu a você, Clovis. Você não está falando com seu igual não.

– Responda Adalberto, que mudanças são essas na fazenda? Que salão novo é esse? Flores, jardins floridos, gente de branco. Essa mulher que não conheço e Rangel vestido com esse guarda-pó?

– São as novidades que a nova mulher do Rangel criou. Zélia é o nome dela.

– E por que você está aqui longe assim da Casa Grande?

– Nós não podemos mais chegar próximo à Sede da Fazenda, existe uma força que nos expulsa de lá.

– Deixe de conversa fiada, vamos homem, vamos ver como estão as coisas lá dentro.

– Pode ir que eu já estou indo, – desconversou Adalberto.

Clovis seguiu na frente enquanto Adalberto propositalmente se deixou atrasar.

Ao chegar próximo ao salão de reunião Clovis levou as mãos ao rosto e se afastou grunhindo. Que luz é essa que quase me cega?

— Eu disse que as coisas agora por aqui estão diferentes, mudadas.

— Não estão me agradando essas mudanças. Na cidade as coisas também não andam muito bem, o Sotero se mantém protegido, não consigo impingir a ele minhas energias, meus comandos, não sei o que fazer. Acho que precisamos de ajuda.

— Ajuda de quem?

— Vou pedir ao Lott e à Velha Bruxa da Vila, a curandeira-feiticeira, para se unirem a nós na busca de forças a mais para desfazer essa situação.

— E o que dará em troca a eles pela ajuda?

— A Velha teria o prazer da vingança, de ver cada vez mais o Ramon aprisionado ao Lott, e mais, a extinção desse teatro.

— Mas o que aconteceu na Capital? — Por que você diz que as coisas não foram bem por lá?

Clovis estava tão perturbado e, esquecido que Arturo era filho de Adalberto, falou:

— Eu estava administrando os meus poderes em Arturo, eu estava ligado a ele pelos fios energéticos, como me ensinou o Lott, e estava quase conseguindo que ele cometesse uma asneira.

— Seu infeliz que história é essa, como você se mete assim com o meu filho?

Adalberto atirou-se sobre Clovis e rolaram trocando golpes e desferindo socos, quando João interveio.

— Parem, parem já. Por que brigam, assim como animais?

— Esse infeliz estava atacando o meu filho Arturo.

— Atacando como Clovis? – Perguntou João.

— Eu queria que ele cometesse suicídio, que tomasse um montão de pílulas e morresse.

— Matar o meu filho.

— Agora ele é o seu filho, Adalberto? Não foi você que o abandonou à sorte quando nasceu?

— Eu era um jovem e não sabia as coisas que sei agora.

— E o que aconteceu Clovis, com o rapaz?

— A mãe dele, a Eloísa, chegou na hora que ele estava com o vidro de barbitúricos na mão. Faltava apenas virar o vidro garganta abaixo e pronto.

— Seu infeliz. – Grunhiu Adalberto.

— Parem, parem. Nada de brigas mais. João se interpôs.

Capítulo 43

Arturo se dedicava mais à pintura e cada dia ganhava elogios e incentivos para se superar. A vida com Fausto, ao contrário, seguia de mal a pior. Os anos passados juntos parecia que haviam transformado a amizade e o companheirismo em rotina maçante e sem motivação. A companhia dele apenas acirrava as discussões e afastamentos. Fausto, frequentemente, chegava a casa tarde e bêbado. Uma noite Arturo o esperava e criticou a forma de viver adotada pelo companheiro. Ele não gostou, mas não respondeu. Arturo insistiu e perguntou:

– Fausto, você se envergonha de mim?

Na forma de um golpe que o tivesse atingido na cabeça Fausto despertou da letargia alcoólica. Ficou quieto por um tempo e se sentou no sofá. Seu rosto cansado demonstrava, sob a luz do abajur, os primeiros sinais precoces das rugas e nos cabelos os fios brancos surgiam nas têmporas. Arturo o encarava e esperava a resposta. Pelos pensamentos de Fausto um clarão de consciência o tomou e ele não encontrou, na profusão de ideias que o atingia, uma que fosse a resposta à indagação. Pensou que se descuidara do amigo e que passara os últimos quatro anos, apenas, preocupado consigo, com sua carreira, com suas festas e recepções, descuidara da relação. Não percebia na figura calada de Arturo algum sinal de crítica, mas a pergunta direta o atingira plenamente, tanto em razão da forma, quanto pela surpresa de não ser essa a característica de personalidade do companheiro.

– Não Arturo, eu não me envergonho de você. Se fosse esse o caso nós não estaríamos mais juntos.

– Tenho percebido sua mudança, sua desatenção, seu desinteresse. Parece cansado e abatido. O que se passa com você Fausto? A nossa amizade não é mais a mesma?

– Não é nada disso. Nada mudou em nossa amizade, apenas mudaram as circunstâncias, as coisas à nossa volta. Agora não somos mais os meninos de antes, temos responsabilidades, deveres, trabalho, jornadas cansativas e desgastantes.

– Mas você não deixa de ir às recepções e festas por esse motivo.

– Eu sei que você tem razão nesse aspecto, mas eu mesmo já havia decidido não mais continuar nesse ritmo, agora que tenho um bom tempo de empresa posso relaxar mais um pouco. Você sabe como nós temos de ser sempre mais em tudo, mais que os heteros, mais que as mulheres, mais que os normais. – Disse desabafando aos berros. Arturo o olhou impassível e disse: – Sei disso.

– Passei esses anos na empresa ouvindo piadinhas mal-intencionadas, sorrisos de deboche e desrespeitos constantes que foram diminuindo à medida que fui me impondo e ganhando espaço, e com a ajuda de Nestor.

— É pelo que vejo não bastou, de fato, seu talento e competência, sempre se dizendo e se pondo sob a dependência de Nestor. Você deveria se impor mais e buscar a posição que merece por seu esforço.

— Não é isso, ainda existem vários diretores, que mesmo com minha competência e talento atirar-me-iam à rua no dia seguinte à saída de Nestor. Você ainda acha que devo assumir minha condição? Acha que eu deveria chegar e dizer que somos um casal?

Pela manhã Fausto se levantou ainda indisposto, sentou-se à mesa posta com esmero e diversidade. Enjoado tomou café puro e falou:

— Hoje à tarde vou procurar um médico, estou mesmo cansado e sem concentração, vou buscar ajuda de um profissional, acho que umas vitaminas resolverão essa situação.

— Procure o Doutor Humberto, ele é um excelente clínico.

— Vou ligar e marcar.

— Pode deixar que eu mesmo ligo para ele e depois te dou o retorno.

— Obrigado Arturo, e desculpe por tudo.

Depois da conversa franca que tiveram a relação entre Arturo e Fausto melhorou, ganhou novos ares e outro fôlego. Arturo sentia-se mais leve e alegre. Os pensamentos menos carregados e escuros traziam novas cores à sua vida, podia respirar um ar mais puro e observar que a vida podia ser vista de vários ângulos e aspectos. Descobriu que perdera muito tempo vivendo em um limbo, vivendo sem viver, sem apreciar o lado azul da vida – a beleza – que a sua angústia e o seu desconforto acentuados o impediam de ver. Lamentou a tentativa de suicídio, a mente embotada de conflitos e de pensamentos repetitivos, inapropriados ou estranhos à sua vontade. Foi fraco, reconheceu.

Reconheceu ainda que embora tais pensamentos pudessem ser fruto de influências externas, ou produtos de sua mente, que Sotero tinha razão quando dizia que somos nós que temos as rédeas de nossas vidas e não podemos permitir que terceiros ou que nossas fraquezas de espírito sejam nossos senhores. Agora percebia que havia outros caminhos, que com a disposição que estava podia resistir a eles, ignorá-los ou suprimi-los com ações ou com outros pensamentos de maior elevação.

Arturo saiu a fim de retirar os resultados dos exames de Fausto. Ele sempre se dedicava a esses afazeres, já que as suas atividades não demandavam compromissos de horários rígidos. Pegou os exames e resolveu fazer uma surpresa ao companheiro, não era do seu feitio fazer isso, aparecer no trabalho de Fausto, mas ao longo de tantos anos seria a primeira vez e o momento merecia. Iriam almoçar juntos e quem sabe se Fausto não abrisse mão de trabalhar na parte da tarde, era sexta-feira e poderiam viajar, não faziam isso há tempos e Fausto precisava de descanso e diversão, ainda estava com ar de cansaço e abatimento físico. Mereciam dois dias fora. Pegou o elevador e subiu ao andar de Fausto. Pediu para ser anunciado.

– O senhor Fausto está em uma reunião de trabalho, se quiser aguarde. Acredito que não demorará muito.

Arturo se sentou, folheou as revistas e logo, sem se dar conta, estava com o envelope dos exames aberto. Curioso e preocupado com o estado físico de Fausto resolveu olhar os resultados dos exames. Um choque o traspassou ao ver a indicação nos cadernos de exames: HIV, positivo. Seus olhos marejaram, sua garganta ressecou e náuseas o acometeram. Ele correu para o banheiro e se fechou na cabine. Estava mal. Atordoado, por pouco não perdeu os sentidos. Sentou-se no piso, cabeça entre as pernas. Ouviu a porta se abrir e dois homens entrarem conversando.

– Viu a situação em que você me colocou? Você poderia ter me livrado desta. Deveria ter me contado que Fausto é um caso do Nestor.

Arturo não ouviu mais nada, a cabeça girou e o mundo sumiu.

Capítulo 44

$\mathcal{U}$ma chuva torrencial caia sobre a fazenda. Os relâmpagos e raios faziam revezamentos no céu, uma noite cortada pelos clarões e faíscas com o barulho ensurdecedor da água caindo. Deitados Zélia e Rangel olhavam pela vidraça o fustigar da chuva e o vento rondando a casa.

– Zélia querida, essas noites de tempestades me incomodam muito, hoje uma tremenda angústia toma o meu coração, não sei explicar. A tempestade me anuncia alguma situação de emergência.

– Vamos orar e nos mantermos atentos, o que quer que seja será impossível sabermos a essa hora da noite.

– Você é um presente, uma dádiva divina, uma mulher especial. Foi preciso eu decidir sair da cidade e vir para cá para te encontrar. Longe. Que caminhos nos levam a isso? Largar tudo para te encontrar, aqui nesse fim de mundo?

– Tudo é especial, até essa tempestade. Quanto ao nosso encontro, tínhamos um projeto de vida em comum, sabíamos que nos encontraríamos um dia em algum lugar. Você sabia que eu passaria por esse caminho e eu sabia que você estaria aqui, mas antes foi preciso que muitas coisas acontecessem em nossas vidas para valorizarmos esse momento.

A luz elétrica caiu, os telefones ficaram mudos, Rangel acendeu um candeeiro, ainda permanecia angustiado com o tempo, mas se deitou ao lado de Zélia e se acalmou.

A chuva se manteve na mesma precipitação por toda a semana.

Na Casa de Pedra Clovis e Adalberto estavam encolhidos em um canto.

— Então, falou com a Velha Bruxa sobre o assunto de atingirmos o Rangel?

— Os dois aceitaram participar do plano, vamos assustar esse lugar sempre nos dias das reuniões de encontros do casalzinho, vamos pôr esses abobalhados para correr e correr muito. — Disse Clovis gargalhando.

— E o Lott, aceitou participar do plano?

— Sim aceitou.

— Como você pretende fazer isso?

— A Velha Bruxa vai nos ajudar, vamos deixar esse lugar tão mal falado que não haverá mais ninguém que queira vir aqui.

— Você sabe o que faz, mas não quero que atinja a minha Eloísa.

— A sua Eloísa, de onde você tirou essa asneira?

– Clovis, eu estou cansado, estamos aqui os dois estúpidos nos protegendo da tempestade, do frio e da chuva, sem um agasalho, sem um amparo, sem calor.

– Não vou abrir mão da minha vingança por nada deste mundo, por ninguém. Hei de ver tudo aqui destruído, tudo aqui acabado, assim como Rangel. Quero vê-lo na miséria, ou destruído definitivamente. A Velha já conseguiu uma vez e irá conseguir de novo.

Capítulo 45

O telefone da fazenda não dava sinal, ninguém pôde avisar Rangel que o filho estava internado. Os médicos, depois de alguns dias, o mandaram para casa, a enfermidade não foi diagnosticada. Concluiu-se tratar de uma indisposição por cansaço ou estresse, ainda assim foram recomendados cuidados extras e atenção por algum tempo.

Arturo, nos dois primeiros dias, não pôde receber visitas e nos demais não quis receber Fausto. Os envelopes contendo os exames de Fausto ficaram entre os pertences de Arturo entregues ao hospital. Arturo estava abatido e muito triste. Os pensamentos somente o deixavam quando ele submetido aos medicamentos adormecia. Ao acordar, recebia a atenção dos médicos e enfermeiras e as visitas de Sotero que tentava argumentar o porquê do afastamento de Fausto. Queria saber o que havia acontecido naqueles dias que antecederam à sua internação. Arturo desconversava, permanecia fechado e resistia aos pedidos insistentes de Fausto para falar com ele.

Na alma sofria a dor que sentia por abandonar o companheiro depois de anos de convívio e amizade. A dor da traição se confundia com a notícia da doença de Fausto, com a incerteza de seu futuro. Dos seus amigos e parentes restavam apenas seu pai e Sotero. A vida mais uma vez o atingira sem piedade, e ele se deprimiu com os reveses.

Ao sair do hospital foi passar alguns dias com Sotero e logo após foi para um hotel. Fausto se exasperou, não entendeu a atitude do companheiro. – O que havia acontecido? O que teria feito? Tentou de várias maneiras chegar até Arturo. Foi conversar com Sotero, que pouco pôde ajudar na resolução de suas indagações.

– O que aconteceu Sotero?

– Não sei dizer Fausto, ele nada me falou, manteve-se fechado e deprimido no hospital e enquanto esteve aqui. Depois se mudou para um hotel, nem mesmo eu sei qual. Ele passou mal na sua empresa. – Por que ele estava lá?

– Não sei, ele foi até o laboratório buscar alguns exames meus. A recepcionista disse que ele estava me esperando. Leu algumas revistas, depois abriu um envelope e foi apressado ao banheiro. Depois foi encontrado pela faxineira desfalecido, caído ao chão. É tudo o que sabemos.

– O que continha o envelope?

– Não sei, apenas foi recolhido e entregue aos enfermeiros da ambulância, mas agora que você falou sobre isso me dei conta, não tive percepção disso antes, com tantas atribulações, e com a surpreendente atitude de Arturo esse detalhe caiu no esquecimento.

– Precisamos saber o que continha o envelope.

Arturo passou pela casa onde morou quando criança para reunir algumas coisas pessoais e esvaziar o domicílio antes de vendê-lo. Queria se ver livre de tudo o quanto o ligava ao passado, não tinha mais porque rever tristezas e dores antigas, quando tinha as do presente. Caminhou pelos cômodos, sentou-se na antiga cama, vasculhou as gavetas. Fotos antigas, revistas, jogos e lembranças e no meio das coisas uma carta ainda fechada. Era a carta enviada por Rangel. Era a carta enviada por Rangel, que Arturo nunca lera. Ele resolveu abri-la, então.

Filho, querido Arturo, a bem da verdade queria dizer isso a você olhando nos seus olhos e o apertando num abraço longo e forte, tenho enormes dificuldades em expressar os meus sentimentos, o meu amor. A orientação da minha vida foi uma opção de viver diferente das dos meus pais que eram Espíritas. Eu era duro e inflexível em minhas atitudes e comportamento, tinha ideias próprias de como conduzir a minha vida. Fui ser militar, queria a dificuldade da vida no quartel, colocar em prática minha forma de ser. Gostava de conduzir e administrar a vida sem surpresas e tendo tudo controlado e a bom termo. Ter a quem conduzir, determinar, comandar. Acreditei que sob o meu olhar poderia manter tudo sob controle, mas a vida me mostrou ser isso impossível. Conheci sua mãe, que foi minha paixão primeira e verdadeira, mas estraguei tudo, não soube conduzir com carinho e não fui generoso, compreensivo e amável com o nosso romance. Lamentei muito minha solidão na fazenda, tudo o quanto não fui, tudo o quanto poderia ter sido.

Precisei desse tempo para ir aos poucos me familiarizando com as minhas dores, com as minhas dificuldades, e descobrir quem de fato eu deveria ser. Quero mudar, ser um novo ser. Desculpe-me se não pude lidar com você, com o seu olhar de tristeza de quem carregava no seu semblante a imagem viva de sua mãe, que trazia a dor, a saudade e a ausência dela estampada o tempo todo. Não me fale de minhas contradições, de querer, ser novo e não partilhar isso com você, mas não sei explicar, mesmo que isso doa em você, penso apenas que precisei fazer isso sozinho. Não me queira mal, não me despreze se pensa que o estou abandonando, mas estou em busca de mim, não poderia ter você se não me tivesse antes. Se um dia puder me perdoar, saiba que estarei aqui, esperando você. Quem sabe não seja o tempo o remédio necessário aos nossos males? Quem sabe não seja o tempo a quebrar nossas dificuldades e nos tornarmos pai e filho de verdade? Quero que saiba que amei a sua mãe como a ninguém.

Do Seu Pai Rangel

Na cabeça de Arturo, de imediato veio à lembrança o dia em que ouviu o diálogo entre Rangel e o segurança Paulo, dizendo que desse uma lição em Adalberto, uma surra para que ele não esquecesse de que Eloísa era sua esposa e Arturo era o seu filho.

– Talvez esteja aí a chave que explique essa carta tão contraditória. O que meu pai quis dizer naquela frase?

Arturo pegou suas coisas e guardou a carta no paletó. No táxi foi definindo qual seria o seu próximo destino.

Arturo não dormiu a noite toda, não conseguia paz para conciliar o sono e era ainda madrugada quando decidiu arrumar as malas e buscar respostas, buscar seu pai.

O sol surgia tímido no horizonte e os primeiros burburinhos da cidade já davam conta que mais um dia cheio e agitado estava para se iniciar quando ele pegou o táxi. Ligou para Fausto, mais para ter certeza que ele não estava em casa. O telefone chamou, mas ele não atendeu. Soube, então, que ele já deveria estar a caminho do trabalho. Foi, então, para o apartamento onde moravam juntos, pegou suas coisas pessoais e saiu. Despediu-se do Porteiro Gerson e foi à casa de Sotero, deixou um envelope lacrado e uma carta, depois foi para o aeroporto.

As lembranças de um rompimento naqueles moldes o faziam sofrer e estava deixando Fausto em um momento extremamente difícil. Arturo mal sabia, ainda, como seria a sua vida. Pegou, novamente, o celular e ligou para Fausto. O celular tocou algumas vezes, mas ele não atendeu. Deixou uma mensagem.

– Fausto, por favor, atenda ao chamado.

Desligou o telefone e pensou:

– Como somos tão falíveis. Quem sou eu para julgar o meu pai, quando sou tão contraditório quanto ele?

– Quem sou eu para tirar conclusões de situações desconhecidas para mim? Mas não vou mais ficar apenas esperando soluções, agora vou buscá-las. Como disse o meu pai, quem sabe não seja o tempo o nosso remédio?

Saiu, então, em busca do seu destino.

No avião a comissária pediu que desligassem os celulares.

Em Mato Grosso precisou tomar um ônibus. Não avisou Rangel que estava indo, queria avaliar qual seria a reação dele quando o visse. Arturo desejava ver o pai surpreso, desarmado para falarem de coisas difíceis, antigas e dolorosas. Sabia que ele tinha muito a dizer. Queria enfrentar a vida abertamente, ser mais decidido, pois não podia continuar assim dependente, condicionado a tantas situações mal resolvidas.

Na empresa, Fausto se levantou. Pediu licença e saiu para retornar a ligação para Arturo. Ligou várias vezes para ele, mas sem sucesso.

Capítulo 46

Zélia explanava para o seu grupo de alunos as dificuldades dos espíritos em lidarem com o peso do corpo carnal.

– O corpo deixa a alma aprisionada. Com as plantas dos pés no chão, na terra, o peso do corpo gravita em torno do espírito mas, uma vez liberto pela morte, pela desencarnação, voa livre a alma. Isso não significa que não temos compromissos com a encarnação, pelo contrário, a manutenção da vida é um ato de amor, e as angústias, depressões, doenças da mente são muitas vezes a não compreensão dessas leis de causa e efeito. Ganhamos um corpo para acelerar nosso aprendizado, pois na carne os registros de sentir têm uma disposição diferente que repercutem com um peso que impregna a carne. Dor e alegria física, doenças, felicidade, tristezas, frustrações. Quando liberta, a alma passa a ter outra forma de sentir, mais sutil, sublimada, expandida, assim devemos usar o amor como instrumento de crescimento e de associação a Deus.

Depois ela falou a respeito do amor à vida.

– Amar a vida, a natureza, as plantas, os animais, os

semelhantes, o corpo que adquirimos é uma prova de amor superior, pois amar é traduzir os desejos de Deus. O amor é a essência que possibilita a vida.

Um grupo de espíritos rodeava Zélia e Rangel, ela os sentia e falava ao ambiente, para que suas palavras fossem ouvidas não só pelos alunos e por Rangel, mas por todos os presentes, entre eles estavam João, Clovis e Adalberto. Ramon se esforçava para se aproximar, mas Lott o escravizava e o detinha, ele ainda não tinha forças para se livrar dele.

Ela prosseguia:

– Morrer não significa a extinção, essa não é a lógica da vida, essa não é a sabedoria de Deus. Morrer é ganhar nova forma de vida. A alma tem a necessidade de Deus, tem sede do Divino. A consciência da alma é a evolução, é sempre chegar a Deus, isso é amor, é permitir que a alma se liberte, que se expanda. Mesmo preso ao corpo o espírito terá uma pequena noção do que é a vida espiritual, a existência fora da matéria.

Clovis se afastou irritado, decidido a buscar a Velha Bruxa na vila. Adalberto o seguiu. Mais do que nunca tinha a certeza de que deveria atacar e destruir aquele núcleo de ação, onde Zélia e Rangel manipulavam os ingênuos e os encaminhavam a outros centros de tratamentos a desencarnados.

– Somente os ingênuos e fracos cediam aos argumentos de Zélia. – Disse ele.

João seguia sentado e atento às explanações de Zélia e via luzes emanando dela, simultaneamente às suas explicações acerca de emanações luminosas dos corpos espirituais.

– Para facilitar uma visão mais clara do mecanismo da encarnação, como de todos os fenômenos espirituais faz-se necessário falar acerca do corpo espiritual.

– Quando as entidades espirituais se tornam visíveis para nós o fazem pela simples vidência mediúnica, ou por materialização, e observamos então que elas possuem um corpo similar ao nosso corpo físico.

– De acordo com os estudos de Charles Richet e do físico inglês William Crookes, prêmios Nobel de Medicina e Fisiologia, os Espíritos tornam-se visíveis e palpáveis a todos os presentes nas sessões experimentais, ou seja, são percebidos e tocados em seus corpos espirituais. Os Espíritos possuem corpos espirituais anatomicamente definidos e com fisiologia própria da dimensão onde habitam.[6]

– Allan Kardec em **O Livro dos Médiuns**[7] afirma: *O perispírito é constituído de um tipo especial de matéria derivada do fluido cósmico universal.* Assim nos informam as entidades espirituais.

– André Luiz nos fala no Livro Psicografado pelo querido Chico Xavier, **Missionários da Luz**, que o corpo espiritual apresenta-se moldável conforme as emoções mentais do Espírito. Cada Espírito apresenta seu perispírito com aspecto correspondente ao seu estado psíquico. A maior elevação intelecto-moral vai determinar como consequência uma sutileza do próprio corpo espiritual. Em contra-

---

[6] Francisco C. XAVIER, *Mecanismos da mediunidade.*
[7] Allan KARDEC, *O livro dos médiuns.*

-partida, espíritos de vibrações mentais inferiores motivam, inconscientemente, um corpo espiritual mais denso, opaco e obscurecido, não tendo a irradiação luminosa dos outros.

– Os átomos do perispírito são formados por elementos químicos, nossos conhecidos, além de outros desconhecidos do homem encarnado.

– Os átomos e as moléculas que constituem as células do perispírito possuem uma energia cinética própria que é a força determinante de sua vibração constante. Quanto mais evoluída a entidade espiritual maior a velocidade com que vibram os átomos do perispírito, da mesma forma, conforme o adiantamento moral do Espírito, maior o afastamento entre as moléculas que compõem o perispírito, pela sua vibração, daí a menor densidade de seu corpo espiritual. Espíritos de alta hierarquia moral possuem vibrações de alta frequência, ou seja, as ondas que emitem ou irradiam são finas ou de pequeno comprimento de onda. As energias emanadas pelas vibrações das moléculas perispirituais se traduzem também por uma irradiação luminosa com cores típicas.

– Espíritos que se tornam visíveis aos videntes ou descritos nas obras psicografadas emitem cores e tons bastante peculiares ao seu grau de adiantamento. Quanto mais primitiva for a entidade espiritual, mais escuros os tons das cores e mais opacos se apresentam. À medida que galgam degraus mais elevados na escada do progresso emitem luminosidade pela postura mental adotada. Decorrente de situações momentâneas as vibrações se aceleram ou se desaceleram determinando modificações na estrutura do corpo espiritual, e então todo o conjunto se altera. As cores não são estáticas, possuem nuances, transformações, formas, brilho e tonalidades, além de combinações com outras cores. [8]

Repentinamente ela parou de falar, seu semblante se alterou e ela chamou Rangel. Ao seu ouvido falou a respeito do homem que se encaminhava para a fazenda, a fim de falar com ele.

– Quem será essa pessoa? – Indagou Rangel.

– Na devida hora você saberá, agora, por hoje, vamos encerrar os trabalhos e nos despedir dos presentes.

---

[8] Francisco C. XAVIER, *Mecanismos da mediunidade.*

Capítulo 47

A relação entre Sara e Anita se tornou afetiva e constante. Da inicial amizade se formou um laço maior e mais forte, a relação que ocorria entre as duas era de compartilhamento de sentimento mútuo de admiração e afeto, compensando faltas e insatisfações pessoais.

Alencar passou a frequentar a casa da tia quase diariamente e sua presença começou a incomodar Anita que se sentia pressionada com sua presença. Ela não conseguia mais se ver livre do primo que, tutelado pela tia, o infiltrava no ambiente do lar das duas e, em razão disso, as discussões se repetiam.

Alencar se mostrava bem-humorado e solícito com Anita, tentando cativá-la e se fazendo útil. Em relação à tia demonstrava toda a afeição e todas as gentilezas possíveis, mas interferia voluntária e involuntariamente nas rotinas da casa, assim sugeriu que se contratasse uma acompanhante para a tia, já que Anita na ocasião formada, por várias noites se ausentava por conta dos constantes plantões médicos. Argumentou que Anita ganhava bem, que poderia dar à mãe aquela condição. Anita, ainda que insatisfeita pela interferência concordou com a sugestão do primo. Seria de fato útil ter uma acompanhante para a mãe. Assim se fez, Aurora chegou e agradou Dona Albertina. Era zelosa e dedicada como dama de companhia, sempre bem humorada como pessoa e sábio espírito. Demonstrava equilíbrio e sabedoria nas colocações, serenidade nas ações, dessa forma, com o tempo, passou a ser mais que uma simples acompanhante, uma vez que ficaram amigas de fato. A vida ao seu modo fazia o seu trabalho, o de criar as condições que Anita precisava.

Para Anita o amor era algo que surgia natural e sem fronteiras, absoluto e ao mesmo tempo em que dominava dava liberdade de sentir e viver uma experiência única, não formal e sem arranjos. Amar era sentir livremente o coração aberto recebendo a semente do amor, que frutificaria dando bons frutos. Já Alencar pensava que sendo ele essa semente, que ela poderia ser posta no coração de Anita, sendo alimentada gradativamente, até florir e frutificar.

Por outro lado Dona Albertina cada dia mais se sentia incomodada com a presença de Sara, não sabia esconder o sentimento de aversão. Ela a tratava com ironia fina e segregação no ambiente da casa.

— Acho que está na hora de você se casar, construir uma família e me dar uma neta. – Disse a mãe Anita.

Mal sabia Dona Albertina que as palavras ditas se registram no espaço, assim também as frases mal formuladas podem ganhar vida.

Capítulo 48

Clovis se dirigiu à casa da Velha Feiticeira na vila.

– Então você está decidida de fato a nos ajudar na empreitada?

– Sim, já disse que sim. Falou ela com uma voz desagradavelmente metálica. Então se prepare, a hora é chegada.

– Qual o seu plano para assustar os presentes na reunião e espalhar uma onda de boatos quanto ao lugar?

– Bem, isso é um pouco mais complicado, nem todos vocês sabem lidar com efeitos materiais, mexer objetos, atirar coisas, fazer aparições, mas tenho alguns conhecimentos que ajudam. Primeiro, mesmo a distância posso mover objetos, graças à minha força mental. O meu auxiliar, escondido, vai atirar algumas pedras e atiçará alguns pontos de pólvora. Tenho ainda alguns amigos desgarrados que podem ajudar também, se mostrando aos que tenham vidências como de fato são – monstruosos e assustadores. Chamaremos Lott e mais alguns outros desgarrados, pois quero que eles, pela força de indução, alimentem o medo aos participantes durante a noite, e pela manhã estarão mal e condicionados a ponto de qualquer fenômeno os assustar.

— E nós faremos o quê? – Indagou Adalberto.

— Vocês poderão se concentrar. Usem a força do pensamento para que as coisas aconteçam.

— Mas somente isso?

— Infeliz, me diga quem você, nesses anos todos perdidos entre o mundo dos vivos e dos mortos, assustou?

Adalberto não gostou do que a Velha falou, mas se deu conta do que ela dizia e também de que não sabia o que estava fazendo ali. Pensou em Sotero e se lembrou de que a Velha Bruxa disse ter amigos monstruosos. Isso lhe trouxe apreensões.

— Então, evoque os seus amigos e vamos iniciar os trabalhos nessa noite de sexta-feira, sugeriu Clovis.

Capítulo 49

Arturo adormeceu em razão do cansaço pela distância percorrida, das noites não dormidas e das vivências das últimas horas, assim, somente, acordou quando chegou ao final da linha do ônibus, com o celular descarregado, e não podendo saber das ligações de Fausto. A viagem ainda não tinha chegado ao fim, faltava um trecho que seria por balsa.

Ao ancorar no pequeno cais da fazenda o balseiro acionou a sirene da embarcação, o que chamou a atenção do capataz. João surgiu à varanda e sorriu, sabia que um novo momento de alegria estava prestes a se realizar, rompendo barreiras de conflitos e de afastamento de dois entes que somente buscavam ser felizes.

— Pois não Senhor, o que procura?

— Falar com o meu pai, Rangel.

— Salve, é uma surpresa agradável, não sabia que o senhor Rangel tinha um filho. Deixe-me carregar sua bagagem. O seu pai é um homem bom, sei que ficará feliz com a sua presença.

João foi correndo e soprou ao ouvido de Zélia.

– Rangel, o seu filho chegou. – Disse ela.

Rangel de sentado deu um pulo. – De onde você tirou isso Zélia?

Ele mal teve tempo de terminar a frase, Arturo entrou.

– Rangel não o esperou tomar a iniciativa, correu e o abraçou. Arturo deixou as bolsas caírem e retribuiu o abraço. A emoção foi grande e contagiou a todos. João, da janela também não se conteve e chorou.

Fausto foi procurar Sotero e recebeu a notícia que Arturo deixara uma carta e um envelope contendo os exames médicos. Ele deixou a orientação para que Fausto primeiramente lesse a carta e somente depois abrisse o envelope.

Querido Fausto, embora por tudo que tenha aconteci-do me levando a tomar a decisão de partir, quero deixar as mi-nhas razões e as devidas explicações. É uma partida definitiva? Não sei. Como companheiro seu, sim, mas disposto a te ajudar como amigo na nova fase da sua vida que se apresentará difícil e não poderia deixar de dizer o quanto te estimo e como foi bom te conhecer. Agradecer o quanto de vida você me deu e que fez da minha um caminho diferente e melhor.

Ao abrir os exames terá uma razão de entender o que digo em relação a uma fase de vida difícil, mas ainda tenho de explicar que não foi esse o motivo da minha partida, jamais te deixaria por isso, mas sim pelo que soube quanto ao seu caso com Nestor. A traição sim me deixou decidido a tomar um novo destino em minha jornada. Já não tínhamos os mesmos interesses e paciência mútua, já não havia a espontaneidade e a alegria do início, o mesmo viço, o companheirismo, a atenção, a ausência mesmo estando perto. Muito você mudou, hoje eu sei o porquê.

Com as mudanças que a subida profissional trouxe a você, se as tivesse dividido comigo, neste momento não estaríamos desta forma separados, mas você se deslumbrou e optou pela mentira ou pela omissão da sua situação, por esconder o que somos e o que nós vivemos, se envergonhando de mim. Acho que no momento em que fez isso não somente me excluiu, mas criou uma linha dividindo as nossas vidas, criou uma barreira que mesmo você não soube ultrapassar.

Viva a vida da forma que escolheu, mas creio que as opções equivocadas que tomamos trazem resultados que nos impõem sofrimentos e revisões de posturas; é como se ao avançarmos por uma estrada em algum ponto tomássemos um atalho e ao voltarmos à estrada descobríssemos que não avançamos. Se precisar de mim na condição de amigo estarei na fazenda de meu pai, não sei se ele e eu iremos nos entender quanto às nossas diferenças, se não acontecer, mudarei de cidade, me estabelecerei em outro estado ou país.

Do mais que a vida seja pródiga com você, amena, que você possa seguir compreendendo que nós mesmos escrevemos nossas histórias.

Arturo

Fausto deu a carta a Sotero para que ele lesse. Ao terminar Sotero disse:

— Dizer o que? Foi verdade sobre o Nestor?

— Sim, mas como Arturo soube?

— Fausto, neste momento isso é de menos importância, se você nunca disse a ele, deveria. Tome o envelope que ele deixou para você.

Capítulo 50

Durante a noite Rangel e Arturo conversaram muito. Zélia resolveu deixá-los a sós e foi continuar os seus estudos.

– Pai, eu recebi sua carta, mas não a li de imediato, por anos ela ficou guardada, somente nesta semana resolvi abri-la. Eu era um menino e não sabia de fato o que pensava, tinha uma dor e queria que alguém fosse responsabilizado por ela. Acho que você estava mais perto e sofreu a minha revolta.

– E o que te fez mudar de decisão e ler a carta?

– Pai, eu tenho vivido momentos turbulentos, aflitivos – recentemente a morte de minha avó e da minha tia, e a minha separação.

– Você estava casado?

– Sim pai, mas não com uma moça.

– Como assim Arturo?

– Com um rapaz.

Rangel ficou em silêncio, levantou-se e caminhou

pela sala, foi à janela e olhou o céu, pensou em tudo o que vivera nos últimos anos, não queria mais uma vez causar sofrimentos a Arturo, estragar tudo que Deus estava lhe dando naquele momento; se voltou e falou:

— Entendo, mas o que provocou a separação?

— Uma traição, um rompimento de confiança, agora descobri que ele está com uma doença grave, AIDS.

— Arturo, e ele onde está agora? E você, fez os exames para saber se é portador?

— Não pai, apenas queria sair de onde estava. Peguei minhas coisas e achei a carta que você me enviou. Eu a li e pensei em você.

— Fez bem Arturo, fez bem. Assim que as coisas se estabilizarem poderemos fazer os exames.

— Está certo pai.

— Sabe que é uma felicidade ter você aqui? Mesmo longe meus pensamentos estavam sempre buscando as lembranças, os momentos bons que nós dois passamos juntos. As praias no litoral do Rio de Janeiro, as aventuras nas matas no interior de São Paulo. Quantas lembranças boas!

— Foi sim pai, pena que a minha maneira de ser tenha afastado você de mim.

— Por favor, Arturo, eu fui covarde e irresponsável por ter deixado você aos cuidados de sua avó e de sua tia.

— Pai, que bom estarmos falando assim abertamente; temia que fosse encontrar o mesmo homem fechado e severo com os outros e consigo. Mudamos muito bem o vejo, eu também mudei muito. Creio que a hora certa era essa, nem antes nem depois, por isso vim para esclarecer tudo, não quero seguir a minha vida trancada em um compartimento junto com os meus medos.

— Pai, me diga o que você quis dizer quando falou ao Paulo que desse uma lição em Adalberto, uma surra para que ele não esquecesse que Eloísa era sua esposa e Arturo era o seu filho? Por favor, pai, diga-me sem nada esconder.

— Quando me casei com sua mãe, ela já estava grávida. Não fui eu o homem que a engravidou, eu assumi a situação por amor a ela, pela paixão que ela me despertava.

— Pai, por que nunca ninguém me contou isso? Todos sabiam? Minha tia e minha avó?

— Sim, elas sabiam, mas ninguém queria que você soubesse.

— Adalberto era o meu pai biológico?

— Sim, era ele.

— Deus. Eu o matei então?

— Você apenas puxou o gatilho. A morte dele foi encomendada por ele próprio, ele mesmo criou o seu destino.

Rangel contou tudo a Arturo desde que conheceu Eloisa.

— Deus, quantas atribulações!

— Arturo, não diga isso. Estou aqui e quero recuperar o tempo perdido, quero apagar a má impressão que deixei, sei que seria pedir muito, mas gostaria que continuasse a me chamar de pai.

— Eu te chamarei assim. Pai.

Adalberto se revoltou ao ouvir toda a conversa. Não admitia o que estava vendo e ouvindo de Arturo, que mesmo depois de saber que era filho dele, continuava a chamar Rangel de pai, e saber que o filho confessara ser homossexual e não ser repreendido. João sorria e Adalberto se irritou ainda mais.

— Está rindo do que? Você ri, pois não é com você.

— Estou rindo de felicidade, de poder ver dois seres humanos se harmonizando, se entendendo, se amando.

Arturo olhando a noite perguntou ao pai:

— Quem é esse rapaz que fica sorrindo para nós?

— Quem? Não vejo ninguém.

— O rapaz negro de dentes alvos?

— Nossa, Arturo, você o vê?

— Sim, dizem que há um rapaz negro que morreu há muitos anos, que ele era empregado da fazenda e que vive por aqui ainda. Onde você o vê?

— Ali, sentado, sorridente na cerca da varanda.

— Você tem mediunidade, sabia?

— Pai, eu frequento uma casa Espírita. Casa de Caridade, mas nunca soube que possuía esse dom.

Zélia chegou e sentou-se à varanda.

– Você é um médium sim e se pudesse ter você conosco seria maravilhoso.

– Como?

– Temos aqui na fazenda uma Casa de Estudos e assistência. Você vai se familiarizar com tudo aos poucos, acabou de chegar, mas creio que veio para ficar.

Capítulo 51

Fausto não acreditou quando leu o resultado do exame, a princípio ficou estarrecido, leu e releu. Depois se desesperou, gritou e cerrou os punhos. Atirou-se no sofá, escorregou e se afundou nas almofadas. Chorou.

— Agora o que será de mim Sotero, o que será?

— Hoje é uma doença controlável, temos de buscar ajuda especializada e levar a vida normalmente.

— Normal Sotero, como?

— Normal sim Fausto, o ocorrido já é fato, a vida continua e você precisa ser tratado, viver. Vou estar com você. Eu estarei ao seu lado.

Uma semana mais tarde Nestor pediu licença da empresa, o boato correu que era por motivo de doença.

Fausto sentiu seu chão ruir, e temeu por seu trabalho, investigou e nada apurou de realidade, andou acabrunhado e só. Lamentou as escolhas feitas, pensou em ligar para Arturo e pedir perdão, mas não conseguia falar com ele. Depois, então, mais sereno e conformado, e com a ajuda de Sotero iniciou o tratamento.

Capítulo 52

Embora a conversa franca com o pai, Arturo ainda trazia amarguras na alma, a maior delas era a separação de Fausto. Ele fora seu maior e melhor amigo, com ele conviveu por muitos anos sem nada esconder dele. Ainda sentia muita tristeza por tudo o que havia passado nas últimas horas. Clovis sabia das deficiências psicológicas de Arturo e o atormentava, instigando pensamentos de tristeza, pois encontrava nele campo farto e fértil para aumentar as dores já existentes.

Zélia sentou-se ao lado de Arturo e tomou as suas mãos. Clovis saiu assim que ela se aproximou, pé ante pé, preocupado que ela pudesse vê-lo. Ela não o viu, mas o sentiu. Um arrepio tomou seu corpo e ela falou:

— Arturo, eu sei que em sua alma vai uma dor imensa e profunda, mais profunda porque nela se alinha um conceito errôneo de que ela é resultado de uma vida em pecado e que pecado é passível de castigo. Por que você pensa assim? Por que facilita àqueles que sendo seus inimigos possam disseminar formas-pensamento que o intranquilizam e o tiram do equilíbrio?

Algumas lágrimas correram e ele nem se deu ao trabalho de enxugá-las.

– Zélia, eu te conheço ainda muito pouco, mas minha confiança em você já é grande. Sabe, faltam-me forças e o desejo de viver até a pouco era pequeno, mas melhorou depois da conversa que tive com o meu pai, depois que descobri que não perdi tudo, mas ainda acho que a vida estragou coisas boas. Tudo o que conquistei nos últimos anos, foi assim esfacelado? Nunca fui feliz antes, somente nos últimos anos em que conheci Fausto. É um castigo sim o que está acontecendo, uma vingança da vida em razão da minha condição de homossexual? Sei que é um castigo porque estávamos vivendo em pecado, mas não me importava isso, melhor foi viver em pecado com ele do que toda minha vida anterior.

– Arturo, a homossexualidade é uma realidade cada vez mais evidente em nossa sociedade, e é angustiosa a relação que a maioria dos homossexuais tem com a própria orientação sexual, principalmente por terem que se enquadrado em um padrão definido fugindo dos preconceitos para se sentirem ou não aprovados e amados por seus familiares, pela sociedade e por Deus.

– Mas, muitos heterossexuais se recusam a aceitar a homossexualidade e a bissexualidade, como expressões normais de sexualidade humana, por acreditarem que se trata de desvios e então buscam curas. Isso somente faz aumentar os seus sofrimentos, leva à depressão, loucura ou suicídios, alguns caem em instituições principalmente religiosas, que sustentam serem pecadores e contrários às leis divinas. Eu te pergunto: – Deus alguma vez disse não gostar dos seus filhos em razão de sua opção sexual?

Arturo ficou em silêncio.

Zélia prosseguiu: – Não podemos atribuir a Deus a responsabilidade pela orientação sexual de cada um de nós, porém elas advêm de todas as experiências vivenciadas em nossas reencarnações. As características mais femininas ou masculinas que se apresentam quando reencarnados são resultantes de diversas e sucessivas reencarnações em um mesmo tipo de corpo físico. André Luiz diz que, ligados aos corpos físicos recebidos para as reencarnações, trazemos junto a eles nossos espíritos eternos carregados de experiências vividas em corpos masculinos e femininos, portanto nenhum de nós é absolutamente uma coisa ou outra.

– Não fique triste Arturo.

– Estou triste sim, mas quem são os meus inimigos e o que são formas-pensamento?

– Arturo, os nossos pensamentos são ondas de energia que se propagam no éter astral e quando essas energias são concentradas elas criam formas visuais de acordo com nossos pensamentos. Podemos criar monstros que passam a atacar pessoas e se voltam contra nós próprios. Nossos ódios, nossos sentimentos negativos criam impulsos de energias que geram formas na matéria astral. Essas formas parecem até ter vida própria. Um vidente inexperiente pode encarar essas formas como monstros e seres reais que querem atacá-lo e destruí-lo. Portanto, é de suma importância criar os pensamentos positivos e superiores para que as energias criadas no astral sejam altamente benéficas a todos nós.

— Os espíritos obsessores perversos transmitem, a quem eles querem, pensamentos de medo e insegurança que se agregam aos nossos, gerando formas que acabam nos desequilibrando e nos deixando mentalmente desguarnecidos. Você, por exemplo, está focado apenas em sua separação e não consegue mudar a frequência do pensamento; isso irá te desgastar e, fragilizado, você será uma porta aberta para outros ataques.

— E o que posso fazer para acabar com elas, Zélia?

— Autoconfiança e estudo, conhecimento, leituras. Se você confiar mais em si e souber que é assim que agem os espíritos inferiores, ou mesmo outros seres humanos, elas sumirão. Desligue ou mude essa frequência, e elas desaparecerão para sempre. Olhe à sua volta e veja quanta beleza, o verde, as flores, as aves, a natureza canta e encanta. Venha comigo, vamos dar um passeio.

— Realmente quantos de nós somos responsáveis pelas dificuldades porque passamos. Quantas vezes, por causa de nossa imprudência, atraímos situações que nos causam sofrimento que poderíamos evitar se vivêssemos com maior clareza espiritual. Quantas vezes geramos pensamentos de medo, cremos que somos incapazes de superar determinada situação, nos sentindo cada vez mais fracos, e o que é pior, passamos a usar drogas ou medicamentos na ânsia de acabar com nossa angústia, isso quando não acreditamos que alguém tenha feito feitiçaria contra nós ou que estamos sendo obsidiados. Na maioria das vezes, nós mesmos somos os culpados. Podemos chamar isso de auto-obsessão, quando determinada ideia se repete em nossa mente. Elas parecem ter vida própria, mas na verdade obedecem automaticamente a determinados padrões de comando que damos sem perceber. Basta que você tome consciência de determinados pensamentos negativos para iniciar o processo de desintegração dessas formas-pensamento. O processo de autoconhecimento é eterno e é por ele que nos libertaremos dos sofrimentos em que vivemos.

— Tudo o que aconteceu com vocês dois foi apenas por desconhecerem esses princípios, uma vez que nós somos os alvos de nós próprios. Se tivessem mudado o padrão de pensamento seria outra a história de vocês, mas os seus medos e inseguranças, Arturo, e a autossuficiência e arrogância de Fausto transformaram a vida dos dois.

— Pensando isoladamente vejo que você está certa, mas o mal fez resultado em mim e ainda estou sentindo seus efeitos.

— Foi por isso que te trouxe aqui, suba ao cume deste morro e você terá uma visão que pode ir ao longe. Fique aqui e logo voltarei.

— O que eu faço?

— Grite, ponha tudo o que sente para fora, todas as dores, mágoas, paixões, tudo, não esqueça de nada.

Zélia se afastou e Arturo ainda tímido ficou parado olhando ao longe, depois soltou o primeiro grito. Um alívio o tomou e ele pensou. — Por que não? O segundo grito saiu mais forte e maior, do mais profundo da alma, um terceiro, um quarto e vários outros se seguiram...

Capítulo 53

As investigações e os desejos de Alencar pela prima o levavam constantemente a visitar a tia. As insinuações e maledicências não passavam despercebidas de Aurora que se excluía de opinar, mas no dia a dia as conversas se faziam, mas na base da amizade de Albertina por ela, quando a ela eram confiadas as angústias e seus temores com a filha e a amizade de Anita com Sara que a irritava, ela então manifestava as suas opiniões.

– Aurora, o que leva alguém a desprezar uma oportunidade de vida próspera baseada nas virtudes, e nas escrituras sagradas? O que faz os corações das pessoas tomarem rumos insensatos e desvios obscuros?

Aurora sorriu e falou:

– Albertina, se está falando de sua filha, não o está fazendo de forma direta, até para dizer o que você pensa, volteia, dá giros para chegar ao ponto.

– Desculpe Aurora, mas me falta coragem até para tocar em certos assuntos. Às vezes não quero crer no que a minha alma sente, nas incertezas que me assaltam, nos pensamentos impróprios que me acometem. Intimamente, vivo uma luta intensa.

— Eu vejo Albertina, eu vejo.

— Sabe Aurora, eu espero que Alencar consiga de alguma maneira o seu intento, de chegar ao coração de Anita. Oro e peço noites a fio para que isso aconteça.

— Acho que as orações e os caminhos que tomamos nem sempre são os que a vida nos destina. Vejo dois tipos de esforços concentrados em vão. Conheço Alencar há tempos, desde menino, sempre buscando o que deseja, e obstinado em suas decisões. Gostaria de sentir que a sua opção por Anita não seja mais uma das suas obstinações, que seja realmente por amor. Por outro lado as suas inquietações seriam frutos de uma alma rígida.

— Como assim rígida Aurora?

— Quando deixamos em nós apenas um caminho para seguir, podemos não ter saídas. Você não se apercebe que cada ser é uma célula com uma função. Nós somos todos diferentes, mas trabalhando e ao mesmo tempo sendo trabalhados por uma mesma causa, o amor. Não importa o caminho que temos de trilhar se a busca for pelo amor, Albertina.

— Eu não te vejo preocupada com a felicidade real de sua filha, a que ela mesma almeja, mas sim preocupada com a felicidade que você deseja para ela.

— Isso é fruto de meu desejo para que ela viva bem.

— Viva bem? Viva bem a vida que você escolher para ela. E a vida que ela quer viver como fica?

– Que vida ela tem vivido, ao lado daquela moça libertina?

A voz de Albertina tremeu e ela elevou o tom, mas as palavras que queria de fato dizer não saíram, ficaram caladas, presas pela indignação, revolta e preconceito.

Aurora mantinha a serenidade, enquanto costurava os pontos-de-cruz, por vezes elevava o olhar por sobre os óculos caídos no nariz para observar a face da amiga, e logo retornava aos intrincados labirintos das linhas.

– Sabe Albertina, você deveria dizer as palavras que ficaram presas em sua garganta, isso não somente faz mal ao corpo mas também à alma.

– Sua filha é uma menina preciosa, gentil, meiga, que veio ao mundo em busca de aprendizado. Ela tem as suas faculdades, sentidos e desejos como instrumentos de aferição do mundo que sente e vê e são distintos dos seus, dos meus. A maior prova de amor que se pode dar a alguém é respeitar isso, entender que não há pecado quando fazemos a nossa busca com a intenção de crescer, de nos encontrar, de achar quem nós somos. Se você tivesse feito isso, estaria curtindo a felicidade de estarem juntas, independentemente dos sentimentos que a sua filha tenha por quem quer que seja. O amor não tem limites, é tão extenso quanto o Universo, sempre pode ser dividido sem que alguém se sinta preterido, e você não estaria agora sofrendo, vendo a sua filha se distanciar se não fosse tão rígida.

Dos olhos de Albertina lágrimas de dor desceram caindo sobre o tecido de algodão, mas as marchas em seu coração continuaram na mesma batida de intransigência e preconceitos. Os seus pensamentos seguiam o rumo de afastar Anita de Sara.

Alencar chegou trazendo à tia Albertina notícias de suas investigações, relatando os fatos apurados a respeito de Sara, que por sua vez desencadearam em Albertina choro convulsivo. Depois de refeita da emoção provocada pelas notícias prometeu que não daria tréguas até ver Sara separada de Anita, e que lutaria com todas as suas forças até as últimas consequências para alcançar esse objetivo. Alencar jurou votos também. Aurora observava serena, tia e sobrinho, por sobre os óculos.

E assim os dois passaram a pressionar mais Anita.

As insinuações eram habituais, os subterfúgios e tramas que pudessem criar oportunidades para os dois estarem sozinhos eram frequentes. Alencar cerceava Anita, se impunha, mandava presentes, flores, e nada a sensibilizava, pelo contrário a cada dia mais se sentia invadida e se tornava arredia e irritadiça com as situações. Estar com Sara era o seu refúgio, sua ilha de paz e de tranquilidade.

Alencar, algumas vezes, tentou voltar ao assunto de Sara, porém, Helena preferiu não polemizar mais. Uma noite, ao final de uma reunião, Helena conversava com uma amiga no pátio da igreja quando ouviu Alencar e Albertina conversando.

— Então Alencar, alguma novidade a respeito da moça Sara?

– Sim, algumas. Eu já descobri que ela tem simpatia por moças, por meninas.

– Jesus Amado. Que Deus não permita, que livre minha Anita desse mal.

– Calma tia, tudo ao seu tempo, estou trabalhando para afastá-las. Pelo lado das orações ou pela minha interferência pessoal. Tudo dará certo.

– Que Deus te ouça meu querido, minha Anita não pode passar por essa situação.

Helena ligou para Sara e marcou um encontro.

– Sara, eu ouvi uma conversa entre Dona Albertina e o pastor Alencar, tudo me leva a crer que falavam de você e Anita. Diga-me, o que há entre vocês?

Sara abriu o coração à irmã. Contou acerca de sua opção sexual e do seu relacionamento com Anita, do carinho e da afeição que a ela dedicava, da felicidade que sentia quando estavam juntas. Falou da obsessão de Alencar por Anita.

Dos olhos de Helena as lágrimas desciam motivadas pela sinceridade e pela verdade impregnada nas palavras da irmã.

– Sara, eles estão tramando para afastar vocês.

Helena contou, então, a Sara tudo o que acontecera entre ela e Alencar.

– Está tudo certo minha irmã, dê-me um abraço apenas, nada preciso para justificar o que você sente. Você é minha irmã e respeito as suas escolhas. Agora entendo que fui usada por Alencar para atingir você, ele se aproximou para tirar proveitos, já que o amor dele era exclusivo por Anita, não por mim.

No dia seguinte Helena procurou Alencar e desabafou, expressando sua opinião a respeito dele.

– Você Alencar, não deveria estar à frente de uma igreja, seja ela qual for. Um homem que não pauta sua conduta pela ética e moral não poderia subir a um púlpito e lançar palavras de cobranças e interpelações aos fiéis.

– Saiba que minha irmã ama Anita, eu nem me importo com isso, pelo menos o amor delas é verdadeiro e não uma paixão angustiada e que não enxerga a quem pisa, e que não vê a chama da verdade. Retrógado, desprezível. Vou buscar outra igreja. Não porque essa não seja merecedora de minha confiança, mas somente para não mais cruzar com você. Passe bem. – Disse Helena finalmente, saindo aborrecida.

Capítulo 54

Rangel, sentado à noite na varanda, olhava o céu estrelado e viu uma estrela cadente se deslocando e pensou na possibilidade de existir vida no Universo. Desejou saber se seria como a nossa. Se haveria em outros mundos sentimentos de alegria, felicidades, tristezas e angústias.

– Querido Rangel, por que tão pensativo?

– Muitas mudanças em pouco tempo, conhecer você, ter o meu filho de volta.

– E não é tudo de bom?

– Sim Zélia é sim. Hoje o Arturo me confessou ser homossexual.

– Isso o deixou perturbado?

– Ainda estou em confusão, amo meu filho e o quero comigo, mas não sei o que pensar sobre isso. Se gostar de outro homem sexualmente é pecado ou se é uma questão de escolha ou uma doença. Ser afeminado é uma coisa que não compreendo bem.

– Querido, a orientação sexual define o objeto do

desejo sexual, homem ou mulher, pelo qual os seres humanos podem ter um sentimento afetivo-sexual. O comportamento sexual reflete a maneira como lidamos com o impulso sexual, como externamos nossa opção em gestos, atitudes e conduta. É demais importante compreendermos isso. Medite por instantes a esse respeito Rangel, depois então eu continuo.

— Pode prosseguir Zélia, estou interessado em saber mais, gosto da maneira como você vê o assunto.

— Então Rangel, a diferença reside no fato de que se temos uma orientação sexual para heterossexualidade podemos ter em algum momento um desejo homossexual, mas que não necessariamente teremos de traduzir isso em sexo com alguém do mesmo sexo. O comportamento sexual sofre influências diretas das nossas crenças e valores, da cultura sobre o sexo e sexualidade, e também de nossas condições de saúde, tanto física quanto mental. Muitos que possuem orientação sexual para a homossexualidade não apresentam comportamento afetado, trejeitos femininos, pois que a orientação sexual não define, necessariamente, o comportamento e as atitudes sexuais.

— Diversos espíritos encarnam em condições diversas das que viveram em suas encarnações anteriores, seja para domínio de experiências no Planeta ou por obediência às tarefas específicas, mas isso sempre exige alto grau de disciplina.

— Nas variações de nossas encarnações adquirimos gradativamente qualidades divinas, de ternura, delicadeza, fortaleza, humildade, poder, inteligência, sentimento, iniciativa, intuição, sabedoria, amor, tudo em busca do equilíbrio na condição de espíritos eternos.

— A sede do sexo está no espírito, é natural então que a atração afetivo-sexual de um espírito com característica feminina encarnado em um corpo masculino seja direcionada ao sexo oposto, o mesmo se dando em relação ao sexo contrário, porém o comportamento sexual apresentado dependerá do valor que se dê ao sexo e à conquista moral que se tenha feito em termos de evolução, isso vale tanto para heteros, homos ou bissexuais, ou seja, quanto mais ligados às exigências da matéria mais importância se dará ao sexo, quanto mais prisioneiros das exigências da matéria maiores serão as tendências para viver as promiscuidades. Quanto mais livres das tendências materiais, mais poderão canalizar as suas energias para criações, cultura, artes, caridade, desprendimento, amor e ajuda ao próximo.

— Todos os espíritos passam por inúmeras experiências nos corpos masculinos e femininos, que permitem assimilação pouco a pouco do psiquismo de características ativas ou passivas, e é por isso que homens e mulheres apresentam certa porcentagem mais ou menos elevada de virilidade ou feminilidade, o que possibilita comportamento íntimo normal, segundo o conceito estabelecido pela maioria da sociedade. Convém lembrar que um indivíduo pode adotar um comportamento homossexual sem que tenha uma orientação homossexual ou bissexual, podendo ter como causas os seguintes fatores: influências ou lembranças de reencarnações anteriores, tipo de educação sexual recebida, interferências do meio ambiente, distúrbios mentais, processos obsessivos.

— Podemos dizer que segundo a Doutrina Espírita, a homossexualidade e a bissexualidade, enquanto fatores sexuais determinantes, não podem ser vistos tais quais patologia, deformidade moral ou punição de Deus, mas sim como consequência natural decorrente do fato de um espírito necessitar reencarnar em um corpo físico diferente ao do seu psiquismo sexual, isso para poder ajustar-se à lei ou em missão específica, como necessidade de um progresso espiritual.

— Eu entendi Zélia, mas precisarei de um tempo para me acostumar, é tudo muito novo, foge aos padrões.

Zélia sorriu e o beijou.

— Rangel, para muitos tudo o que foge aos padrões estabelecidos é anormal. Nós estamos em evolução, e a sexualidade é mais complexa do que uma simples questão de gostar ou não gostar. As pessoas se sentem mal porque não conseguem compreender que existe uma diferença entre orientação sexual e comportamento sexual e, então, criam uma ideia deturpada a respeito do que seja homossexualidade, pois tomam como referência um comportamento sexual estereotipado que alguns homossexuais apresentam para se mostrarem diferentes dos heterossexuais.

— O impulso sexual é acima de tudo um impulso criador sim, e inerente ao ser espiritual; e nós vamos aprendendo isso em nossas diversas encarnações. Vamos compreendendo que essa energia que falei não tem somente como canal de manifestação os órgãos sexuais, que todas as orientações sexuais são expressões da sexualidade manifestadas em nós espíritos como formas de chegarmos à perfeição, e as suas experimentações nos fazem compreender as nossas imperfeições.

– Não existe pecado querido, todas as respostas estão dentro do próprio homem, existem compromissos de resgates daquilo que construímos, de bom e de mal, é lei da vida, lei natural. Deus nos concedeu virmos homens e mulheres para experimentarmos formas diferentes de vermos a vida, e crescermos pelo equilíbrio da fusão dessas maneiras de ser. Homens e mulheres não são melhores nem piores, eles são diferentes e como tal o melhor de cada um habitará nossas formas futuras de ser. Viemos e viremos em diversas encarnações alternando os dois sexos; o que foge desse padrão são distúrbios da alma; inclusive, também, existem heterossexuais com distorções de suas características. Espere Rangel, vou pegar um texto de um livro que fala desse assunto.

Zélia voltou e leu.

A Psicologia ainda não encontra explicações razoáveis para a homossexualidade, a reencarnação explica essa tendência de alguns, sob o seguinte prisma. O espírito, que hoje reencarna, é alguém que volta mais uma vez a um mesmo lar, através de muitas reencarnações e por isso esse espírito já haveria vivenciado existências ora como homem, ora como mulher. Cada um deles, portanto, terá características masculinas ou femininas, mais acentuadas e por isso, independente de seus sinais morfológicos revelará a sua anterioridade por traços femininos ou masculinos, independente de seu corpo ser de homem ou de mulher. Renascendo na Terra para conquistar mais experiências evolutivas, o espírito poderá tomar um corpo feminino ou masculino, para exercer suas experiências necessárias para sua própria evolução. Isso, contudo, não determina a homossexualidade, embora possa ter reencarnado num corpo masculino, sendo uma alma carregada de registros femininos, ou num corpo feminino, sendo a sua alma carregada de registros masculinos. Quem tenha cometido abusos das faculdades sexuais, em vidas anteriores, ora destruindo lares, ora complicando afeições sagradas, será induzido a renascer em corpo físico que não corresponda às suas preferências sexuais, para um curso de reaprendizagem. Estará aí configurado esse quadro de coerção, que ele viverá em regime de prisão compulsória para aprender a reajustar os seus sentimentos. Para os Espíritos Superiores, contudo, esses poderão entremear-se em corpos femininos ou masculinos, para melhor desempenhar suas missões, sem que isso influa em seu comportamento, já que a sua sexualidade está sob seu controle pessoal e em vias de sublimação. Diante, pois, de tendências homossexuais dos filhos, muitos deles em curso de provas ou expiações necessárias, saibam os pais como respeitá-los e educá-los. A reeducação aqui é essencial. Evite-se, contudo, a prostituição aviltante, já que este é o ponto verdadeiramente crucial para que as energias genésicas não sejam canalizadas para o simples jogo de prazeres fáceis e altamente comprometedores. Se cada criatura aprender a se respeitar, em seu mundo íntimo, respeitando a todos os sentimentos

alheios, o amor se elevará a um estágio sublime, mani-
festando-se muito mais de alma para alma do que de
corpo físico para corpo físico e, somente aí, o coração
humano, renovando-se às luzes do Evangelho, encon-
trará a sua razão espiritual de ser, o amor.

– Belo texto. De que livro é?

– Do Livro **Filhos, como educá-los na Visão**
Espírita de Roque Jacintho.

– Mas, Rangel, eu quero acrescentar o seguin-
te. Somos espíritos, ou seja, energias imateriais dotadas de
consciência, portanto podemos dizer que temos responsabilidades por nossos atos.

– De tudo o que foi descrito no texto que eu li,
somos nós espíritos responsáveis por nossas opções, assim,
em todas as situações relatadas a opção, a escolha é sempre
nossa, mesmo quando Jacintho fala sobre os que são coerci-
tivamente orientados, induzidos a renascer em corpo físico
que não lhe corresponda às suas preferências sexuais para
um curso de reaprendizagem, em que ele viverá em regime
de prisão compulsória, aprendendo a reajustar os seus sentimentos. Será uma opção nossa vir ou não. A opção sempre
será nossa, seja quando decidimos vir com um sexo definido
e aqui chegando mudamos de ideia e transformamos nossos corpos ou nossas mentes para as características diversas
às características de nossa programação; seja quando aqui
estivermos e decidirmos nos apaixonar ou nos achegarmos
sexualmente ao mesmo sexo, sempre será de nossa responsa-

bilidade a decisão. Não esqueçamos de que somos espíritos e não carne. Há muitos que dizem de forma a desviar a responsabilidade asseverando que a carne é fraca, mas fraco é o espírito que consciente opta por ceder, se envolver ou se submeter.

— Isso também não significa pecado, existem atrasos ou distorções nas programações de vida definidas. Deus não julga, espera que concluamos nossas evoluções e que possamos ser conscientes de nossos atos, de nossas vivências. Cada um caminha e se descobre ao seu tempo. A vida é exatamente o que deve ser, produzida por nossos atos e escolhas, conscientes ou não, fruto de nossas decisões.

— No caso de Arturo, seu filho, ele é o que é. Aceite-o apenas Rangel e o ame, não interfira em sua escolha, ajude-o a caminhar. Se amanhá ele concluir que está errado deverá assumir suas escolhas e com mudanças refazer seu passado no presente. Neste momento o importante é ser feliz.

Capítulo 55

–Anita, hoje eu vou dormir na minha irmã, vou ao culto e depois fico com ela. Vou dispensar a Aurora, você não se importa não é?

– Não mãe, eu não me importo, quando eu chegar vou deitar e dormir cedo, ando muito cansada.

– Você não quer ir também?

– Não mãe, eu não quero não.

– Tem certeza?

– Tenho mãe. – Falou Anita tentando se livrar do diálogo inconveniente e tendencioso.

Anita de fato chegou cedo e se deitou logo, mas não conseguiu dormir. Ligou a televisão e assistiu por alguns minutos a um filme de terror e desligou o aparelho. Estava inquieta e angustiada. Apesar das diferenças com a mãe, não estava acostumada a ficar sozinha. Ligou então para Sara, não a via há duas semanas.

– Sara, sou eu Anita. E a viagem a Florianópolis, como foi?

— Tudo bem, desculpe não ter ligado logo que cheguei. Muitas coisas, relatórios, apresentações, essas coisas de gestão, mas estou com saudades, tenho muitas coisas para contar. Soube que estão pensando no meu nome para um cargo melhor.

— Que bom, mas por que não vem para cá? Minha mãe não está.

— Se esperar eu tomar um banho eu vou sim.

Sara chegou e conversaram e riram muito. Você lembra como nos conhecemos no Metrô? Você toda molhada falando sozinha.

— Sim, lembro sim, sabe quanto tempo faz isso? Três anos exatamente hoje.

— Vamos comemorar então?

— Vamos.

As duas saíram e foram a um restaurante próximo a casa. Beberam e estavam felizes, voltaram e abriram um vinho que tinham comprado.

— Sabe Sara sou sempre muito feliz quando estou com você.

— Eu também Anita.

As duas cansadas deitaram na cama de Anita e adormeceram.

Alencar conversou muito com Albertina que instigou o sobrinho a tomar uma ação mais decisiva com relação à Anita. Queria que ele pedisse a filha em namoro. Que agisse de alguma maneira mais efetiva sobre Sara, que descobrisse alguma forma de afastar as duas.

— Não a quero mais na vida de minha filha. Eu a quero distante, o máximo que for possível.

— Tenho alguns pensamentos sobre como fazer isso. Falei com alguns amigos, gente influente que pode, quem sabe, mandá-la de fato para bem longe. – Disse Alencar sério.

— Eu vim ao culto com ideia de ir para a casa de sua mãe, mas quem sabe se não seria uma boa ideia você ir para a minha? Não é tão tarde assim e você poderá ver Anita.

— Então, convite aceito.

Ao chegarem a casa Albertina soltou um grito estridente que despertou Anita e Sara. Surpreendidas as moças que estavam em trajes íntimos tentavam se ajeitar. Embora nada tivesse acontecido entre ambas, nas mentes de Albertina e de Alencar tudo havia acontecido.

Albertina, chocada, pôs Sara para fora, apoiada por Alencar que discursava, falando de desrespeito a um lar cristão. Anita tentava dizer que nada era o que pensavam, mas o primo tirava proveito da situação. Albertina, verdadeiramente, indignada, insistia para que Sara deixasse a casa. Foi quando então Anita deu o basta.

— Vocês não nos ouvem, concordo com vocês que ela deva sim sair.

Albertina e Alencar, surpresos com a situação não atinaram para a maliciosa colocação de Anita.

— Então moça, o que está esperando para sair, a minha filha já disse que você deve sair.

Sara, sem entender o que acontecia com Anita, pegou as suas coisas e se preparava para sair.

Anita então falou: — Espere Sara, vou com você.

Alencar tramou com conhecidos para que Sara fosse transferida para outro país, sem saber que a sua interferência pelo mal acabaria sendo ao jeito da vida, o milagre que Anita sempre desejou que acontecesse.

Anita e Sara passaram a morar juntas. Sara conversou com Anita sobre haver recebido um convite para trabalhar na matriz do laboratório na Alemanha de onde, como diretora comercial, faria negócios em vários países.

— Isso é o fim?

— Não sei Anita se é o fim, pode também ser um começo.

— Como assim Sara?

— Se você topar vir comigo será um começo. Tenho reservas suficientes para nos manter até que você arranje um emprego, afinal você agora é uma médica, mas é você quem decide Anita.

Capítulo 56

Na noite de sexta-feira os espíritos convocados pela Velha Bruxa tentaram perturbar os participantes do grupo de Zélia que repousavam na fazenda, para os trabalhos mediúnicos do dia seguinte, contudo eles pouco conseguiram. Os alunos já instruídos se mantiveram em boas energias, emanando luminosidade que afastava os invasores. A tentativa foi frustrante para Clovis.

No sábado Zélia iria promover o encerramento do encontro daquela semana e depois oferecer um jantar. Esse foi o dia escolhido por Clovis, Adalberto e a Velha Bruxa, para investirem, então, com suas más intenções.

O dia transcorreu sem incidentes e ao anoitecer o salão estava aceso e o ambiente externo cercado por flores. O céu estava límpido e as estrelas faiscavam, mas Zélia percebeu algo errado e visualizou uma figura que tentava se ocultar nas sombras. Percebeu pelo vestir que não se tratava de entidade do bem. Em seguida, visualizou outros espíritos escondidos na mata, cercando o salão a distância. Reconheceu Clovis, Adalberto e a Velha Bruxa escondidos com alguns ajudantes.

Ela, então, iniciou a sua fala:

– Amigos, hoje nós teremos oportunidade de exercitar os nossos aprendizados. Quero que todos se sentem em silêncio e, em concentração, deem as mãos. Com o pensamento na luz faremos a oração a Jesus, com muita calma. Em pleno silêncio, eu repito. Não tenham medo. Nada temam, mesmo que ouçam algo anormal, como barulhos estranhos, gritos, gemidos ou risos permaneçam em silêncio e concentração, pensem que quem anda com Deus nada teme. Iniciemos então. Zélia orou com seus companheiros.

Ao mesmo instante a Velha Bruxa pediu aos ajudantes que atirassem pedras sobre o telhado da Casa Grande para provocar perturbações. Os presentes, seguindo as orientações de Zélia, se mantiveram concentrados. Ela, então, prosseguiu com a orientação.

– Nos diversos planos espirituais temos notícias acerca das organizações das comunidades sociais que os espíritos constituem, por vezes semelhantes às daqui da Terra. A energia cósmica universal ou fluido cósmico universal que banha ou permeia todo o Universo é a matéria-prima que o comando mental dos Espíritos utiliza para a concretização de seus objetivos, estejam eles direcionados para o bem ou para o mal. Essa matéria está sendo usada aqui, agora para fabricar as pedras que serão lançadas contra nós, a fim de nos causar perturbações e afastamento dos nossos objetivos. Concentrem-se então, mostremos nossa capacidade de reação de forma disciplinada e orientada ao bem.

A energia concentrada pelos pensamentos unidos dos alunos criou uma grande abóbada de luz que se abriu e cobriu a casa e as pessoas, uma luz forte e intensa, por onde as pedras batiam e não atravessavam. Clovis e Adalberto se entreolharam. Adalberto se afastou, ficou ao longe observando amedrontado. Os ajudantes da Velha Bruxa desistiram ao ver a inutilidade de seus esforços e os espíritos que nunca haviam visto tanta luz reunida se assustaram e tentavam se proteger ocultando os olhos. Alguns correram e outros se extasiaram perplexos. Zélia falou então:

— Aos amigos que se aproximaram, mesmo sem serem convidados, sejam bem-vindos. Essa é uma casa onde todos são bem recebidos. Aproximem-se aqueles que estão cansados, infelizes, amargurados e frustrados com a vida que levam. Aqueles que não conseguem dormir, que sentem dor, que sentem fome e sede. Aqueles que têm fome maior, ainda, de luz, de Jesus e Deus. Aproximem-se e recebam assistência. Vejam os amigos Álvaro, Santinha, Eloísa, Adalgisa.

Adalberto se aproximou do salão, temeroso e desejoso de ser acolhido. Os olhos dele e os de Eloísa se encontraram e ela estendeu as mãos para ele. Zélia incentivava os espíritos a que entrassem no círculo e assim aceitassem a ajuda oferecida. Adalberto, embevecido com as vibrações salutares que ali recebia, encaminhou-se para o círculo.

Clovis tentava desestimulá-lo e Adalberto seguia meio hipnotizado.

— Como você está bela, eu sempre quis rever você, estou muito cansado e quero ajuda.

— Venha Adalberto, hoje estamos todos reunidos, meu pai e eu, meu filho e os pais dele, o biológico e o legal.

– Venham todos. Vejam o Adalberto sendo recebido, venham, aceitem a luz. Incentivava Zélia.

Ramon apareceu e ficou parado ao longe sendo seguro por Lott. De dentro do círculo João surgiu e acenou para Ramon o chamando, e de braços estendidos o aguardou. Ramon iniciou uma caminhada que para ele pareceu eterna. Sendo puxado por Lott e estimulado pelos que estavam no salão ele seguia, e Lott, temendo entrar também o largou. Ramon abraçou João e uma luz muito intensa desceu sobre os dois.

A Velha Bruxa, ao ver o poder do grupo, resolveu que era hora de se retirar, mas Santinha a chamou e com um sorriso doce conversou com ela e disse da responsabilidade de seus atos, do sabor amargo da vingança. De que os seus dias eram poucos nessa Terra e que ela deveria usá-los em prol dos pobres e necessitados.

Clovis fugiu, gritava que iria embora dali, que iria deixar tudo de lado, que queria encontrar Milla.

– Não quero mais saber desse povo, não quero mais saber de nada disso, nem de Rangel, nem de Sotero. Que cada um fique como está. Eu quero saber de Milla. Milla onde você está?

Assim gritando ele sumiu pelos pastos.

Adalberto pediu perdão a Eloísa e pediu sua ajuda. Pouco a pouco ele entendeu a diferença entre os dois lados e optou por viver com aqueles que sabiam o valor de Deus. Disse que sofria muito com as coisas assombrosas que via, com os sonhos aterrorizantes que tinha. Que queria verdadeiramente mudar, ele queria verdadeiramente se desculpar com Rangel e Arturo.

Eloísa lhe falou.

– Adalberto, há instituições para abrigar e amparar os espíritos em momentos de mudanças de planos encarnatórios, que acolhem os que se desprendem da vida física ou dos que livres dela não compreendam que estão em espírito. Lugares e estabelecimentos para relacionar, conservar, comandar e engrandecer a Vida Cósmica. Muitos dos amigos espirituais que aqui estão agora são hoje Espíritos de Luz, irmãos nossos mais evoluídos e sábios, mas que já passaram pelas mesmas dificuldades que nos tomam hoje, que trabalham, agora, para que sigamos todos e tudo de acordo com os preceitos de Deus. Tudo pautado sob o signo do amor e da criteriosa justiça.

– Nas mais elevadas esferas celestes há regiões entregues à inteligência e à razão, ao progresso dos filhos de Deus, onde trabalham os gênios angelicais, encarregados do andamento e do aprimoramento dos mundos que constituem o Universo, com abrigos apropriados à condução dessas Leis. São competentes e promovem a cobrança e a fiscalização, o reajustamento e a recuperação de quantos se fazem devedores complicados ante a Divina Justiça, que têm a função de purificar os caminhos evolutivos e coibir as manifestações do mal. Você irá conhecê-los, venha.

Arturo, por sua vez estarrecido, pois não sabia relacionar o seu grau de mediunidade com tudo o que via, chorava por ver sua mãe Eloísa, seu avô Álvaro, e ver o resgate daquele que era seu pai natural.

Ramon foi levado por João a um centro de tratamento onde permaneceu por muitos anos em estado de sonolência à espera de se ver livre de todos os miasmas produzidos por si e por Lott, de vivenciar suas dores e culpas por atos e pensamentos criados.

E na velha Casa de Pedra nunca mais se viu fantasmas...

Capítulo 57

Fausto foi chamado à Diretoria da Beta e foi proposto a ele um acordo para que deixasse a empresa. Os argumentos apresentados para o seu desligamento da empresa restringiram-se à contenção de despesas e mudanças na forma de gestão comercial, mas ele sabia que as mudanças eram de outra ordem. A morte de Nestor surpreendeu a todos. A licença pedida por Fausto justificada como uma licença de saúde acelerou a sua dispensa.

Passadas semanas e iniciados os tratamentos específicos Fausto pôde ir ao encontro de Arturo e pedir perdão. Arturo havia decidido que não mais viveriam em união, porém tomou para si a incumbência de cuidar do amigo.

Convidou-o então a morar na fazenda, conhecer os trabalhos de Zélia e voltar a pintar.

Zélia, Rangel, Arturo e Fausto conversavam na sala de estar e o assunto abordava as inseguranças e os medos de Fausto.

— Essa vida é muito interessante do ponto de vista

das mudanças que acontecem sem que ao menos imaginemos. Eu, tão senhor de mim, saí-me mal enquanto Arturo, antes inseguro e vacilante, se mostra agora um homem amadurecido, estruturado.

– Não é assim Fausto, ainda tenho meus dias de indecisão. O muito que mudei foi pelo esforço que fiz, pude compreender as Leis da Vida, e as admitir em minha jornada como espírito encarnado.

Zélia tem me falado que a vida é construída de escolhas. Desde as menores decisões até as maiores todas constituem o que somos. Se na nossa sociedade, no círculo das atividades terrenas, qualquer organização precisa estabelecer um regime de contas para basear as tarefas que nos falem à responsabilidade, a Casa de Deus, que é todo o Universo, não viveria igualmente sem ordem, sem Leis. A mais sensata delas é a Lei de Causa e Efeito, ou da Ação e Reação.

– Zélia, você pode nos explicar a diferença entre causa e efeito e ação e reação? Pediu Rangel.

– É simples Rangel, a chamada Lei de Ação e Reação é uma lei física, material, que estabelece uma reação igual e proporcional à ação praticada, mas que tem correspondência nas questões morais. Um pensamento mau em relação ao semelhante é uma ação má, repercutindo com seu grau de intensidade causando mal-estar e sensações desagradáveis ao ambiente e ao próprio emissor do pensamento. Uma prece é uma ação boa, sendo boas as sensações que se sentem após o ato de orar. O ato de perdoar, que não é palpável, mas é uma ação no bem se refletirá espalhando condições igualmente boas, agradáveis e positivas.

– A Lei de Causa e Efeito nos diz que nenhum acaso ocorre aos nossos destinos, que tudo se coordena, se ajusta e opera, valendo esses efeitos tanto nos fenômenos sutis do mundo microscópico, quanto na vastidão incomensurável das galáxias, dirigindo o aperfeiçoamento de todas as coisas e seres que compõem a harmonia da Criação, portanto, a Lei de Causa e Efeito funciona como um saldo credor ou devedor ou de acordo com o que nos ensina os Espíritos: *a semeadura é livre, porém a colheita é obrigatória*, ou seja, cada um recebe segundo suas obras.

– Eu entendi sim Zélia, mas há momentos em que as duas parecem se confundir.

– Na verdade Rangel, elas interagem e se complementam, ou seja, se temos um controle de nossos pensamentos, palavras e atos nós reduzimos ou modificamos os débitos do passado e criamos um novo efeito no nosso futuro. Nossas ações geram causas que terão reações e efeitos em nossas vidas, afetando a tudo e a todos.

– Em assuntos relacionados à Lei de Causa e Efeito é importante não duvidarmos que todos os valores da vida, desde a maior das estrelas até a mínima partícula subatômica pertencem a Deus, cujos desígnios podem alterar e renovar, anular ou reconstruir tudo o que está feito. Somos, pois, simples usuários da Natureza que demonstra o poder de Deus. Somos, pois sim, responsáveis em todos os nossos atos, desde que já possuamos algum discernimento. Nós, enquanto Espíritos, seja onde for, encarnados ou desencarnados, na Terra ou em outros mundos, gastaremos em verdade o que não nos pertence, recebendo por empréstimo de Deus os recursos de que nos valemos para efetuar a própria evolução.

– No mundo o homem, se inteligente, sabe desde há muito tempo que todo conceito de posse não passa de simples ilusão. Tudo nos é emprestado e por determinado tempo, sendo a morte o juiz inexorável, condutor dos bens de uma mão para outra e marcado com absoluta exatidão o uso de que deles fizemos. Isso é justiça, isso é bondade. Vemos assim os princípios de causa e efeito em toda a força de sua manifestação, porque, no uso ou no abuso das reservas da vida, que representam a eterna Propriedade de Deus, cada alma cria na própria consciência os créditos e os débitos que lhe atrairão inevitavelmente as alegrias e as dores, as facilidades e os obstáculos do caminho. Quanto mais conhecimento maior responsabilidade em nossas ações.

– Por meio de nossos pensamentos, palavras e atos que nos fluem invariáveis ao coração, gastamos e transformamos, constantemente, as energias do Universo em nossas jornadas de evolução e experiência, a qualidade de nossas intenções e aplicações dos nossos sentimentos. A vida impõe em nós a nossa conta boa ou desagradável ante as Leis da Vida.

– Tenho pensado muito Dona Zélia sobre tudo isso, se eu agisse diferente ou se tivesse tomado outras atitudes, como teria sido minha vida?

– Sabe Fausto, temos de tomar os acontecimentos como experiências, conhecimentos que, agregados a outros vivenciados, facilitarão nossas vidas seguintes ou mesmo a continuidade das nossas vidas presentes. Absorva esses impactos e busque agora fazer deles um instrumento de aprendizado.

– Tentarei Dona Zélia, tentarei, sei que não será fácil, mas com o apoio de vocês sei que se tornará menos pesada minha vida.

Capítulo 58

Anita e Sara estiveram em férias na Espanha por um mês, depois seguiram de trem rumo à Alemanha.

– Como tudo é lindo, Sara. Quem diria que eu estaria aqui hoje com você, quantas vezes fui invadida pelo medo de não conseguir?

– Foi uma opção difícil eu sei, mas sua mãe ficou bem com Aurora, elas parecem irmãs. Nada faltará a elas. Sempre mandaremos algum dinheiro e quem sabe poderemos voltar ao Brasil, eventualmente, e visitá-las.

– Não sei Sara se ela vai gostar de me ver. Ainda deve estar muito magoada comigo. Nem mesmo eu sei por que agi assim.

– Está arrependida?

– Não arrependida, mas, às vezes, ainda me surpreendo com a situação. É tudo muito novo para mim. Minha mãe me queria casada e com netos.

Sara sorriu e disse.

– Quem sabe não podemos dar um netinho a ela, eu sempre pensei em adotar uma criança.

— Sabe Sara a noite passada eu sonhei que vivia numa vila, um pequeno lugarejo aqui na Europa, e que Alencar era um bispo, veja você, um bispo católico. — Disse Anita rindo.

— Interessante, mas o que mais sonhou?

— Com uma pequena menina chamada Yelena. Éramos amigas, as três. Estávamos numa caverna quando fomos aprisionadas. Eu e você fomos separadas e ela foi queimada. — Disse comovida Anita, como feiticeira. Eu não me lembro bem, mas sei que Alencar estava envolvido.

— Eu, também, sonhei muito quando estávamos na Espanha. Sonhos conturbados, mas de um especialmente eu me lembro — foi muito claro e me marcou demais. Era uma carta ou cartão dizendo alguma coisa a respeito da vida, ensinando a caminhar na noite como a névoa. Havia um endereço da França, e havia assinatura, Berna.

— Mudemos de assunto então. — Pediu Anita. O meu sonho me deixou mal e falar de Alencar somente me traz más recordações.

Sara sorriu e calou.

A pequena Yelena, morta pelo fogo da inquisição estava novamente encarnada e à espera de uma adoção. À espera das amigas, à espera que o caminho das três mais uma vez se estreitasse e elas fossem verdadeiramente felizes.

Alencar estacionou o carro à beira da Estrada Rio-Santos, buscou uma pedra e sentou-se. A tarde descia e os últimos raios de sol pintavam em rosa o azul do horizonte.

Ele contemplou aquela maravilhosa obra de Deus e chorou. Lágrima sentida, profunda e amarga. O peito sufocado de lembranças de Anita. Sabia que levaria anos para se aliviar. Pensou em tudo o que tinha vivido nos últimos tempos, fez uma profunda reflexão e se lamentou pelos seus erros. Desejou um dia revê-la. Fez uma oração e pediu que Deus a protegesse. Levantou-se e caminhou pela trilha de mato, mas de repente voltou, subiu novamente sobre a pedra e lançou um grito de dor e de saudades. Gritou pedindo a Deus que lhe desse um dia, em algum lugar, a oportunidade de estar com Anita como companheiro, ainda que em outra vida.

Fim

Dica de Leitura

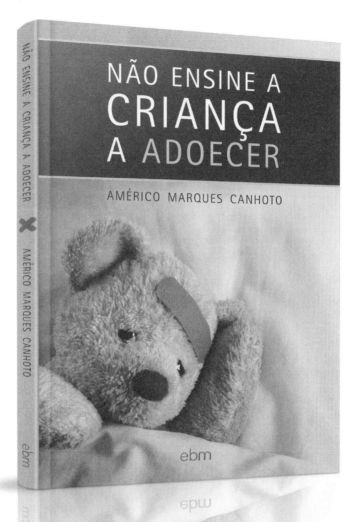

EU, ENSINANDO MEUS FILHOS A ADOECER?
ACRIANÇA ADOECEU?
ATÉ ONDE VAI NOSSA RESPONSABILIDADE?

Este é um livro que pode mudar a vida não apenas de crianças, mas de adultos que podem se reeducar.

Toda vez que um adulto adoece deve parar para pensar:

O que eu estou querendo ganhar com essa doença?

O que desejo justificar com ela?

A quem estou querendo punir através dela?

A prática dos ensinamentos aqui contidos, em alguns anos, pode mudar a vida de muitas pessoas tornando-a mais feliz e saudável.

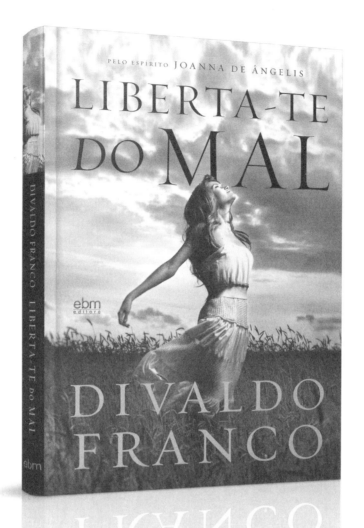

PELO ESPÍRITO JOANNA DE ÂNGELIS

LIBERTA-TE DO MAL

DIVALDO FRANCO

Em Liberta-te do Mal a autora espiritual Joanna de Ângelis, baseada nas vigorosas lições de Jesus e nas sábias diretrizes do Espiritismo, discorre a respeito de um tema relevante: as causas justas das aflições, essas advindas da prática irrefletida do mal. Considerando-se que não existe o mal em si, sendo esse apenas a ausência do Bem, e nem tampouco tenha sido criado por Deus, a sua presença na vida do indivíduo deve-se tão-somente à infração às leis de Deus. A obra ainda aborda outros aspectos de interesse geral: a comprovação da nossa imortalidade, a terapia do perdão, a lei da reencarnação, dentre outros, salientando a importância do despertar do espírito rumo ao caminho da libertação dos fatores que medram o sofrimento. E, certamente, Jesus estará esperando no fim dessa trilha percorrida por aqueles que tiverem a coragem de completá-la.

Este livro foi impresso na
LIS GRÁFICA E EDITORA LTDA.
Rua Felício Antônio Alves, 370 – Bonsucesso
CEP 07175-450 – Guarulhos – SP
Fone: (11) 3382-0777 – Fax: (11) 3382-0778
lisgrafica@lisgrafica.com.br – www.lisgrafica.com.br